KB079795

악덕의 윤무곡

AKUTOKU NO RONDO

나카야마 시치리 장편소설
이연승 옮김

悪徳の輪舞曲
악덕의 윤무곡

블루홀6

悪德の輪舞曲

악덕의 윤무곡

1판 1쇄 인쇄 2019년 7월 22일
1판 1쇄 발행 2019년 7월 29일

지은이   나카야마 시치리
옮긴이   이연승
책임편집   민현주
디자인   디자인비따
제작   송승욱

발행인   송호준

발행처   블루홀식스
출판등록   2016년 4월 5일(제 2016-000100호)
주소   경기도 파주시 회동길 483-1
전화   031-955-9777
팩스   031-955-9779
이메일   blueholesix@naver.com

표지   인스퍼M Rough 엑스트라화이트 130g, 160g
내지   미색모조 80g
면지   매직칼라 검정 120g

ISBN 979-11-89571-07-8 03830

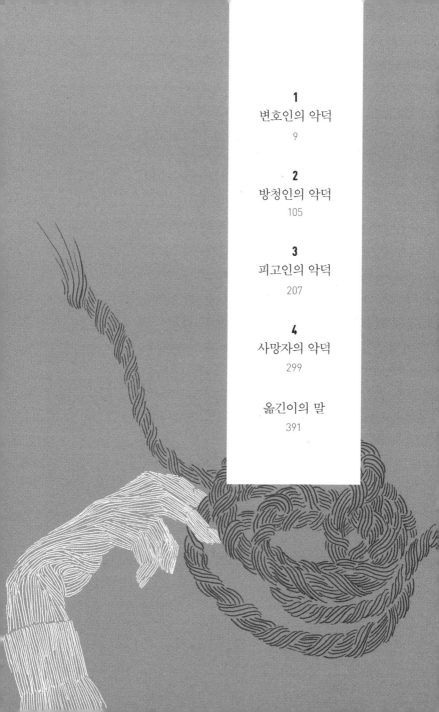

원래 인간들은 모두 자신은 재판받지 않을 거라 자신합니다.

1

변호인의 악덕

1

"미안해. 당신만 죽어 주면⋯⋯."

이쿠미는 그렇게 중얼거리며 남편의 목에 감긴 밧줄을 팽팽히 잡아당겼다. 그가 듣고 있는지는 알 수 없다. 남편은 이미 인사불성 상태가 되어 저항하는 기운이 전혀 느껴지지 않는다.

뒤이어 이쿠미는 스스로 옷을 하나둘 벗었다. 숨이 끊긴 인간의 몸은 괄약근이 풀려 분뇨를 배출한다고 한다. 지금 입은 옷이 오물로 더럽혀지면 나중에 일이 복잡해진다. 이제는 속옷 차림으로 작업하는 게 좋을 것이다.

힘이 빠진 인간의 몸은 의외로 무거웠다. 이쿠미는 남편의 겨드랑이 아래에 양팔을 집어넣고 그의 몸을 옮겼다.

최근 며칠 동안 같은 침대에서 자지 않아서인지 남편의 살을 만지는 게 꽤 오랜만인 듯했다. 쉽게 몸이 차가워지는 나와 달리 남편의 살결은 늘 따스했다. 그러나 지금은 급속도로 식어 가고 있다. 인간이 죽으면 체온이 내려간다는 건 알았지만 그걸 피부로 체감할 줄은 꿈에도 몰랐다.

남편감으로 부족할 것 없는 남자였다. 온화한 성품에 말씨가 정중했고 아내 앞에서 심하게 화를 내거나 모멸적인 말을 입에 담은 적은 물론 손찌검을 한 적도 없었다. 늘 따뜻하게 웃었고 자상하게 아내를 설득했다. 살면서 생기는 뾰족한 감정도 남편과 대화하다 보면 언제나 눈 녹듯 사라졌다.

그렇다. 내게는 분에 넘치는 남편이었다.

학력도 출신도 다른 나 같은 여자를 왜 아내로 맞아들였을까. 조건이 좋으니 다른 여자를 얼마든지 찾을 수 있었을 텐데. 내 어디가 마음에 들었을까. 지금 생각하면 남편과 얼굴을 마주하고 그런 질문을 던진 적도 없었다.

물을 필요가 없었기 때문이다.

정말로 선량한 사람이었다.

그러니 미워서 죽이는 건 아니다.

어디까지나 돈 때문이다.

계속 감상에 젖어 있을 수만도 없다. 이쿠미는 남편의 몸을 옆으로 눕히고 밧줄 끝을 '그곳'에 집어넣고 자신의 몸무게를 이용해 남편을 끌어 올렸다. 이런 방법을 쓰면 여자의 약한 힘으로도 무거운 것을 끌어 올릴 수 있다고 가르쳐 준 사람은 공교롭게도 남편이었다.

중간에 끅, 하는 소리가 들렸다. 밧줄이 조여든 소리인지 아니면 남편의 목 안에서 새어 나온 단말마의 비명인지는 알 수 없다.

귀를 닫고 싶었지만 밧줄을 놓을 수 없어서 이쿠미는 입 안으로 계속 중얼거렸다.

미안해, 여보.

미안해, 여보.

비명을 지르고 싶은 마음을 꾹 참고 있자 갑자기 허공에 있는 남편이 다리를 뒤로 걷어찼다.

쿵 하는 충격을 느끼며 이쿠미는 엉덩방아를 찧었다. 그러자 밧줄이 더 세게 잡아당겨져 남편의 몸이 한층 더 위로 올라갔다.

이제 얼마 안 남았어.

이쿠미는 밧줄을 붙잡은 자세 그대로 몸을 웅크렸다. 허공에 뜬 남편이 밧줄에서 벗어나고 싶은 것처럼 버둥거렸지만 매달린 상태로는 어쩔 도리가 없어 보인다.

남편이 발버둥 치는 진동이 밧줄을 통해 전해졌다. 생존 본능이 일으키는 최후의 몸부림이다. 예상을 뛰어넘는 저항에 이쿠미는 몸이 굳었지만 그래도 밧줄을 놓지 않았다.

남편의 몸이 허공에서 미친 듯이 춤을 췄다. 죽음의 무도. 관객은 한 명.

이제 얼마 안 남았어.

이제 얼마 안 남았어.

밧줄을 쥔 손에 힘이 들어갔다. 여기서 밧줄을 놓으면 도로 아미타불이다. 벼르고 벼른 결심이 물거품이 된다.

잠시 그대로 있자 밧줄을 통해 전해지는 진동이 갈수록 약해졌다.

얼마 후 진동이 사라졌다.

이쿠미는 허파가 텅 빌 만큼 요란하게 한숨을 내쉬었다. 불쾌한 소리가 들린 건 그 직후였다.

푸드득.

시신에서 분뇨가 뿜어 나오는 소리였다. 남편의 가랑이 주변 얼룩이 점차 커진다. 다행히 이쿠미에게 뭔가가 튀지는 않았지만 양다리 안쪽을 타고 다다미 위로 액체가 뚝뚝 떨어졌다. 서서히 배설물의 악취도 풍기기 시작했다.

작업은 아직 끝나지 않았다. 이쿠미는 일단 밧줄 끝을 고정하고 준비한 사다리를 방 가운데로 가져갔다. 흔적이 남지 않도록 사다리 밑바닥은 천으로 감싸 뒀다. 사다리를 세우고 밧줄 끝을 가져와 상인방에 단단히 동여맸다. 마지막으로 신경 써야 할 부분이다. 온몸의 힘을 실어 밧줄을 여러 겹으로 칭칭 감았다.

간신히 상인방에 밧줄을 결박하고 '그것'을 제거했다. 이로써 시신을 나중에 끌어 올렸다고 추측할 만한 증거는 사라졌다. 상인방 밑에 대롱대롱 매달린 시신만 남을 뿐이다.

죽은 얼굴이 온화하지는 않았다. 중간에 의식이 돌아왔는지 알 수 없지만 적어도 편안한 최후는 아니었던 듯하다.

미안해. 이쿠미는 다시 한번 사죄했다.

미안해.

미안해.

갑자기 허리부터 아래로 힘이 풀려 이쿠미는 그 자리에 주저앉았다. 상반신이 부들부들 떨렸다. 팔로 양어깨를 감쌌지만 떨림은 좀처럼 멎지 않았다. 지금껏 지탱해 온 사명감과 정신력이 이미 오래전에 한계치를 넘었다.

작업은 아직 더 남았다. 지금 여기서 누가 들어오기라도 하면 위장을 한 의미가 사라진다.

　남편의 몸을 끌어 올릴 때 쓴 '그것'과 사다리를 다시 원위치에 두었다. 움직임이 굼뜬 걸 알아도 뇌의 지시가 팔다리에 잘 전해지지 않는다. 꼭 다른 사람의 몸을 움직이는 것 같았다.

　마침내 저질렀다.

　나는 사람을 죽이고 말았다.

　스스로 마음먹고 내린 결정이지만 일찍이도 공포와 죄책감이 가슴을 파고들었다. 구역질도 느껴졌다.

　정리를 마친 이쿠미는 부엌에 가서 충동적으로 수돗물을 마셨다. 미지근하고 염소 냄새가 살짝 났지만 목 아래로 흘러 떨어지는 물이 공포를 누그러뜨려 줬다.

　의자에 앉아 벽시계를 봤다. 새벽 1시 32분. 실제로 이런 통계가 있는지 모르겠지만 자살을 실행에 옮기기에 적당한 시간 아닐까.

　이제 이불로 돌아가 가만히 날이 새기만을 기다리면 된다. 몸과 마음이 피로로 찌들었지만 지금 잠이 올 리 만무하다. 밤을 꼬박 새우고 아침을 맞이할 수밖에 없다. 그리고 평소와 같은 시간에 이불을 나가 비명을 한 번 지르고 경찰에 신고하는 것이다.

아침에 일어나 보니 침대에 남편이 없었고, 거실로 나가 보니 상인방에 매달린 시신이…….

퇴고와 연습을 거듭한 증언이다. 당사자가 서명한 유서도 확실히 마련해 뒀다. 경찰이 의심할 만한 사안은 전혀 없을 것이다.

시간이 흘러도 공포와 죄책감이 줄지 않았다. 나는 역시 악행에 어울리지 않는 인간임을 실감했다.

불현듯 내가 무시무시한 악행을 저지른 인간의 어머니라는 사실이 떠올랐다. 지금까지 단 하루도 잊은 적이 없는데 스스로 살인을 저지를 때는 머릿속에서 그 사실이 까맣게 지워진 것이다.

신이치로도 미도리를 죽일 때 이렇게 혼란스러웠을까. 아니면 희미한 미소를 지으며 그 무자비해 보이는 입술을 일그러뜨렸을까.

아들의 행위를 수없이 질책하며 비난해 온 자신이 결국 같은 짓을 저지르고 있다.

아이러니한 이야기인데도 웃을 수 없었다. 이쿠미는 탁자 위에서 잠시 얼굴을 감쌌다.

2

"선생님, 확인 부탁드려요."

구사카베 요코가 책상 위에 현재 계쟁 중인 안건의 답변서를 내려놨다. 미코시바 레이지는 형식적으로 답변서를 한번 훑어봤다. 이까짓 것을 요코가 잘못 썼을 리는 없다.

의뢰가 들어온 곳은 고문 계약을 맺은 건설사이고 사안은 손해 배상 청구다. 건설사가 시공을 맡은 아파트 한 동이 기울어져서 조사해 보니 콘크리트 말뚝 박기 과정 데이터가 의도적으로 조작됐고 보강용 시멘트도 사양서에 적은 것보다 저렴한 것을 쓴 사실이 발각됐다. 건설사는 화해를 시도했지만 교섭은 결렬됐고 결국 아파트 주민단이 집단 소송에 나서자 건설사는 부랴부랴 미코시바를 변호인으로 내세웠다.

재작년에 일어난 특별 노인 요양원 요양 보호사 살해 사건에서 변호를 맡았던 미코시바는 검찰 측 징역 15년 구형에 징역 6년의 판결을 얻어 냈다. 구형의 절반 이하를 얻어 냈다는 성과도 눈여겨볼 만하지만 해당 안건에서 대중과 법조계가 가장 주목한 건 미코시바가 '긴급 피난'을 변호의 논거로 들었다는 점이다. 일본 법정에서 별로 다룬 적이 없는 생소한 법률의 등장과 해석은 법률 전문지뿐 아니라 신문과 주간지에도 보도됐다. 출신이 수상쩍다며 발길이 뜸해진 고객들이 다시 돌아오기 시작한 것도 그 사건이 계기라고 할 수 있다. 아직 전성기 시절에는 미치지 못하지만 앞서 언급된 건설사, 제약사와 고문 계약을 맺는 성과를 올렸다.

요코가 왠지 활기차 보이는 건 사무소의 경영 상태가 순탄해져서일까. 미코시바가 그런 생각을 하고 있자 갑자기 요코가 입을 열었다.

"선생님. 앞으로 수익이 더 늘면 다시 도라노몬으로 돌아가는 건가요?"

"뜬금없군. 고층 빌딩과 세련된 식당들이 그립나?"

"그게 아니라…… 이곳 임대료는 도라노몬 사무실과 비교할 수 없을 만큼 저렴하잖아요."

"그러니 이사했지."

"이곳에 있으면 법인 두 곳 고문료에서 사무실 임대료와 제 월급을 포함한 경비를 빼도 이익이 남죠."

"그게 왜?"

"고류회와 고문 계약을 끊어도 사무소 운영에 문제가 없다는 뜻이에요."

그런 뜻이었나.

새삼 요코를 다시 쳐다보니 눈가 주변에 비장한 결의가 엿보였다. 직원 처지에서 고객을 가려 받자는 말이 주제넘다는 건 알고 있는 듯하다.

"제대로 된 의뢰인이 하나둘 돌아오고 있어요. 관계가 지저분해지기 전에 이 기회에 정리하는 게 좋지 않을까요?"

"지금껏 특정 고객과 관계가 지저분해진 적은 없는 것 같은데."

"선생님이 그럴 마음이 없어도 상대 쪽에서 지저분하게 만들 거예요."

"고객을 가려 받자는 말인가?"

"평범한 고객이 아니잖아요. 엄연한 반사회 세력이에요. 제대로 된 의뢰인이 늘어나려고 하는 이런 때에 그런 단체와 엮여 있으면 사무소 평판도 떨어져요."

요코의 말을 듣다 보니 자연스레 쓴웃음이 나왔다.

조폭의 고문 변호사를 맡는 게 뭐가 문제라는 말인가. 그 고문 변호사 본인이 바로 오래전 소년 범죄자였다.

"그럼 반대로 묻지. 제대로 된 의뢰인이라는 게 대체 어떤 고객을 뜻하지? 건축 비용을 아끼려고 기초 공사 데이터를 조작하고 최초 사양서에 적힌 것보다 저렴한 싸구려 자재를 납입하는 건설사인가? 아니면 제아무리 부작용을 호소하는 환자가 나와도 이미 제조한 분량을 다 소진할 때까지는 백신 판매를 중단하지 않는 제약사인가?"

그러자 요코는 표정이 어두워져서 입을 다물었다.

"고류회가 반사회 세력인 건 맞지만 내가 변호를 맡은 사건은 총도 불법 소지와 마약 소지, 그리고 위력 업무 방해 정도야. 내버려 두면 점점 기울어지는 아파트를 팔아치운 건설사와 백신 부작용을 알면서도 계속 약을 파는 제약사. 고류회와 그런 회사들 중 어느 쪽이 사회에 더 해악일까?"

"두 회사보다 폭력단이 낫다고 하시는 건가요?"

"악영향을 끼치는 인원수부터 다르지. 세상 사람들은 직위나 몸에 걸친 것들로 남을 판단하니 조폭을 생리적으로 혐오하지만 평범한 인간들과 회사도 매일같이 악행을 저지르고 있다고. 조폭은 자신들이 악인이라는 걸 알지만 일반인들은 모르거나 아니면 모르는 척하고 있다는 차이만 있을 뿐이지."

"그럼 모두가 다 악인인가요?"

"흉흉한 소문이 도는 변호사를 찾아오는 녀석 중에 선량한 인간을 찾는 게 더 어렵지 않을까."

적어도 그럴싸한 조건보다 변호 능력을 우선했으니 나를 고문 변호사로 선택한 것이다. 그런 의뢰인이 청렴결백할

리 없다. 그리고 애초에 변호사가 필요한 단계는 이미 자사의 체면과 평판이 폭락했을 때니 다소 출신이 수상쩍은 변호인을 골라 봐야 이렇다 할 영향도 없다.

요코는 고개를 살짝 숙이고 입술을 비쭉 내밀더니 더 반박하지 않고 등을 돌렸다. 이렇게 늘 싫은 소리를 들어도 일을 관두지 않는 건 왜일까. 눈치 빠른 미코시바도 알 수 없었다.

그때 사무소 문을 두드리는 소리가 들렸다. 미코시바는 반사적으로 요코에게 눈짓했다. 오늘 이 시간에 상담 예정은 없을 터였다.

"예약은 없었어요."

요코는 고개를 갸우뚱하며 문으로 향했다. 전과 달리 미코시바의 악명이 알려진 이후 갑작스레 사무소를 찾아오는 의뢰인은 사라졌다. 이렇게 찾아올 사람이라면 아마 미코시바의 예전 악행에 관심을 품고 기사로 쓰고 싶어 하는 기자나 프리랜서 작가 부류일 것이다.

"예약도 안 한 손님이라. 변변찮은 것 같으면 돌려보내."

칸막이 때문에 입구에서는 미코시바가 보이지 않는다. 요코가 현재 변호사가 부재중이라고 하면 별 볼 일 없는 이들은 포기하고 돌아갈 것이다.

그러나 예상한 것과 달랐다.

"잠깐만 기다려 주세요."

요코는 방문자와 두어 마디 주고받더니 미심쩍어하는 얼굴로 미코시바에게 돌아왔다.

"변호 의뢰를 하러 왔는데 선생님의 지인이시래요."

"지인?"

미코시바가 앵무새처럼 되물었을 때 이미 의뢰인은 사무소 안에 들어와 있었다.

마흔이 넘어 보이는 중년 여성. 얼굴을 보고 누군지 바로 알아차리지 못했지만 잠시 후 기억 밑바닥에서 떠오르는 소녀의 얼굴과 겹쳤다.

설마.

미코시바는 저도 모르게 엉거주춤 허리를 일으켰다.

"오랜만이네."

여자는 형식적인 미소조차 짓지 않았다. 그러기는커녕 미코시바에 대한 혐오감을 고스란히 드러냈다.

"내가 누군지 기억해?"

"그래. 지금 막 떠올랐어."

"그렇구나. 난 한시도 잊은 적이 없는데."

여자는 미코시바가 권하기도 전에 손님용 의자에 앉았다.

태도에서 자신의 의뢰를 미코시바가 거절할 리 없다는 자신감이 엿보였다.

"때린 사람은 잊어도 맞은 사람은 잊지 않는다는 말이 사실인가 보네."

여자의 이름은 아즈사.

미코시바의 세 살 터울 여동생이었다.

두 사람의 대화에서 심상치 않은 기운을 느꼈는지 요코는 눈치 빠르게 사무실 안쪽으로 들어갔다. 미코시바에게는 필요치 않은 배려지만 아즈사는 왠지 안심하는 것처럼 보였다.

미코시바보다 세 살 어리니 이제 40대일 텐데 얼굴은 실제 나이보다 주름이 많았다. 노화 때문이라기보다 일상적으로 얼굴을 찌푸리는 탓에 생긴 주름이다. 머리카락에 윤기가 없고 손가락은 몹시 거칠어 보인다. 적어도 현재 안락한 일에 종사하고 있지 않다는 증거다.

"당신이 설마 변호사가 됐을 줄이야."

"지금껏 몰랐나?"

"알았을 리 없지. 알려고 하지 않았으니. 되도록 모르는 채 평생 만나고 싶지 않았어."

미코시바가 이웃에 사는 어린 소녀를 살해한 혐의로 체포된 1985년 8월, 아즈사는 아직 초등학교 5학년이었다. 미코시바가 경찰서에서 조사받는 동안 어머니는 면회를 한번 왔지만 아버지와 아즈사는 한 번도 찾아오지 않았다. 간토 의료 소년원에 들어간 뒤로는 어머니와도 사이가 멀어졌다. 그로부터 약 30년간 얼굴을 마주한 적 없고 목소리도 듣지 못했다. 아무리 친동생이어도 못 알아보는 게 무리는 아니다.

어렸을 때부터 사이좋은 남매는 아니었다. 나이 차가 세 살 나서인지 아니면 어느 시점부터 미코시바가 범상치 않은 기운을 보여서인지는 알 수 없다. 미코시바는 아즈사에게 자신과 같은 피가 흐르는지도 의문이었다. 그런 상대에게 애정이 생길 리 없어 한 지붕 아래에 살아도 전혀 다른 생물이라고 여겼다. 그래서 미코시바 레이지라는 새 이름을 얻고 담장 밖에 나왔을 때도 여동생은 한 번도 떠올리지 않았다.

"아빠가 돌아가신 건 들었어?"

"교관님께 들었지."

"조금이라도 죄책감을 느꼈어?"

아버지 소노베 겐조가 자살했다는 소식을 들을 때 미코

시바는 열다섯 살이었다. 아직 인간의 감각을 되찾지 못해 의료 소년원 안에서도 발붙일 곳이 없던 시절이다. 교육을 맡은 이나미에게 소식을 들었을 때도 꼭 남의 일처럼 느껴졌다.

미코시바가 대답이 없자 아즈사는 마침내 인내심이 바닥난 듯했다.

"당연히 관심 없을 거라고는 예상했어. 높은 담장에 둘러싸여 세상으로부터 보호받고 정해진 시간에 삼시 세 끼가 나오는 것으로 모자라 교관이니 뭐니 하는 사람들이 뒷바라지까지 해 줬다지. 거기에 악당 친구들과 즐겁게 지내며 공부까지 마음껏 했으니 담장 밖 일이 눈에 들어오기나 했겠어?"

원망 섞인 말에서 아즈사가 그간 지내 온 30년이 어땠는지 쉽게 짐작됐다. 쌓이고 쌓인 원한은 굳이 듣지 않아도 될 것이다. 범죄 가해자 가족이 세상과 언론에 어떤 취급을 당하는지 미코시바도 직업 관계상 훤히 알고 있다.

"당신 덕에 소노베 집안은 콩가루가 됐어."

"그 뒤로도 계속 소노베라는 성을 쓰나?"

"설마. 나랑 엄마는 둘 다 예전 성인 고모다로 돌아갔지. 근데 말이야. 아무리 발버둥 쳐도 세상 사람들은 소노베 집

안 인간들을 용서해 주지 않더라."

아즈사의 푸념을 듣다 보니 슬슬 짜증이 일기 시작했다.

"오늘 여기 그런 원망을 늘어놓으려고 왔나?"

"말했잖아. 변호 의뢰라고."

"무슨 짓을 저질렀지?"

"내가 아니라 엄마. 설마 그것도 몰라?"

"성을 바꿨으면 소식 같은 걸 들을 길이 없지."

아즈사는 어이가 없다는 듯이 탄식을 내쉬었다.

"저번 주에 살인 혐의로 체포되셨어. 그것도 남편 살해 혐의로."

그 말에는 미코시바도 놀라움을 금치 못했다.

"재혼했나?"

"나루사와 다쿠마라는 분과 작년에. 구혼 파티에서 처음 알게 됐는데 그분도 재혼이고 선량한 분이었대."

"정말로 선량한 남편이라면 살해되는 처지에 내몰리지도 않았겠지."

"……빈정거리는 말투는 여전하네."

도발하는 걸까, 아니면 솔직한 감상일까. 여동생이어도 아직 정체를 알 수 없는 만큼 미코시바는 반응하지 않았다.

"정작 본인은 안 죽였다고 하고 있어."

"오인 체포라는 말인가."

"그런데 경찰은 그렇게 생각하지 않는 것 같아."

아즈사는 사건에 대해 간략히 설명했다.

지난주 7월 4일 이른 아침, 세타가야구 산겐자야 3번지에 있는 나루사와 다쿠마의 저택에서 '남편이 거실에서 죽어 있다'라는 신고가 접수됐다. 신고자는 같은 집에 거주하는 주부 나루사와 이쿠미. 통신 지령 센터를 통해 관할인 세타가야 경찰서 수사원이 현장에 달려가자 신고 내용대로 나루사와 다쿠마가 상인방에 목을 매단 채로 발견됐다. 유서를 남겼다는 점에서 경찰의 최초 견해는 자살이었지만 그 뒤 이어진 수사로 타살 혐의가 떠올랐다고 한다.

"그분이 부자였고 식구도 엄마뿐이라 재산 목적 살인으로 의심하는 것 같아."

"뭔가 결정적인 증거라도 나왔나?"

"나도 같이 살지 않아서 자세한 사정은 모르고 경찰도 알려 주지 않았어."

아즈사의 설명만 들으면 이쿠미가 체포된 사실 외에는 전부 막연해서 종잡을 수 없다. 설마 친어머니가 위기에 빠졌는데 정보를 골라서 알려 주지는 않을 테니 수사 정보를 모른다는 아즈사의 말은 사실일 것이다.

"본인은 무죄를 주장하는 건가?"

"엄마랑 아직 못 만났어."

친딸도 만나지 못 한다는 건 사건을 맡은 검사가 접견을 금지해서다.

접견 금지 처분은 대체로 다음 세 가지 경우 떨어진다.

　(1) 피의자의 주소가 부정확해 제삼자의 접견을 허용할 경우 도주 위험이 있을 때.

　(2) 피의자가 혐의를 부정하고 있어 증거를 은폐하거나 뒤에서 말을 맞출 가능성이 있을 때.

　(3) 사기 사건과 약물 사건, 폭력단 관련 사건 등 조직범죄 혐의가 있어 역시 증거를 은폐하거나 뒤에서 말을 맞출 가능성이 있을 때.

이쿠미가 무슨 주장을 하고 있는지 몰라도 (1)과 (3)에는 해당하지 않을 테니 아마 (2)의 사례일 것이다. 그러면 아즈사의 말과도 부합한다.

'아마'라고 한 것은 아직 이쿠미와 접견하지 않은 단계에서 미코시바도 그녀의 무죄를 믿지 않기 때문이다.

원래 친아들이라면 어머니의 인품을 알 테니 무죄를 믿을 수도 있을 것이다. 그러나 미코시바는 이쿠미라는 사람의 마음과 영혼의 형태가 어떤지 알지 못했다. 거기에 30년의 공백기도 있다. 한 인간이 변하기에는 차고 넘치는 시간이다.

"그러니까 변호 의뢰라는 건 당사자가 아닌 네 의뢰라는 건가. 변호인 선임 신고에는 피의자 본인의 승낙이 필요해." 미코시바는 거만하게 가슴을 뒤로 젖혔다. "그리고 애초에 변호사 비용을 누가 대지? 피의자가 직접? 아니면 네가?"

"친엄마를 변호하는데도 돈을 뜯어내려고?"

"의뢰를 받아들이는 이상 보수는 발생해."

"소문으로 듣던 것 이상이네."

"내가 이런 일을 하는지 어떻게 알아냈는지 모르겠지만 내 몸값이 싸지 않다는 이야기도 들었겠지."

"의뢰를 거절할 거야?"

"변호사 선임 비용을 낼 수 있을지 없을지, 그리고 피의자 본인의 승낙을 얻는지 못 얻는지에 달렸어."

"한때는 가족이었던 사람이야."

"소노베 신이치로로 돌아가 달라고 바짓가랑이라도 붙잡으려는 건가?"

미코시바가 툭 내뱉자 아즈사는 노골적으로 얼굴을 찌푸렸다. 예상한 반응이어서 미코시바는 속으로 흡족해했다.

"이건 좋고 싫음의 문제가 아냐. 한때의 인연이나 연줄 같은 것 때문에 받는 일 중에는 제대로 된 게 없다는 이야기일 뿐이지. 반대로 한때의 인연을 이용해서 일을 의뢰하는 상대에게 실력을 발휘해 주기를 기대하는 것도 잘못됐어."

"변호사 비용은 어떻게든 될 거야." 아즈사도 쉽게 물러서 지는 않았다. "아까도 말했듯이 남편이 부자였어. 엄마가 무 죄로 풀려나기만 하면 유산을 상속받을 테니 비용을 변통 할 수 있어."

즉 글자 그대로의 성공 보수라는 뜻일까.

"그리고 애초에 당신한테 변호를 의뢰하는 건 한때 가족 이라는 것과는 다른 이유 때문이기도 하고."

"그게 뭐지?"

"하겠다고 나서는 사람이 없더라."

이번에는 아즈사가 거만하게 가슴을 뒤로 젖혔다. 미코시 바처럼 스스로 자랑스러워한다기보다 상대를 깔보는 몸짓 이다. 남매의 손꼽히는 닮은 부분이라 할 수 있을까.

"나루사와 이쿠미의 예전 이름은 소노베 이쿠미. 그 '시체 배달부' 소노베 신이치로의 어머니라는 것을 알고 나면 하 나같이 거절했어. 아무래도 그 사건을 저지른 아이가 지금 은 변호사가 됐다는 이야기가 널리 퍼진 것 같아. 엄마 이름 과 한 세트로."

그럴 만도 하다. 법조계는 자칭 정의의 사도들이 우글거리는 곳이다. 자신은 법의 파수꾼, 인권의 보루라며 득의양양해하는 인간들로 가득 차 있다. 그 안에 소년 시절 범죄를 저지른 범인이 섞여 들면 소문이 퍼지는 것도 당연, 과거 사건이 화제에 오르는 것은 필연, 혐오하는 것은 자명하다고 할 수 있다.

"국선은 우수한 사람이 올 거라는 보장이 없어."

"그건 그렇지."

"변호사 다섯 명한테 의뢰했는데 다섯 명이 모조리 거절했어. 그리고 다들 입을 모아 말했어. 기왕 이렇게 된 거 아들에게 의뢰해 보는 게 어떻겠냐고." 아즈사는 자학같기도 한 모멸감을 입술 끝에 언뜻 보였다.

"당신, 인간으로서는 열악해도 변호사로서는 우수하다고 하니까. 업무 방식과 비싼 보수는 악랄해도 백전백승의 실력. 엄마의 변호인으로 당신만큼 안성맞춤인 사람이 없다고도 했어."

의뢰인치고 거만하기 그지없는 태도지만 좋고 싫음을 수임 기준으로 삼지 않는다는 말은 미코시바가 먼저 꺼냈다.

"원하는 보수만 받으면 어떤 피고인이든 변호해 준다며."

"돈에 귀천이 있는 건 아니니."

"그럼 의뢰를 받아. 검찰에게서 친엄마를 구하면 세상 사람들의 인식도 조금은 나아지지 않을까?"

"그런 건 필요 없어."

"그럼 뭐가 필요한데?"

"사건에 대한 자세한 정보. 그리고 가장 먼저 피의자의 선임 신고."

"엄마는 아직 세타가야 경찰서에 있어. 일단 찾아가 봐."

"아직 받아들이겠다고 하지 않았어."

"이건 빚의 일부를 갚는 것이기도 해."

"빚?"

"당신은 비록 잊었을지 몰라도 가족들은 당신이 소노베 집안에 저지른 짓을 결코 잊지 않았어. 아빠를 죽인 것처럼 나와 엄마 인생도 송두리째 파탄 냈지. 그 빚을 갚아야 하지 않을까? 물론 당신을 가족이라고 생각하지는 않아. 하지만 우리한테 저지른 짓을 고려하면 거절해선 안 돼. 엄마를 변호하는 건 당신의 의무야. 거절할 권리 따위 없어."

"인생 파탄이니 뭐니 하는 건 나와 상관없는 이야기야. 소노베 집안 사람들한테 빚진 기억은 없어."

"정말이지, 당신……."

"다만 받아들이지 않겠다고 한 것도 아니지. 사건의 자세한 내용을 모르고 피의자 동의도 얻지 못한 상태로는 일을 받을 수 없다는 것일 뿐."

더 말해 봐야 소용없다고 판단했는지 아즈사는 책상 위에 있는 메모지를 한 장 뜯어서 열한 자리 숫자를 적었다.

"내 핸드폰 번호야."

주소는 없냐고 묻기도 전에 아즈사가 먼저 입을 열었다.

"전화로 이야기해도 충분하겠지. 당신한테 지금 내 상황을 별로 알리고 싶지 않고 집에 찾아오기라도 하면 그만한 민폐가 없을 테니."

"막무가내군."

"다섯 살 여자아이를 죽인 것보다는 훨씬 순리에 맞을걸."

그 말만 남기고 아즈사는 자리에서 일어나 사무소를 나갔다. 인사 한마디 없는 게 오히려 후련하게 느껴질 정도다.

아즈사가 나가기를 기다렸다는 듯이 안쪽에서 요코가 나왔다.

"무슨 일이죠?"

아무래도 아즈사와 나눈 대화를 듣지 못한 듯했다.

"아직 일을 받을지 안 받을지 안 정했어."

"피의자가 범행을 인정한 사건인가요? 아니면 부인한 사건?"

"그것도 자세한 건 몰라."

요코는 더 묻지 않았지만 미코시바가 일을 받기를 기대하는 것을 표정으로 알 수 있다. 원래 표정을 잘 숨기는 타입이 아니다. 새로운 고객을 개척하고 고류회가 엮인 안건을 하나라도 더 줄이고 싶을 것이다.

"지난주 신문 좀 갖다 주겠어?"

인터넷 뉴스 기사는 속보성을 지나치게 중시한 나머지 신뢰도가 떨어진다. 신문 지면에 실린 기사가 전부 실리는 것도 아니다.

최근 사건이면 나도 기억하고 있을 텐데. 그렇게 의아해하며 신문을 살피다가 잠시 후 해당 기사를 찾았다.

7월 5일 세타가야 경찰서는 세타가야구 산겐자야 3번지 1255에 거주하는 주부 나루사와 이쿠미 용의자(68)를 살인 용의로 체포했다. 이쿠미 용의자는 전날 스스로 목숨을 끊은 것으로 추정되는 나루사와 다쿠마(75) 씨의 아내로 세타가와 경찰서는 수사를 통해 용의자가 남편을 살해 후 자살로 위장했을 가능성을 제기했다. 이쿠미 용의자는 4일 새벽 남편이 자택 상인방에 목을 맨 채 숨져 있었다고 경찰에 신고했다.

기사 내용이 간략한 이유는 위장 자살의 근거가 밝혀지지 않아서, 혹은 어떤 이유로 함구령이 떨어져서일 것이다.

어쨌든 이 정도 기사로는 사건의 전체상 정도밖에 파악할 수 없다. 미코시바는 기사를 읽고 자신의 센서가 반응하지 않은 이유를 깨달았다. 피해자 나루사와 다쿠마가 자산가가 아닌 평범한 노인처럼 적혀 있었기 때문이다. 돈이 되지 않는 안건이라고 판단한 시점에 미코시바의 센서는 기억 속 서랍에 들어가지 않게 돼 있다.

변호인 선임 신고도 있으니 피의자와 만나지 않을 수는 없다. 피의자가 순순히 선임 신고서에 서명만 해 주면 모든 일이 순조롭게 풀릴 것이다. 그러나 희한하게도 좀처럼 몸이 움직이지 않았다.

평소와 분명 다르다. 원래라면 생각과 동시에 움직일 팔다리가 보이지 않는 족쇄에 묶인 것처럼 저항하고 있다.

"선생님, 왜 그러세요?"

"……아무것도 아니야."

타인의 몸을 조종하듯 일어서 봤다. 그 동작에는 문제가 없었다.

잠시 생각하는 동안 갑자기 터무니없는 가설이 떠올랐다.

나는 지금 전례가 없을 만큼 당황하고 있다.

친어머니와 여동생이 예상치도 못한 형태로 나타난 것. 어머니에게 살인 혐의가 씌워진 것. 그리고 공교롭게도 그 변호를 의뢰받은 것. 모든 사실이 자신의 판단력을 흐리고 있다. 생각대로 몸이 움직이지 않는 건 뇌에 과부하가 걸린 탓이리라.

가족.

그 단어에서 미코시바가 떠올릴 수 있는 것은 진부하고 헛된 광경뿐이다. 가족이 둘러싼 식탁, 공허하게 미소 짓는 부모, 어울리지 않게 시끄럽게 떠드는 여동생.

그들 안에서 미코시바는 늘 혼자였다. 귀에 들어오는 말은 족족 오른쪽 귀에서 왼쪽 귀로 나갔고 자신을 향한 희로애락의 표정이 전부 가면처럼 느껴졌다.

그러니 나에게 가족만큼 타인에 가까운 존재도 없을 터였다. 어머니의 변호를 맡아도 여느 의뢰 안건처럼 받아들일 수 있을 터였다. 그런데 왜 나는 지금 이토록 당황하고 있는 걸까.

아무리 머리를 굴려도 결론 같은 게 떠오르지 않았다. 이런 적은 오랜만이라 미코시바는 더욱 당황했다.

가볍게 기억 밑바닥을 뒤져 보니 열한 살 아즈사와 젊은 어머니의 얼굴이 떠올랐다. 기억에서 지우려고 시도한 적은 한 번도 없다. 즐거운 추억이나 미련이 있어서는 아니다.

오히려 반대다.

가족에게 아무런 감정을 느끼지 못하니 부담도 되지 않는 것이다.

핏줄 따위 상관없이 원하는 액수의 돈만 받으면 희대의 살인귀든 인간 말종의 약물 중독자든 변호할 것이다. 그렇게 선언한 데 거짓은 없다.

그러나 이번만은 사정이 달랐다.

이성이 아닌, 지금껏 존재조차 의심하던 일부의 감정이 미코시바를 망설이게 했다.

젠장. 불길해.

검사와 판사, 더 나아가 피고인의 심리까지 완벽하게 읽는 내가 자신의 마음을 가늠하지 못하는 건 안 될 일이다.

평소와 다르게 초조해하자 어느새 요코가 미코시바 앞에 서 있었다.

"왜 그러지?"

"저, 선생님. 오늘은 오후 1시부터 일정이 있어서……."

역시 오늘 나는 뭔가 이상하다.

일정 시간을 듣고서야 용건이 떠올랐다.

"지금 다녀올게."

미코시바는 하치오지에 있는 의료 교도소로 향했다.

하치오지 의료 교도소, 통칭 '하교'는 범죄 경향이 진행되지 않은 초범, 정신과 신체에 질병 또는 장애를 지닌 이들을 수용하는 시설이다. 높은 담장에 둘러싸였지만 정문 현관 경비 태세가 별로 엄중해 보이지 않아서인지 형사 시설보다 의료 시설 같은 느낌이다.

의료 시설 같은 느낌은 교도소 내부에 들어가니 더욱 뚜렷해졌다. 교도관도 있지만 그보다 간호사의 모습이 더 눈에 띈다. 그리고 정적의 종류가 달랐다. 일반 교도소의 정적이 규율과 종속에 지배된 것이라면 이쪽은 병고와 체념이 빚어내는 고요함이다.

접수를 마치고 면회실에서 기다리기를 5분. 만나기로 한 인물이 아크릴판 너머에 모습을 드러냈다. 하반신이 자유롭지 못해 교도관이 미는 휠체어를 타고 들어왔다.

"여어, 미코시바 선생."

휠체어에 앉은 이나미 다케오는 활짝 웃으며 미코시바에게 다가왔다. 두 달 전 면회 왔을 때보다 얼굴이 수척해진 듯하다.

"응? 내 얼굴이 야위기라도 했나? 걱정하지 말게. 군살이 빠졌을 뿐이니. 여긴 특별 요양원보다 더 관리를 잘해 주는 곳이야."

"특별히 걱정하는 건 아닙니다."

"바쁠 텐데 자주 면회 오지 않아도 되네."

"그래도 일단 변호인입니다. 수용된 곳에서 사망하기라도 하면 꿈자리도 사나워지고요."

"살해라도 당하면 모를까 죽지는 않아. 내가 죽으면 온정 판결을 내려 준 판사, 소송한 검사, 그리고 형량 감축을 위해 최선을 다해 준 미코시바 선생에게도 면목이 없으니."

감옥에 갇혀 있는데도 여전히 이런 말이 입에서 나오나. 미코시바는 내심 혀를 내둘렀다. 완고하고 고지식한 모습이 전혀 변하지 않았다.

이나미는 간토 의료 소년원 시절 미코시바의 지도 교관이지만 요양 보호사 살해 사건의 피고인이 되었고 그때 미코시바가 변호를 맡았다. 악연이라며 비웃는 자도 있지만 미코시바는 신경 쓰지 않았다.

"교도소 작업에는 좀 익숙해졌습니까?"

"그냥 애들 장난 수준이지. 여기서 난 종이봉투를 만들고 있는데 내근직일세. 오전 7시 50분에 작업 시작, 점심시간을 포함해 오후 4시 30분에 작업 종료. 이후에는 밤 9시 취침 시간까지 빈둥거릴 뿐이니 이건 뭐 거의 '백락원'에 있었던 때와 별반 다르지 않은 느낌이야. 이런 말은 조금 실례일 수 있지만 좀 더 엄격하게 다뤄 주기를 바라고 있네."

"신체 상황을 고려해 수용 시설이 정해진 겁니다. 이제 와서 불만을 토로해 봐야 결정이 뒤집히지 않습니다."

"적어도 하루 일하면 몸이 노곤해질 정도의 중노동을 시켜 주면 좋을 텐데."

"장애인에게 그런 일을 시키면 인권 문제로 이어집니다."

"인권이라."

이나미는 남 일처럼 중얼거렸다.

"수형자의 인권 따위 신경 쓰지 않아도 된다고 생각하는 건 아니지만, 막상 내가 그 처지가 돼 보니 묘한 느낌이야. 교도관의 지시에 따라 몸을 움직여도 영 죄를 갚는 것 같지 않으니 벌 받고 있다는 실감이 전혀 안 난다고 할까."

"그건 여기가 의료 교도소라는 특수한 곳이라서입니다."

"일반 교도소라고 다를 게 있겠나. 교도소 안 일이 담장 밖 일과 크게 다르지도 않고. 아니, 육체노동은 오히려 담장 밖이 가혹하지."

"무엇이 가혹한지는 사람마다 느끼는 게 다르니까요. 스물네 시간 내내 감시받으며 일일이 교도관의 지시를 따르는 상황을 더없이 고통스럽게 느끼는 수형자도 있습니다."

"이렇게 되니 미코시바 선생에게 도움을 두 번 받은 셈이 되는군."

"두 번?"

"하나는 재판에서 변호를 맡아 준 것. 또 하나는 다리를 쓰지 못하게 해 준 것. 만약 이 다리가 튼튼했다면 받는 벌도 달라졌을 테니."

이나미가 다리를 못 쓰게 된 건 의료 소년원 시절 미코시바가 그의 왼쪽 허벅지를 찔렀기 때문이다. 이나미의 말이 진심이라면 이토록 얄궂은 이야기도 없을 것이다.

"그나저나 미코시바 선생. 자네야말로 괜찮나?"

"일은 순조롭습니다. 아무 문제 없습니다."

"전혀 그래 보이지 않는데. 말에서 평소 느껴지는 총기가 없어."

아래에서 훔쳐보듯 올려다보는 시선에서는 절반은 조롱, 절반은 배려가 엿보였다.

"허구한 날 빈정거리기나 하니 손님도 뜸해지더군요."

"비아냥거림이 지성의 증거라는 말도 있지 않나. 하지만 지성이란 것도 미경험자 앞에서는 통하지 않을 때가 있지."

"무슨 말씀을 하는지 잘 모르겠습니다."

"뭔가 걱정거리가 있을 때 자네는 대체로 그런 눈빛을 보이네."

이나미의 시선이 조금 날카로워졌다.

기억한다. 원생에게 뭔가를 캐묻는 교관의 눈빛이다.

이 남자 앞에서는 역시 숨길 수 없다. 이대로 입 다물고 있어 봐야 잇따라 질문을 퍼부을 것이다.

그래, 될 대로 되라지. 미코시바는 충동적으로 이쿠미 사건을 그에게 설명했다. 30년 만에 여동생인 아즈사가 찾아왔다는 이야기. 그녀의 입을 통해 어머니의 사건을 전해 듣고 변호를 의뢰받았다는 이야기.

희한하게도 이나미에게 털어놓으니 더욱 이쿠미의 일이 남 일 같았다. 일단 입을 한 번 열자 뒷말은 술술 나왔다.

사건에 대해 전해 들어도 이나미의 눈빛은 여전히 날카로웠다. 미코시바는 순간 원생 시절로 돌아간 듯한 착각에 빠졌다. 이나미의 침묵에는 질책 이상의 위압감이 있어 아직 한마디도 하지 않았는데 겨드랑이에서 땀이 배어나는 것 같았다.

"그 변호, 맡겠지?"

"아직 모르겠습니다."

"아니, 자네는 맡을 거야."

"단언하지 마시죠. 교관님은 제가 아니고 저도 교관님이 아닙니다."

"칭얼거리기는. 모르겠나? 평소 자네라면 받을 일은 받고, 받지 않을 일은 거절하겠다고 그 자리에서 결정했을 걸세. 이건 졸속 같은 게 아니라 자네한테는 이익과 손해를 순식간에 계산하는 능력이 있으니까. 원생 시절 자네의 그런 모습을 보며 자주 놀라고는 했어."

"옛날이야기는 식상하니 그만하죠."

"사람은 그리 쉽게 변하지 않네. 이건 옛날이야기 같은 게 아니야. 지금 이 순간의 이야기지. 뭐든 속전속결로 결정하는 자네가 태도를 유보하고 있다는 건 변호를 맡을 마음이 있어서야. 자네 스스로 그걸 인정하지 못할 뿐."

"성격 분석 같은 건 자유롭게 하셔도 되지만······."

"분석이 아니라 경험이지. 내가 자네 교관을 몇 년 맡은 것 같나?"

이나미가 얼굴을 아크릴판에 가까이 갖다 붙였다. 코끝이 아크릴판에 닿기 직전이다.

"자네 심증은 어떤가?"

"아직 자세한 사정을 모르고 피의자와 이야기를 주고받은 것도 아닙니다."

"그래도 모자지간 아닌가?"

"불안 재료일 뿐입니다."

"왜지?"

"내 어머니라면 사람을 죽일 만하니까요."

"그만하게."

이나미가 갑자기 이맛살을 찌푸렸다. 이 남자는 늘 예상한 대로 반응한다.

"질 나쁜 자학이야. 과학적으로 아무런 근거가 없고 그걸 떠나 애초에 건전하지 못한 사고방식일세." 이나미의 눈빛이 다시 온화해졌다. "하지만 자네처럼 빈정거리는 능력이 있으면 좋을 수도 있겠군. 아무튼 슬슬 결론을 내리는 게 어떤가?"

"결론……."

"자네가 진정 고민하는 건 변호를 할지 안 할지가 아니야. 다른 이유지."

"뭐죠?"

"글쎄. 남이 성격 분석을 하는 건 싫어하지 않나?"

이렇게 되받나.

"일단 어머니를 한번 만나 보는 게 어떻겠나? 그래야 비로소 모든 게 시작될 테니."

"시작할지 말지는 제 자유입니다."

"고민할 때도 고집스럽군."

고집스럽다는 말을 들어도 희한하게 불쾌하지 않은 건 아마 그쪽 방면에서 둘째가라면 서러운 이나미에게 그런 말을 들어서일 것이다.

"체념하는 것도 하나의 방법이지. 모자 관계니 가족이니 하는 걸 잊고 그저 피의자로서 마주하는 걸세. 자네라면 그리 어렵지 않지 않나? 성공하면 고액의 보수도 기대할 수 있고."

이나미의 눈빛이 심술궂게 웃는다.

"참으로 알기 쉬운 도발이군요."

"말은 타 보고 사람은 사귀어 보라는 일본 속담이 있지. 어설프게 머리가 좋은 인간은 너무 깊게 생각하다가 시야가 좁아지기 쉽네. 시야가 좁아지면 세상 물정 모르는 철부지의 자기만족만 남게 되고. 자네에게는 굳이 말할 것도 없겠지만."

이 남자에게 철부지나 자기만족 같은 단어는 분명 태만이라는 이름의 악덕일 것이다.

그러나 정말로 악덕이라 할 수 있을까.

시야가 좁아져야 비로소 제대로 걸을 수 있는 자가 있다. 세상 물정을 알아 버려서 절망에 빠지는 자도 있다.

이나미의 철학은 고색창연하다. 쇼와 시대*의 냄새가 폴폴 풍긴다. 만약 지금 이나미가 의료 소년원 교관으로 복귀한다면 요즘 원생들에게 그의 철학이 어디까지 통할까.

"납득 못 하겠다는 표정이군."

"교관님의 이야기는 늘 구식입니다."

"설교라는 건 원래 구식일세. 늙은이가 하는 말이니 오히려 당연하지 않나?"

이나미는 호탕하게 독설을 내뱉었다. 징역수의 태도답지 않지만 보고 있어도 불쾌하지는 않다. 휠체어를 미는 교도관도 왠지 이나미에게 경의를 표하는 것처럼 보였다.

전직 경찰이나 검찰 관계자가 교도소에 들어오면 괴롭힘을 당할 때가 많다고 하지만 이곳 '하교' 안에서라면 걱정 없어 보인다. 그리고 만약 그런 가혹한 상황에 내몰려도 이나미는 그조차 속죄의 일부로 받아들일 것이다.

"뭔가 좋지 않은 일이 생기면 즉시 알려 주십쇼. 담당 변호사로서 최소한의 의무는 다하겠습니다."

"나는 괜찮으니 먼저 그 사건부터 살피게."

"제 일의 우선순위까지 정해 주시는 겁니까?"

"흥. 이제야 일이라고 인정하는군." 이나미는 의기양양하

* 1926년부터 1989년까지의 일본 연호.

게 미소 지어 보였다. "일이라면 보수가 많은지 적은지만 신경 쓰면 되지 않겠나? 미코시바 선생."

대화를 나눌수록 이나미의 페이스에 말려들어 가는 모양새다.

"충고를 받들어 이만 일하러 돌아가겠습니다."

"일본 속담에 독을 먹을 거면 접시까지 핥으라는 말도 있지. 내 마지막으로 설교 하나만 더 하겠네."

"이번엔 또 뭐죠?"

"자네는 지금도 날 교관으로 대하고 있나?"

"……제게 뭔가를 가르쳐 준 사람은 교관님뿐이니까요."

"그럼 자네를 이 세상에 낳은 사람도 어머니뿐 아니겠나."

의료 교도소를 나온 뒤에도 이나미의 말이 머릿속을 떠나지 않았다. 법무 교관을 관둔 지 수십 년이 지났는데도 참으로 상대하기 어려운 사람이다.

자, 이제 어떡해야 할까.

일이라면 주저할 게 없다. 의뢰인이 내가 부르는 액수를 받아들이지 아닐지에 모든 게 달렸다. 그러니 의뢰인의 주머니 사정을 알아 둘 필요가 있다. 아즈사는 나루사와 다쿠마가 부자라고 했지만 한 다리 건너 전해 듣는 이야기만큼 부정확한 것도 없다. 재판상의 증거 조사나 의뢰인의 자산 현황 조사도 근본은 같다. 자기 신고와 현물 대조, 그리고 권리관계의 소재 파악.

즉 일을 맡든 맡지 않든 역시 한 번은 피의자를 만나 봐야 한다는 뜻이다.

미코시바는 입가를 올려 자조하듯 미소 짓고 차에 올라탔다.

3

지요다구 가스미가세키 1번지 중앙 합동 청사 6호관. 마키노 하루오는 사무실에 도착하자마자 사무관에게서 손님이 왔다는 말을 듣고 응접실로 향했다.

사건을 맡게 된 지 5년, 약간 포화 상태를 보이는 안건을 소화할 수 있을 정도로는 익숙해졌지만 그래도 법정에 가는 사건을 하나 마치면 가벼운 피로를 느꼈다. 선배 검사 중에는 그 피로를 도취감의 잔해라고 부르는 사람도 있다고 하지만 어쨌든 피곤한 건 맞다. 원래라면 책상 앞에 앉아서 한숨 돌리고 싶은 타이밍인데 오자마자 손님을 맞아야 하는 상황에 푸념 한마디 늘어놓고 싶어졌다.

내 휴식을 방해하는 불청객이 대체 누굴까. 허기와도 비슷한 분노는 응접실 문을 여는 순간 눈 녹듯 사라졌다.

"건강해 보이는군."

소파에 앉아 있는 사람은 누카다 준지였다.

"선배님."

"이상하기도 하지. 같은 건물 안에 있어도 소속이 다르면 얼굴 보기가 힘드니."

마키노는 부랴부랴 소파에 가서 앉았다.

"소속이라고 해도 선배님은 대검, 저는 지검. 단순히 소속만 다른 건 아니지요."

갑작스럽게 입에서 튀어나온 말은 입 발린 아부가 아닌 마키노의 진심이었다. 대검찰청 소속 검사와 지방 검찰청 소속 검사는 같은 검사여도 연봉과 대우가 하늘과 땅 차이다. 아니, 그저 소속 관청뿐만 아니라 누카다와 자신은 검사로서도 격이 다르다. 그런 느낌은 누카다와 같은 구역에서 일하던 무렵부터 몸에 배었다.

"과연 그럴까. 다루는 사건이 상급 법원으로 올라갈수록 서류 우선주의가 되는 경향이 있지만 결국 새로운 증거라도 나오지 않는 한, 보는 곳은 똑같으니 하는 일에 별 차이는 없지."

절대 거드름을 피우지 않는 데다가 쉽게 흥분하지도 않는다. 법정에서도 감정에 호소하는 듯한 주장은 삼가고 담담히 법 이론만을 펼치는 스타일이 지금도 건재해 보인다. 남 이야기를 하기 좋아하는 관계자들은 그를 '배지를 단 법리학자'라는 별명으로 부른다고 한다. 감정에 호소하지 않으니 논리가 지배하는 법정 안에서는 당연히 유리해진다. 누카다가 출세의 계단을 차근차근 올라가고 있는 데는 분명 그런 업무방식이 영향을 미칠 것이다.

"한심하게도 전 아직 부족합니다. 선배님처럼 이론으로 밀고 나가면 좋을 텐데 늘 피고인을 미워하게 되네요."

"피고인을 미워하는 게 아니라 죄를 미워하는 거겠지. 법정 안에서 정의감을 분출하는 것도 여전하다던데."

"일개 지검 검사의 악평이 대검까지 전해진 겁니까."

"법조계는 폐쇄적인 사회의 축소판 같은 곳이니. 검찰 세계는 더 좁고."

"자학인가요."

"아니, 엄연한 사실이지. 고위직을 거친 검사가 밟는 길은 대부분 변호사고 대학 강사나 정치가로 전직하는 이는 한 줌에 불과해. 법조계가 폐쇄적인 사회라면 검사 세계는 극

단적인 한계 집락*이라고 할까."

　담담한 목소리에서 감정 기복 같은 것은 느껴지지 않는다. 선배로서 믿음직하지만 이런 빈틈없는 모습이 그의 인간관계를 좁히는 건 아닐까 하는 쓸데없는 걱정도 들었다.

　"하지만 호평이든 악평이든 일하는 모습이 눈에 띄니 평판도 도는 법. 그 자체는 나쁜 일이 아니야. 오히려 자랑스러워해야 하지 않을까?"

　"저 같은 애송이에게는 눈물이 날 만큼 감사한 말이지만 설마 그 말씀을 하시려고 이곳까지 행차하신 건 아니겠죠."

　"신경 쓰이는 이야기를 들었네."

　말투는 그대로지만 누카다의 눈빛이 어두워졌다.

　"후배의 악평에도 너그러운 누카다 선배님을 불안하게 하는 이야기입니까?"

　"산겐자야의 나루사와 다쿠마 노인 살해 사건. 자네한테 돌아갔다더군."

　"네. 잘 아시네요. 역시 이 세계가 좁다는 증거군요."

　"시치미 떼기는. 소문이 도는 건 피의자의 신상 때문 아니겠나. 피의자는 나루사와라는 성을 쓰고 있지만 30년 전에는 소노베 이쿠미. 바로 그 '시체 배달부' 소노베 신이치로

---

* 인적 자원이 절대적으로 부족한 과소 지역.

의 어머니일세. 아니, 지금은 변호사 미코시바 레이지의 어머니라고 해야겠지."

역시 그 이야기였나. 마키노는 누카다를 정면에서 바라봤다. 말을 통해 생각을 가늠할 수 없다면 안색을 살필 수밖에 없다.

"네. 관할인 세타가야 경찰서도 그 소식을 접하고 경악한 듯하더군요. 서장이 직접 연락해 왔습니다."

7월 4일 나루사와 다쿠마의 아내 이쿠미에게서 남편이 자살했다는 신고가 접수됐다. 세타가야 경찰서의 수사원이 검시관과 함께 집에 들이닥쳤을 때는 전형적인 목맨 자살 상황이 펼쳐져 있었고, 액사縊死를 구분 짓는 여덟 가지 사안도 충족했다. 유서가 나와서 경찰은 일단 사건성이 없는 것으로 판단했지만 감식반의 보고로 사태가 급변했다.

"위장을 암시하는 명백한 증거가 나왔죠. 자살 건이 순식간에 유산을 목적으로 한 위장 살인 사건으로 바뀌었습니다. 피의자에게 자백만 받으면 곧장 체포, 송치로 이어질 흐름입니다."

"자네 심증은 어떤가?"

"조사된 것만 보면 범인이 확실하다고 해야겠군요."

"피의자에게 변호사는 붙었나?"

"아뇨. 따로 살던 딸이 분주하게 변호사를 찾아 돌아다니는 것 같던데 아직 정해졌다는 소리는 못 들었습니다."

"미코시바가 직접 나설 것 같나?"

이쿠미 사건을 다루는 이상 피할 수 없는 화제일 것이다.

"가능성은 있겠죠. 가족의 변호를 금지하는 조문이 있는 것도 아니고요. 친어머니가 기소되면 구하고 싶은 게 인지상정 아니겠습니까. 예전 '시체 배달부'도 아마 마찬가지일 겁니다."

나루사와 이쿠미를 조사하다가 소노베 신이치로의 이름이 불거져 나왔을 때는 마키노도 소스라치게 놀랐다. 오래전 일본 전역을 공포와 불안에 떨게 한 '시체 배달부'. 사건이 1985년에 일어났으니 마키노가 태어난 지 얼마 안 됐을 무렵이지만 쇼와 시대를 대표하는 중대 사건으로 서류 및 사법 연수원 강의에서 수없이 보고 들었다. 그러나 그보다 더 경악한 것은 최근 그 사건의 범인인 소노베 신이치로가 미코시바로 이름을 바꾸고 변호사로 악명을 떨치고 있다는 사실이었다.

설마 나의 적 중에 '시체 배달부'가 숨어 있었을 줄이야. 언젠가는 법정에서 맞닥뜨릴 거라고 짐작했지만 이번 사건에서 이름을 접하게 될 줄은 꿈에도 생각지 못했다.

"나도 자네와 생각이 같네. 아무도 나서지 않으면 끝내 그가 변호를 맡을 가능성이 크겠지. 그 동기에 대해서는 의견이 조금 다르지만."

"그런데 누카다 선배님이 왜 그를 신경 쓰는 겁니까? 가능성이 없진 않겠지만 대법원까지 갈 안건은 아닐 텐데요."

"자네는 법정이나 다른 곳에서 미코시바를 만나 본 적이 있나?"

"아뇨. 다행인지 불행인지 지금껏 스친 적도 없습니다."

"그런가. 그럼 여기까지 온 보람이 있군. 쓸데없는 참견이라고 생각할 수 있겠지만 조언하러 왔네."

"조언 말인가요."

"정말로 쓸데없는 참견일지도 모르겠군. 아직 그가 일을 맡는다고 정해진 것도 아니니. 하지만 만약 그 남자를 상대하게 된다면 사전에 정보를 파악해 두는 게 좋겠지. 특히 자네처럼 감정을 고스란히 드러내는 이들이 가장 맞서기 어려운 상대야." 누카다가 무슨 말을 하려는지 즉시 느낌이 왔다. "그래. 난 전에 그와 법정에서 맞붙은 적이 있네."

"결과는 어땠습니까?"

"밝히고 싶지 않지만 완패였네. 유죄가 분명한 사건인데도 손바닥 뒤집듯이 뒤집혔지. 상고 건이어서 확정 판결로 패소 확정. 덕분에 그 이후 몇 달간 법정에 서지 못했네."

"믿기지 않는군요. 누카다 선배님이 완패라니. 미코시바 변호사가 대체 무슨 수를 쓴 겁니까?"

"쓸 수 있는 모든 수를 썼다고 해야겠군."

누카다는 오래된 상처를 건드리는 것처럼 말했다.

"증인에 대한 동정과 공감, 유도, 착오는 물론 위협에 가까운 행동도 서슴없이 했지. 이론도 완벽했지만 특히 법정 안의 분위기를 뒤집는 데 도가 텄더군. 나와 맞설 때 심지어 대법원 법정에 자기 키 정도 되는 의료 기기를 증거품으로 등장시키기도 했어. 재판장을 비롯해 법정에 있던 사람들이 하나같이 넋이 나갔지."

"장관이 펼쳐졌겠군요."

"그때 재판장은 실무파로 알려진 마나베 무쓰오 대법원장이었는데 그가 노기를 보여도 미코시바는 눈썹 하나 까닥하지 않았어. 허세라고 해야 할까, 타고난 무대 기질이라고 해야 할까. 변호사라기보다 사기꾼에 가까운 느낌이더군. 그런 사기꾼에게 당한 나는 대체 뭔가 싶지만."

"보아하니 허장성세와 논점 흐리기가 특기인가 보네요."

"그렇게 생각하면 큰코다칠 걸세. 화려한 퍼포먼스에는 완벽한 이론과 탁월한 교섭 능력이 전부 뒷받침돼 있었으니. 나중에 다른 동료에게 들었는데 평소에도 완급을 조절해서 아주 다양한 공을 던진다더군. 어쨌든 지금껏 자네가 상대해 온 여타 변호사들과 똑같이 생각해서는 안 된다는 말이야."

누카다는 법정 안과 마찬가지로 법정 밖에서도 호들갑스러운 표현을 쓰거나 다른 사람을 현혹하는 말은 하지 않는 남자다. 그런 누카다가 이 정도로 말하는 거면 역시 미코시바라는 변호사를 허투루 봐서는 안 될 것이다.

"자네 심증이 좋지 않다는 건 알겠네. 그럼 그걸로 공판을 유리하게 끌고 갈 수 있겠나?"

"피의자에게는 동기, 방법, 기회 세 가지가 갖춰져 있습니다. 여기에 자백 조서만 더하면 그야말로 철벽이라 할 수 있겠죠."

"철벽이라. 나도 처음에는 그렇게 생각했네. 그때로 돌아갈 수만 있다면 나에게 정신 차리라고 한마디 해 주고 싶구면." 누카다가 입꼬리를 올려 입으로만 웃었다. "만약 이 사건에서 그가 변호를 맡는다면 어떻게 될 것 같나?"

"미코시바 변호사의 출신은 이미 언론을 통해 알려졌습니다. 피의자 나루사와 이쿠미와의 관계도 조만간 떠들썩하게 퍼지겠죠."

피고인의 신원을 검찰이 고의로 누설하지 않아도 언론사와 출판사 사법 담당 기자 중에는 유독 냄새를 잘 맡는 이들이 있다. 그들에게 걸리면 두 사람의 관계가 폭로되는 것은 시간문제다.

"그렇겠지. 모자 2대에 걸친 살인 계보, 그 어머니에 그 아들. 상상만으로도 불쾌한 제목들이 붙지 않겠나. 그리고 대중들은 그런 종류의 선정적인 기사를 삼시 세끼보다 좋아하는 법. 첫 공판일에 방청석에 앉으려고 줄을 길게 늘어선 사람들의 모습이 벌써부터 눈에 선하군."

"어쨌든 세간의 주목이 쏠릴 것 같습니다."

"거기에 그가 변호를 나선다고 생각해 보게. 과거 이력에 뒤틀린 가족 사랑까지 겹쳐 세간의 관심이 더욱 들끓겠지. 법정 안의 모습을 그리는 화가나 입이 가벼운 방청인들의 블로그에는 방문자 수가 폭증할 테고. 그야말로 일거수일투족이 만천하에 드러날 걸세. 검찰에는 단 한 번의 실수도 허용되지 않아. 만약 유죄가 나오지 않으면 담당 검사뿐만 아니라 다른 이들의 목까지 잘릴지 모르네."

으스스한 이야기에 어깨가 부르르 떨렸다.

거기까지는 떠올리지 못했다.

"내가 굳이 이곳까지 온 이유를 이제 알겠나?"

"네……. 곰처럼 둔감한 저도 아주 잘 이해했습니다."

"검찰이 지금부터 쓸 수 있는 수가 있을까?"

"피의자를 잘 구슬려 미코시바가 아닌 다른 변호사를 선임하게 해야겠죠. 가능하면 이쪽이 상대하기 수월한 변호사와 붙는 게 이상적일 테니까요."

"피의자의 딸이 백방으로 변호사를 찾아다니는데도 아직 하겠다고 나선 사람이 없다……. 자네가 조금 전 그렇게 말했는데 실제 이유를 알고 있나? 의뢰받은 변호사들이 모두 피의자의 출신을 두려워했기 때문이야. 지금까지도 중대 사건에 연관된 변호사가 세간의 비난을 사는 사례는 있었지만 이번 사건은 비할 바가 못 되네. 미코시바는 변호사 동업자들에게서 눈엣가시 취급을 받으며 배척당하고 있으니 더욱 그래."

"미코시바가 변호를 맡을 가능성이 더 커지고 있다는 뜻입니까?"

"적어도 그렇게 관측하는 이들이 많은 게 사실이지."

왠지 어정쩡한 대답이 문득 거슬렸다.

"선배님은…… 누카다 선배님은 다르게 보시는 겁니까?"

"나뿐만이 아니라 그와 맞선 경험이 있는 검사는 다들 비슷한 감촉을 느끼지 않을까."

"어떤 감촉이죠?"

"그에게는 세상의 일반적인 논리나 상식이 통하지 않네. 그러니 가족이라는 이유로 그가 이번 사건의 변호를 맡을 거라고는 보지 않아."

무슨 말을 하려는 걸까.

"이해가 안 된다는 표정이군. 하지만 이건 법정에서 그와 직접 맞붙어 봤으니 느끼는 실감일세."

"하지만 그래도 부모 자식 사이입니다. 어머니가 피고인이고 아들이 변호사라면 당연히……."

"그의 몸에 흐르는 피가 과연 붉은색일까."

"네?"

"그가 과거에 저지른 사건을 떠올릴수록 그런 망상 같은 생각이 드네. 그가 만약 변호를 맡는다면 아마 핏줄이 아닌 다른 이유 때문이겠지. 그리고 그를 피고인의 아들로 인식해 공판을 사전 검증할 거면 지금 당장 생각을 고치는 게 좋을 걸세. 그를 평범한 일반인과 똑같이 보면 안 돼."

"……명심하겠습니다."

"귀중한 시간을 빼앗았군. 이 빚은 나중에 갚겠네."

마지막으로 그렇게 말하고 누카다는 응접실을 나갔다.

혼자 남은 마키노는 누카다와 나눈 대화를 되새겼다.

이웃에 사는 알고 지내던 다섯 살 여자아이의 몸을 토막
내 각 부위를 우편함과 신사 새전함에 배달하고 다녔다는
열네 살 소년. 오래된 사건이지만 사안의 중대성 때문에 수
사 자료와 진술 기록 대부분을 지금도 열람할 수 있다. 읽으
면 읽을수록 인간의 이성을 믿기 어려워지는 내용이었다.
교육과 가정의 무력함을 일깨워 줬다.

세상이 열네 살 살인범 소노베 신이치로를 두려워한 이
유는 그가 정신 이상자여서가 아니었다. 지인들에게 평소
성격을 물으면 그는 어디에나 있을 법한 평범한 소년이었
다. 독서를 즐겼고, 쾌활하다고까지는 할 수 없지만 평범하
게 친구를 사귀고 성실하게 학교에 나가 수업을 받던 아이
였다. 그 평범함이 세상을 공포의 구렁텅이에 떨어뜨렸다.
언제 자신의 아이가 두 번째, 세 번째 소노베 신이치로가 돼
도 이상하지 않다는 생각을 전파했기 때문이다.

마키노는 당시 부모들의 심정을 이해할 수 있었다. 아이
를 가진 적은 없지만 인간이라는 동물의 어두운 일면이 이
해되는 것 같았다.

그러나 정말로 이해했을까.

소노베 신이치로는 과연 어디에나 있을 법한 평범한 소
년이었을까.

누카다의 이야기를 집중해서 들으면서 오랫동안 착각하고 있었던 게 아닐까 하는 생각이 들기 시작했다.

─그를 평범한 일반인과 똑같이 보면 안 돼.

사건 발생 당시 어느 질 낮은 주간지에서 그 말을 꼭 빼닮은 제목의 기사를 실은 바 있었다.

─그 소년은 '괴물'이었다.

30년이라는 세월을 뛰어넘어 존경해 마지않는 선배 검사와 선정적인 언론의 논조가 일치했다.

나는 선배의 충고에 따라 인식을 재정비해야 할 것이다.

소노베 신이치로, 아니 미코시바 레이지는 정말로 괴물일지도 모른다.

갑자기 불안감을 느낀 마키노는 사건을 담당하는 세타가야 경찰서 강력계의 구지모토 나리마사를 불렀다.

전화로 연락하고 약 한 시간 정도 지나 구지모토가 마키노를 찾아왔다. 직위는 경부. 솔직한 성격이고 여러 번 만나며 속마음을 터놓는 사이가 됐다. 그는 나루사와 다쿠마 사건에서 이쿠미의 조사를 맡았다.

"나루사와 다쿠마 사건 때문이군요. 지난주에 막 송치한 참인데요."

나루사와의 시신이 7월 4일 발견되고 수사를 시작한 지 열두 시간이 지나 자살이 위장됐을 혐의가 떠올랐다. 다음 날인 5일에 아내인 이쿠미를 체포. 구류 기한인 48시간 안에 자백을 받아 내려 했지만 결국 실패하고 부인否認 사건으로 검찰에 송치한 흐름이다.

　검찰에 송치된 피의자는 검사의 조사를 받고 신병 구속 필요가 있다고 판단할 경우 검사가 법원에 구류를 청구한다. 나루사와 이쿠미도 예외가 아니었다.

　그리고 법원이 구류를 결정하면 열흘, 연장하면 거기에 열흘 더 피의자의 신병을 구속할 수 있다. 검찰은 그 기간 안에 피의자를 기소할지 결정해야 한다. 마키노도 이쿠미를 조사하면서 아직 자백을 받아 내지 못했지만 여러 증거가 갖춰져 있어서 기소를 결정했다.

　"그 나이치고는, 아니 그 나이라서 그렇겠지만 아무튼 아직도 완고하게 입을 다물고 있습니다."

　"하하. 마키노 검사님이 상대해도 그렇던가요. 뭐 그 '시체 배달부'의 어머니니까요. 소노베 신이치로도 처음에는 침묵을 지켰다고 하니 모자가 똑같군요."

　"아들에 대해선 일단 잊기로 하죠. 지금은 이쿠미를 어떻게 공략할지에만 집중하고 싶습니다. 어차피 기소는 하겠지만 그전에 자백 조서를 받아 두고 싶어서."

"그런데 그 노인네 고집이 보통이 아니니까요. 증거를 눈앞에 들이밀어도 계속 못 본 척, 모르는 척만 하고 말이 전혀 안 통하더군요."

"송치 이후에도 마찬가지입니다. DNA 감정의 정확성을 아무리 설명해도 귀도 쫑긋 안 합니다."

당초 경찰이 나루사와를 자살로 추정한 데는 이유가 있었다. 첫째는 현장에 간 검시관이 작성한 검시 보고서다. 보고서에는 액사 감별점으로 다음 여덟 가지가 적혀 있었다.

⑴ 삭흔索痕. 목 졸린 자국은 대각선 위를 향했고 교차점 없이 머리 뒷부분을 통과했다. 액사에 의한 삭흔은 체중이 가장 많이 실리는 부위를 최하점으로 두고 반대편을 향해 올라가므로 조건에 부합한다.

⑵ 안면 울혈 없음. 손과 팔 등으로 목을 조른 액살縊殺이나 끈 등으로 조른 교살絞殺의 경우 정맥 혈류가 막히는 반면 동맥 혈류는 유지되는 탓에 피가 일방적으로 안면에 쏠려 울혈이 생기지만 사망자의 경우 그 증상이 나타나지 않는다.

⑶ 결막 출혈점 없음. 안면에 울혈이 생기면 이곳저곳의 모세 혈관이 끊어져 점 모양의 출혈을 동반한다. 결막 출혈도 증상 중 하나인데 사망자의 시신에는 존재하지 않는다.

⑷ 시반. 사망자의 시신은 시반이 하부에 집중돼 있다. 이는 사망하고 계속 허공에 매달려 있었음을 암시한다. 시신이 이동됐다고 생각하기 어렵다.

⑸ 피하 출혈 없음. 액살이나 교살의 경우 상대의 손 또는 끈을 제거하려고 손톱으로 방어한 상처가 남을 수 있는데 사망자의 시신에는 존재하지 않는다.

⑹ 분뇨 실금. 시신이 분뇨를 실금해 시신 바로 아래에 분뇨가 존재했다. 이는 사망하고 시신이 이동되지 않았음을 뜻한다.

⑺ 압박부에 끈에 의한 함몰 자국 있음. 이는 목을 맸을 때 사망자의 체중이 목 아랫부분에 실렸다는 증거다.

⑻ 골절 있음. 여기서 말하는 골절이란 목뿔뼈, 방패 연골의 골절을 뜻한다. 이들 뼈는 압박받는 부위 또는 그보다 조금 위쪽에 위치하므로 자주 부러진다. 사망자의 경우에도 예외가 아니다.

이상 여덟 가지 감별점은 나루사와 다쿠마의 사인이 액사임을 또렷이 말하고 있었다.

그리고 또 다른 이유는 바로 유서의 존재다. 허공에 매달려 있던 나루사와 다쿠마의 시신 근처에 겉면을 봉한 편지 봉투가 있었고 안에서 유서가 나왔다.

올해 75세였던 나루사와 다쿠마는 고령이어서 심신이 쇠

약해져서인지 평소 편지를 쓸 때 키보드에 의지했다. 다만 본문은 워드 프로세서로 입력했지만 끝부분 서명만은 손으로 직접 썼다. 발견된 유서도 정확히 그런 형태였는데 체력과 정신력이 쇠해져 죽음을 결심했다는 내용이 길게 이어지다가 말미에 유려한 글씨체로 쓴 본인의 서명이 있었다. 서명이 다른 문서 등에 있는 당사자의 필적과 일치해 유서가 실물임이 판명됐다.

그러나 이런 견고한 증거들을 손쉽게 뒤집을 수 있었던 것이 바로 자살에 사용된 밧줄이었다. 밧줄을 정밀 조사해 보니 끝부분에서 인간의 것으로 추정되는 피부 조각이 발견됐고 DNA 감정을 거친 결과 이쿠미의 피부로 판명된 것이다.

이쿠미는 당초 밧줄에는 손가락 하나 대지 않았다고 증언했지만 피부 조각이 발견됐다고 추궁하자 결국 풀려고 밧줄을 만졌다며 진술을 번복했다. 그러나 이쿠미의 키로는 밧줄을 묶은 상인방에 손이 닿지 않는다. 게다가 피부 조각이 나온 부분이 감춰진 매듭 안쪽이어서 진술의 신빙성이 떨어졌다.

상황이 그렇게 되니 유서도 미심쩍어졌다. 감식반이 유서를 꼼꼼하게 감정하자 서명 부분의 잉크가 필기구 잉크가 아닌 카본지 잉크인 것이 판명됐고, 서둘러 시신을 사법 해부 하니 나루사와 다쿠마의 체내에서 다량의 알코올이 검출됐다. 이쿠미의 혐의가 결정적으로 굳어진 순간이었다.

세타가야 경찰서의 분석은 이렇다. 이쿠미는 우선 나루사와 다쿠마에게 술을 먹여 인사불성 상태에 빠지게 했다. 다음으로 목에 밧줄을 감고 끝부분을 상인방에 통과시켜 나루사와의 몸을 끌어 올렸다. 이렇게 하면 액사에 의한 자살로 위장할 수 있다. 유서는 사망자가 생전에 편지를 쓸 때 서명 부분이 복사되도록 마지막 페이지 뒷부분에 카본지를 숨겼다. 카본지에 서명 부분이 새겨지면 나머지 여백에 워드 프로세서로 본문을 입력했다. 그러면 어엿한 유서가 완성되는 것이다.

다만 이 같은 견해에 의문을 제기하는 사람도 있었다. 과연 여자 혼자의 힘으로 몸집이 큰 남자를 끌어 올릴 수 있었겠느냐는 것이다. 그 의문은 수사원 한 명이 가택 수색에서 보물을 발견함으로써 해결됐다. 수사원이 집 안 창고에서 유용한 도구를 발견한 것이다.

도르래의 일종인 고리 도르래였다. 도르래 윗부분이 갈고리 형태라 걸 수 있는 곳만 있으면 어디서든 도르래를 쓸 수 있다. 경찰은 이쿠미가 이 도르래를 상인방 윗부분에 달아서 여성의 연약한 힘으로도 나루사와의 몸을 끌어 올린 것으로 추측했다. 다행히 상인방 윗부분에는 도르래를 장착한 흔적도 남아 있었다.

범행 동기는 당연히 유산이다. 애초에 나루사와 다쿠마와 이쿠미의 첫 만남부터가 수상쩍었다. 두 사람이 처음 알게 된 곳은 노년층을 대상으로 한 구혼 파티였다. 나루사와 다쿠마가 먼저 접근해 왔다고 하지만 역시 이쿠미의 증언이라 완전히 신뢰할 수는 없다. 수사원은 처음부터 이쿠미가 재산을 노리고 나루사와 다쿠마에게 접근했다고 추측하고 있다.

"동기와 방법, 거기에 기회까지 세 박자가 갖춰져 있죠. 이걸로도 충분하겠지만 욕심을 조금 더 부려 자백 조서를 받아 내고 싶습니다."

"저희도 마찬가지였습니다. 검찰로 송치하기 전에 어떻게든 자백을 받고 싶었죠. 증거가 갖춰져 있었고 나이도 나이이니 시간문제일 거라고 대수롭지 않게 생각했는데……"

대수롭지 않게 생각한 건 마키노도 마찬가지였다. 언뜻 선량해 보이는 외모와 우아한 말씨를 보고 상대하기 쉬울 거라고 방심한 게 실패의 원인이다. 나루사와 다쿠마와의 첫 만남부터 결혼 생활에 이르기까지 답변하기 별로 어렵지 않은 질문에는 더듬거리며 대답하면서도 범행에 대한 질문만큼은 완고하게 부인했다.

술은 남편이 직접 마셨다. 남편의 목에 밧줄을 걸거나 끌어당긴 기억이 없다. 유서 역시 본 적도 들은 적도 없다. 재산 목적으로 결혼했다는 말을 부정하지는 않겠다. 그러나 이런 나이에 노후를 걱정하지 않을 여자는 없을 것이다. 나루사와에게 끌린 이유는 오로지 그가 부자여서였다. 하지만 나는 절대 그 사람을 죽이지 않았다. 아침에 일어나 보니 거실에서 목을 매 숨져 있었다. 나는 두려운 마음에 시신에는 손도 대지 않고 경찰을 불렀을 뿐이다.

같은 진술을 앵무새처럼 반복하다가 증거를 내밀면 곧장 입을 다물었다. 꿋꿋하다기보다는 고집이 세고, 그렇다고 마냥 고집이 세기보다는 산전수전을 다 겪은 노인 특유의 교활함이 느껴졌다.

구지모토와 진술 내용을 대조해 보니 이쿠미가 범행을 부인하는 방식이 경찰과 검찰에서 모두 일관된다는 점을 알 수 있었다. 이런 태도를 보이는 피의자는 보통 두 부류로 나뉜다. 어지간히 배짱이 두둑하거나, 아니면 어지간히 계획적이고 치밀하게 범행을 저질렀거나.

"피의자의 약점 같은 건 없었습니까? 아즈사라는 딸이 있다고 했죠."

마키노가 묻자 구지모토는 힘없이 고개를 흔들었다.

"어린아이라면 협상 조건으로 쓸 수도 있겠지만 딸이 이미 마흔이 넘었고 거기에 독신입니다. 이미 독립해서 살고 있으니 약점이 될 수 없죠. 딸을 제외하고 남은 친족이면 그 변호사 선생이 있겠지만 이쪽은 또 다른 의미로 약점이 될 수 없습니다. 자칫 잘못하면 오히려 그쪽의 방패가 될 수 있는 상황이죠."

이야기를 들으며 마키노는 속으로 덧붙였다.

그는 방패를 넘어 창이 될 수 있는 남자다.

"이쿠미와 미코시바가 아직 접촉하진 않은 것 같습니다."

"네. 자백을 받아 내려면 지금이 절호의 기회일 텐데……주제넘게도 딸이 국선은 꺼리는 듯합니다. 피의자와 함께 법정에서 다투고 싶은 마음이 가득하겠죠. 실은 저희 수사원을 딸 쪽에 붙여 뒀는데, 오늘 아침 미코시바의 사무소를 찾아갔다고 합니다."

"네? 그런 건 일찍 말씀해 주셨어야죠."

아즈사는 틀림없이 변호를 의뢰하러 친오빠를 찾아갔을 것이다. 적은 이미 최악의 팀 구성을 염두에 두고 있다.

서두르지 않으면 뒤처진다. 한시라도 빨리 이쿠미에게서 자백을 받아 내야 한다.

그러나 어떻게 받아 낸다는 말인가.

마키노는 초조함을 드러내지 않으려고 애썼다.

4

미코시바는 세타가야 경찰서 앞에 멈춘 차에서 내렸다.

이곳 유치장에 이쿠미가 구류돼 있다고 했다.

법원에 의해 구류가 인정된 피의자는 원래 수사 기관과 독립된 형사 시설로 가야 하지만 형사 수용 시설법에서는 경찰서 내 유치장 대용을 인정하고 있다. 이른바 대용 감옥 제도다. 이 제도 아래에서는 경찰과 검찰이 제한 없이 피의 자를 조사할 수 있어서 원죄* 사건이 만들어질 수 있다는 국제 인권 규약 위원회의 비판에도 불구하고 일본은 오히 려 법률 존속을 강화하고 있다.

대용 감옥. 이름만 들으면 무시무시하겠지만 피의자의 인 권 따위에 관심 없는 미코시바에게는 평범한 단어에 불과 했다. 그곳에 관심이 생길 때는 안에 의뢰인이 갇혀 있을 때

* 억울하게 뒤집어쓴 죄.

뿐이다.

청사 안에 들어가 곧장 유치 관리과 창구에 방문 목적을 알렸다. 그러나 창구 담당자의 태도가 웬지 수상했다. 말을 빙빙 돌리기만 하고 좀처럼 미코시바를 안내하려 하지 않았다.

"절차에 뭐 문제라도 있습니까?"

만약 이쿠미가 접견 금지 상태라고 해도 변호사는 접견할 수 있다. 이쪽이 변호사라는 건 이미 신분증을 제시해 알렸고 사전에 연락도 했다. 미코시바에게 실수는 없었다.

"아뇨. 아직 조사 중이라……."

"아시다시피 피의자가 접견보다 조사를 우선하고 싶다는 의사를 표했다면 모를까, 그게 아니면 접견 거부로 간주합니다."

"검사 조사입니다."

검사 조사라면 접견보다 우선순위가 높다. 접견시켜 주지 않을 이유로는 합격점을 줄 만하다.

그렇다고 해도 대응이 허술했다. 창구에 노련한 직원을 두지 않은 것도 감점 요인이다.

"피의자를 담당하는 분이 마키노 하루오 검사라고 들었습니다. 그런데 마키노 검사가 5분 전에 가스미가세키 청사에 있는 걸 확인했습니다. 가스미가세키에서 산겐자야까지 5분이라니, 대체 어떤 교통수단으로 오신 겁니까?"

그러자 창구 담당자의 시선이 허공을 맴돌기 시작했다.

처음 미코시바를 맞닥뜨렸을 때 보인 반응부터 이미 수상했다. 접견하러 온 변호사를 보는 눈빛이 아닌 범죄자를 보는 눈빛이었다. 악명 높은 미코시바를 어떻게 생각하는지가 이중으로 얼굴에 고스란히 드러난다. 창구 담당자로 이토록 부적절한 인물도 없을 것이다.

"……잠깐만 기다려 주십시오."

창구 담당자는 불쾌함을 숨기지 않고 옆에 있는 전화기로 손을 뻗었다. 아마 책임자에게 판단을 떠넘길 심산이겠지만 자신에게 권한이 없음을 외부인에게 알리는 것도 마찬가지로 감점 요인이다.

"이쪽으로."

덧붙이면 마키노 검사가 현재 도쿄 지검에 있다는 이야기는 미코시바가 즉석에서 떠올린 거짓말이었다. 어차피 창구 담당자가 들먹인 검사 조사도 즉석에서 지어낸 거짓말로 보이니 이쪽도 거짓말로 답했을 뿐이다. 그 진위 확인조차 하지 않는 태만한 태도도 너무나 졸속이었다.

아직 선임 신고도 하지 않은 상태에서 경찰과 검찰이 미코시바를 경계한다는 건 기소하기에 충분한 요건이 갖춰지지 않아서일 것이다. 아즈사의 면회를 거부한 사실에서도 쉽게 가늠할 수 있다. 검찰은 손에 든 카드가 충분하지 않은 상황에 피의자에게 쓸데없는 정보가 들어가는 것을 꺼리는 게 틀림없다.

그리고 바꿔 말하면 이는 변호인에게 좋은 기회라는 뜻이기도 하다.

좋은 기회라.

그럼 왜 평소처럼 마음이 들뜨지 않는 걸까. 중요한 정보를 상대보다 먼저 얻는 쾌감이 느껴지지 않는 건 왜일까.

접견실에 들어가 10분 남짓 기다리자 유치장 담당 직원과 함께 보통 체구의 여자가 모습을 드러냈다.

여자는 미코시바의 기억 속에 있는 이쿠미의 인상과 사뭇 달랐다. 머리카락이 완전히 백발이고 손가락은 잡초처럼 물기를 잃었다. 허리를 굽히고 걷는 모습은 그야말로 나이에 걸맞은 '노파'라는 단어가 정확히 들어맞았다.

다만 움푹 팬 눈구멍 안쪽으로 보이는 눈빛만은 예전 그대로였다.

토끼나 다람쥐 같은 작은 동물처럼 항상 뭔가에 겁먹은 듯한 눈. 앞에 있는 자를 절대 완전히 신뢰하지는 않겠다는 듯이 경계하는 눈. 그 눈이 미코시바를 보자마자 휘둥그레 뜨였다.

의아한 것처럼 놀라는 표정을 보니 아크릴판 너머에 앉아 있는 이가 오래전 자신의 아들임을 인식하고 있는 것을 알 수 있다. 아마 유치 담당 직원 또는 다른 사람에게서 미리 이야기를 전해 들었을 것이다.

이쿠미는 미코시바를 똑바로 바라보며 일단 조심스레 간이 의자에 몸을 앉혔다.

"신이치로……?"

간신히 쥐어짜 낸 말일 테지만 미코시바가 이미 예상한 말이기도 했다.

30년 만에 이뤄진 어머니와 아들의 상봉. 그러나 가슴속에는 후회와 비슷한 실의밖에 생기지 않았다.

"아까 이 직원분께 들었는데…… 지금 변호사로 일하고 있다는 말이 사실이니? 변호사가 그리 쉽게 될 수 있는 게 아닐 텐데, 훌륭하게도…….”

이럴 때 슬픈 장면을 연기하는 것은 견딜 수 없다. 미코시바는 한 손을 들어 이쿠미의 말을 제지했다.

"미안하지만 저에 대한 이야기는 나중에 해 주겠습니까? 저는 지금 이곳에 일을 하러 왔습니다. 당신의 딸 고모다 아즈사에게 변호를 의뢰받아서 말입니다. 일단 먼저 확실히 해 주었으면 합니다. 저를 변호인으로 선임할지 말지를."

이쿠미는 미코시바의 얼굴을 가만히 훔쳐봤다.

"모르실 테니 미리 말해 두는데 저는 고액의 보수를 받는 것으로 악명이 높습니다. 하지만 대신 한번 일을 맡으면 의뢰인에게 반드시 이익을 선사하죠. 높은 수임료는 그 증거이기도 합니다."

"비싸다면 얼마 정도?"

"우선 착수금으로 1백만 엔. 불기소됐을 때는 2백만 엔. 무죄 판결 또는 집행 유예가 나왔을 때는 성공 보수로 1천만 엔. 물론 교통비와 문서대, 법정 출석 비용은 필요 경비로 따로 청구합니다."

이쿠미가 눈을 부릅떴다. 그럴 만도 하다. 일반적인 형사 사건에서 착수금은 대략 20만 엔에서 30만 엔 정도다. 그러나 미코시바가 제시한 착수금은 그것보다 세 배에서 다섯 배로, 성공 보수도 비슷한 수준으로 책정했다.

"지불할 수 있습니까?"

"남편 명의의 유가 증권을 처분하면……."

"괜찮겠군요."

"하지만 아직 착수금을 내는 건……."

"그럼 달아 두는 것으로 하죠. 무죄로 이곳을 나가면 그때 지불해도 됩니다." 미코시바는 가져온 가방에서 문서를 한 장 꺼내 아크릴판 앞에 들이밀었다. "변호인 선임 신고서입니다. 이곳에 당신 이름을 적으면 됩니다. 잠시 후 드리겠습니다."

이쿠미는 선임 신고서에 적힌 변호인의 이름을 뚫어지게 바라봤다.

"미코시바, 레이지……."

"소개가 늦었는데 그게 제 이름입니다. 앞으로도 그 이름으로 저를 불러 주십시오. 다른 이름으로 부를 때는 일절 응대하지 않겠습니다."

"신이치로는……."

"그 이름은 더는 이 세상에 존재하지 않습니다. 그렇게 생각하는 게 좋을 겁니다."

이쿠미는 왠지 원망스러운 듯이 미코시바를 봤다.

미코시바는 이쿠미의 심리를 이해할 수 없었다. 소노베 신이치로와 결별을 바란 건 오히려 그녀 자신 아닌가.

또다시 어두운 감정이 가슴 밑바닥으로 내려왔다. 가족에 대한 모멸감과 소외감이다. 그냥 내버려 두면 끝없이 커질 것만 같아 미코시바는 곧장 마음을 가다듬었다.

"이미 알고 있겠지만 계약상 당신과 저의 관계는 피고인과 변호인이며 그 이상 그 이하도 아닙니다. 그렇게 생각하지 않으면 오랜 재판 과정을 끝까지 버틸 수 없습니다. 알겠습니까?"

"……네."

"그럼 질문으로 옮겨 가겠습니다. 당신은 지금 자신이 어떤 혐의로 구류돼 있는지 이해하고 있습니까?"

"나루사와 다쿠마를 살해한 혐의예요."

자, 지금부터다.

이 질문에 대한 대답으로 변호 방침이 정해진다.

"당신은 나루사와 다쿠마 씨를 살해했습니까?"

"아니요." 이쿠미의 목소리는 그야말로 명료했다. "전 그를 죽이지 않았어요. 아침에 눈을 뜨고 남편을 찾았을 때 남편은 거실 상인방에 목을 맨 상태였습니다."

"나루사와 다쿠마 씨는 자산가였다고 하는데 그와 어떤 계기로 처음 알게 된 겁니까?"

그러자 이쿠미의 목소리가 다시 불명확해졌다.

그렇다.

이 여자는 원래 이렇게 말하는 여자였다.

성적에 대해, 선생님에 대해, 친구에 대해 아들에게 의견을 말할 때 입안에서 불만을 우물거리기만 했다.

이쿠미의 설명에 따르면 당시 상황은 이랬다.

미코시바가 사건을 일으키고 1년 뒤 남편 소노베 겐조가 자살하자 이쿠미는 손에 들어온 남편의 사망 보험금으로 손해 배상금 일부를 지불하고 아즈사와 함께 후쿠오카의 집을 떠났다. 사건의 내막이 워낙 끔찍했던 탓에 친족에게 의지하지도 못하고 이곳저곳을 전전했다고 한다. 두 사람은 1989년이 지나서야 예전 성인 고모다로 돌아가 기타간토 지역에 정착했다.

아즈사는 직장에 들어가자 독립을 위해 이쿠미 곁을 떠났다. 이쿠미의 처지에서도 생활비가 줄어드는 건 달가웠을 것이다. 그해를 기점으로 소노베 일가는 뿔뿔이 흩어졌다.

이쿠미는 시간제 일과 아르바이트를 하며 살았다. 그러다가 자기도 모르는 사이에 어느덧 독신 상태로 나이가 일흔에 가까워져 있었다. 국민연금 납부액도 규정에 미치지 못해 언젠가 기초 생활 수급자 신청을 염두에 두어야 하는 상황이었다.

앞이 보이지 않는 노후 생활만큼 불안한 것도 없다. '어쩌지, 어쩌지' 하고 고민하고 있을 때 이쿠미는 인터넷에서 노년층을 대상으로 한 구혼 파티의 존재를 알게 됐다. 지푸라기라도 잡고 싶은 심정과 수십 년 만에 느끼는 연정을 가슴에 품고 파티장에 갔고 그곳에서 처음 만난 사람이 바로 나루사와 다쿠마였다.

"그에게 과거를 털어놓았습니까?"

피의자와 피해자의 관계를 파악할 때 필요한 조사 사항이지만 사적인 관심이 생긴 것도 부정할 수 없었다.

"그가 결혼하자는 말을 꺼낼 때 털어놓았습니다. 제 예전 성과 후쿠오카에서 일어난 사건에 대해서요. 나루사와 씨는 제게 그런 건 상관없다고 해 주셨지요."

"갸륵한 분이군요."

진심이었다.

"저도 그렇게 생각했습니다. 이 기회를 놓치면 앞으로 여생 동안 이런 사람은 만날 수 없을 거다……. 그렇게 생각해 재혼을 결심했습니다."

"나루사와 씨가 자산가라는 사실은 어떤 타이밍에 알게 됐습니까?"

"……질문이 너무하네요."

"일이니 어쩔 수 없습니다."

"나루사와 씨의 집을 처음 찾았을 때였죠. 그전까지만 해도 예의 바른 신사분 정도로만 생각했는데 집이 부촌인 세타가야의 한복판에 있는 데다 규모가 상당한 저택이더군요. 그 무렵에는 직장을 그만둔 상태였는데 원래는 대기업 임원이었다고 했습니다."

이쿠미가 코를 살짝 벌름거렸다. 백마 탄 왕자라서 결혼한 게 아니라 결혼을 결심한 상대가 우연히 백마 탄 왕자였다고 말하고 싶은 걸까. 미코시바는 심술궂게 해석해 봤다.

"부부 사이는 어땠습니까?"

"이미 둘 다 나이를 먹을 만큼 먹었으니까요. 맞지 않는 부분은 서로 맞추려 했고 억지로 참거나 뭔가를 하지도 않았죠. 둘 다 재혼이었으니 지난 결혼에서 얻은 교훈일지도 몰라요."

친아들이면 이런 말을 듣고 어느 정도 감상적인 기분이 들겠지만 미코시바는 눈앞에서 어머니의 사랑 이야기를 들어도 마음이 1밀리미터도 움직이지 않았다.

"시신 발견 당시의 상황을 경찰에 있는 그대로 진술했습니까?"

"네."

"그런데 왜 체포된 거죠? 경찰이 당신이 나루사와 씨를 살해했다고 입증할 만한 증거를 쥐고 있나요?"

"아무래도 밧줄 때문인 것 같아요."

"목을 매는 데 쓴 밧줄 말입니까?"

"네. 그 밧줄 끝부분에서 제 피부 조각이 발견됐다더군요. DNA 감정인지 뭔지로 제 것이 분명하다고 판정됐다고 하네요."

"실제로 그 밧줄을 손에 쥐었습니까? 피부 조각이 채취될 정도면 상당한 힘, 가령 줄다리기 등을 하는 정도의 상황이었어야 합니다. 그와 비슷한 행동을 한 기억이 있습니까?"

이쿠미는 조금 생각하다가 잠시 후 힘없이 고개를 가로저었다.

"죄송해요. 그런 기억은 전혀 없네요."

"경찰이 제시한 증거가 그 밖에 더 있습니까?"

"도르래 같은 것도 있었어요."

이쿠미는 손가락을 세워 허공에 도르래 모양을 그렸다.

순간 검지 끝이 미코시바의 눈앞에 왔다. 나이가 일흔에 가까워지면 매니큐어 등을 발라야겠다는 마음도 들지 않는지 손톱이 누리끼리했다.

또다시 예전 기억이 되살아났다. 미코시바가 사건을 일으키기 전 이쿠미의 손가락은 끝이 가늘었다. 따귀를 얻어맞을 때나 손가락질을 당할 때 그녀의 뾰족한 손가락은 마치 흉기 같았다.

이쿠미가 허공에 그린 도르래는 끝부분이 갈고리 모양이었다. 소위 고리 도르래라고 불리는 종류의 것이다.

"이걸 상인방 위에 달면 여자인 저도 남자 몸을 쉽게 들어 올릴 수 있다고 했어요."

당연한 도르래의 원리다. 도르래를 쓰면 분명 힘 약한 노인도 무거운 것을 들어 올릴 수 있다.

그러나 한편으로는 씻기 어려운 위화감도 들었다. 그런 중요한 증거품을 왜 집 안에 남겨 뒀을까. 자칫 잘못 처분하면 오히려 도르래를 사용한 게 밝혀질 염려가 있으니 등잔 밑이 어둡다는 말처럼 넌지시 집 안에 두었을 가능성도 없지는 않다. 그래도 너무 엉성하지 않은가.

미코시바는 이쿠미가 나루사와 다쿠마의 몸을 끌어 올리는 광경을 떠올려 봤다. 본인이 무죄를 주장하는 이상 변호인도 부인 사건으로 싸울 수밖에 없지만 속으로도 피고인을 믿어야 할 의무는 없다. 이번 사건은 더욱 그랬다.

부분적인 면에서는 납득이 가지만 세부가 허술해 공들여 세운 계획이 단 하나의 실수로 물거품이 됐다. 이번 사건의 모양새를 한마디로 표현하면 그렇다. 그리고 예전 이쿠미의 성격도 그랬다. 식사 준비와 청소, 세탁, 장보기. 움직이기 전에 이것저것 떠올리기는 해도 늘 어디선가 뭔가를 빠뜨려 전체 계획을 무너뜨리는 행동을 수없이 반복했다. 따라서 이번 사건이 이쿠미가 저지른 살인이라고 해도 미코시바는 쉽게 납득할 수 있었다.

"그 도르래를 전에도 본 적이 있습니까?"

"아뇨. 못 봤어요. 그래서 형사님이 실물을 보여 줬을 때도 뭔지 몰라서……."

미코시바는 더듬더듬 이야기하는 이쿠미를 지그시 관찰했다.

변호사 일을 시작하고서 20년, 지금껏 만나 온 의뢰인은 5백 명에서 1천 명 이상. 그중에는 정직한 자도 있지만 거짓말을 하는 자도 있었다. 태생부터 거짓말이 서툰 사람과 숨 쉬듯 거짓말을 내뱉는 자가 있었다. 자신을 위해 거짓말을 일삼는 자와 남을 위해 거짓말을 일삼는 자가 있었다.

변호사가 하는 일이란 결국 의뢰인의 거짓말을 꿰뚫어 보는 것이다. 거짓말을 비난할 마음은 없다. 의뢰인이 고의로 내뱉는 거짓말과 무의식중에 입에 담는 거짓말을 구분해 의뢰인의 이익이 될 부분을 찾는 게 변호사의 임무다.

진위를 구분하는 훈련을 계속해 온 덕에 대부분의 거짓말은 꿰뚫어볼 자신이 있었다. 그럼 이쿠미에게 의혹의 눈길을 향했을 때 이 여자가 하는 말은 진실일까, 허위일까.

그리고 허위라면 대체 이쿠미는 어떤 거짓말을 하는 걸까.

이쿠미는 거짓말에 서툴렀나, 능숙했나.

아니, 애초에 거짓말을 자주 하는 사람이었나.

어려웠다.

미코시바는 속으로 이를 갈았다. 기억 속에 있는 그녀가 명확한 형태를 지니지 못한 탓이다. 눈앞에 있는 당사자를 봐도 평소의 센서가 반응하지 않았다.

"그 밖에 또 어떤 질문을 했죠?"

"남편의 현금과 예금, 유가 증권을 관리한 사람이 누구냐고……."

"누가 관리했습니까?"

"전부 남편이 직접 했어요. 장을 보러 갈 때도 필요한 액수를 말하면 남편이 현금을 줬죠."

"그럼 예금통장이나 유가 증권을 보관하는 곳은?"

"휴대용 금고 속에 넣어 두었죠. 하지만 금고 암호는 남편밖에 몰랐습니다."

"사건 당일 집의 문단속은 어땠습니까?"

"전날 밤 현관과 뒷문은 제가 확실히 잠갔어요."

외부에서 다른 사람이 침입했을 가능성은 낮은 걸까.

"나루사와 다쿠마 씨에게 다른 혈육은 없습니까? 상속 대상이 될 만한 친족 말입니다."

"전 부인과는 사별했고 자식도 없었어요. 남편도 가까운 친족은 전부 저세상에 가 버렸다고 자주 한탄했지요."

다시 말해 유산을 상속받을 수 있는 사람은 이쿠미뿐이라는 뜻이다.

문을 걸어 잠근 단독 주택 안에 피해자 외에 있던 사람은 이쿠미 단 한 명. 게다가 이쿠미는 유일한 유산 상속인이라고 한다.

그야말로 악조건이 겹쳤다. 이대로는 누가 재판관석에 앉아도 심증이 좋지 않을 수밖에 없다.

진정해라. 미코시바는 스스로 마음을 다잡았다.

상황에 휩쓸리지 마라.

변호의 방패가 될 재료를 발견하라.

"결혼은 했니?"

그때 느닷없이 터무니없는 질문이 날아왔다. 미코시바는 저도 모르게 이쿠미를 노려봤다.

"사건과 무관한 질문은 삼가 주십시오. 시간 낭비입니다."

"하지만 나 혼자서 일방적으로 떠들어 봐야······."

"원래 의뢰인은 말하는 게 일이고 변호인은 지시하는 게 일입니다. 의뢰인과 변호인의 관계란 그런 겁니다."

이쿠미는 또다시 원망스러운 눈빛으로 미코시바를 봤다.

"고집스러운 성격은 전과 똑같구나."

"여러 번 말하게 하지 마십시오. 당신이 아는 소노베 신이치로라는 인간은 더는 이 세상에 없습니다. 지금 당신 눈앞에 앉은 사람은 전혀 다른 사람입니다."

"그렇다면 소노베 신이치로였던 시절의 책임도 다 사라졌다는 거니?"

책임이라고?

미코시바는 불현듯 몰려오는 어두운 분노 때문에 자칫 이성을 잃을 뻔했다.

설마 스스로 목숨을 끊어 청구된 손해 배상금의 일부를 지불한 것이 책임이란 걸까.

남편의 자살 후 세상 사람들의 비난을 견디지 못해 딸과 함께 도망 다닌 것이 책임이란 걸까.

"진술 조서에는 서명했습니까?"

"아뇨. 전 남편을 죽이지 않았으니까요. 검사님이 끈질기게 요구했지만 제게는 그런 기억이 없으니."

"그걸로 좋습니다. 검사가 멋대로 만들어 낼 수도 있지만 서명 날인은 앞으로도 계속 거절하십시오. 만약 이러지도 저러지도 못할 때는 변호사를 불러 달라고 하면 됩니다. 바보처럼 그 말만 주문처럼 외우세요. 모쪼록 상대가 기뻐할 만한 행동은 삼갈 것. 상대가 괴로워하는 표정을 보이면 내가 올바른 행동을 했다고 생각하십시오."

미코시바는 자세를 가다듬고 필요한 것만을 지시했다. 그렇게 평정심을 되찾았다.

"오늘은 이 정도로 해도 되겠죠. 조사 과정에서 또 의문이 생기면 그때 다시 질문하십시오."

"전 앞으로 어떻게 되는 건가요?"

"사건이 돌아가는 양상과 상황으로 보건대 검찰이 불기소 처분을 내릴 가능성은 극히 낮습니다. 아마도 기소되겠죠. 그럼 당신의 신분은 피의자에서 피고인이 되고 신병도 구치소로 옮겨집니다."

"구치소는 어떤 곳이죠?"

"이곳과 별반 다를 건 없습니다. 입을 것, 먹을 것, 그리고 일용품의 반입이 제한되는 정도죠. 필요한 건 표로 작성해 당신 딸에게 부탁하면 됩니다. 구치소에 가면 가족의 면회도 제한적으로 허용됩니다."

"신…… 미코시바 선생님은 와 주시는 건가요?"

"아까도 말씀드렸죠. 조사가 필요해지면 올 겁니다. 필요 없을 때 쓸데없는 행동은 일절 안 할 거고요."

미코시바는 이쿠미에게 대답할 기회를 주지 않으려고 재빨리 자리에서 일어섰다.

"일을 한번 맡은 이상 저는 당신의 이익을 위해 최선을 다할 겁니다. 하지만 착각하지 말아 주십시오. 일이니까 당신을 돕는 겁니다. 반복하지만 저와 당신은 단순히 변호인과 의뢰인 관계이고 그 밖에는 어떤 접점도 없습니다."

그리고 단숨에 몸을 뒤로 돌려 한 번도 돌아보지 않고 접견실을 나갔다.

청사를 나가 차에 올라타고서야 한숨을 내쉬었다.

얼굴과 어깨가 뻣뻣해졌고 꼭 법정에서 큰 사건을 하나 마친 것 같은 피로감이 몰려왔다. 고작 선임 신고서에 서명받고 향후 변호 방침을 설명했을 뿐인데 왜 이토록 긴장했을까.

예상대로 이쿠미와의 재회는 시종일관 모래를 씹는 듯했다. 재회 자체에 후회나 죄책감은 들지 않는다. 뿔뿔이 흩어진 이유도 괴상하고 재회한 이유도 괴상하다.

미지근한 빗물이 살갗에 묻은 듯한 불쾌감이 계속 남았다. 이쿠미의 얼굴과 목소리를 다시 떠올리는 것만으로 가슴을 쥐어뜯고 싶어졌다. 이미 내다 버린 과거와 잊은 기억이 내게 복수하기 위해 무덤에서 되살아난 느낌이었다.

아즈사도 이쿠미도 이제는 남이다.

잊어라.

그렇게 계속 명령해도 두 사람의 얼굴이 머릿속에서 떨어지지 않았다. 그래서 억지로 이나미의 얼굴을 떠올려 보니 의외로 쉽게 덧씌워졌다.

어쨌든 주사위는 이미 던져졌다. 앞으로는 평소처럼 반증과 입증 재료를 찾는 여행길이 펼쳐질 것이다. 미코시바는 가속 페달을 밟으며 세타가야 경찰서를 뒤로했다.

5

사건을 맡은 마키노 앞에 변호인 선임 신고서가 도착해 나루사와 이쿠미의 변호인으로 미코시바가 정식 선임됐다. 그리고 거의 동시에 나루사와 다쿠마 사건이 배심원 재판으로 정해졌다.

역시 선임될 만해서 선임됐나.

마키노는 선임 신고서를 힐끗 보기만 하고 책상 서랍에 쑤셔 넣었다. 최대한 속을 알 만한 변호사를 끌어들여 미코시바의 참전을 막고 싶었지만 상대 움직임이 빨랐다. 세타가야 경찰서에서 소식을 들었을 때는 이미 이쿠미가 선임 신고서에 서명한 뒤였다.

뭐 상관없다. 검사 일을 하다 보면 언젠가 만나게 될 상대이고 그 시점이 조금 빠르냐 느리냐의 차이다.

그리고 누카다 선배의 일도 있다. 선배가 처참하게 패배했다는 상대가 내 적이 될 수도 있다고 할 때부터 이미 가슴에 파란 불길이 치솟았다. 에도의 적을 나가사키에서 섬멸한다는 일본 옛말처럼 이번 일은 형태가 바뀐 복수전이기도 하다.

상대가 이제 곧 이곳에 올 것이다. 법원 한 곳에서 공판 전 정리 수속을 해야 한다. 적과의 첫 만남. 마키노는 시간을 확인하며 남몰래 투지를 불태웠다.

공판 전 정리는 배심원 제도 도입에 앞서 신설된 제도다. 배심원에게 소요되는 시간을 최대한 단축하기 위해 판사, 검사, 변호인 세 명이 모여 사전에 재판의 쟁점과 증거를 정리한다. 그렇게 해서 공판 때 원활하면서도 신속한 심리를 기대할 수 있다. 듣자 하니 미코시바라는 남자는 재판에서 상대의 허를 찌르는 증거나 쟁점을 언급해 혼란시키는 수법을 자주 쓴다고 한다. 그런 전략가라면 상대와 맞붙기도 전에 자신의 패를 보여 주는 이런 제도가 짜증스럽기 그지없을 것이다. 마키노는 불리한 상황에서 법정 투쟁을 시작해야 하는 미코시바의 시무룩한 얼굴을 보고 싶었다.

오전 11시 정각이 되자 문을 두드리는 소리가 들렸다. 아무래도 시간 약속에 철저한 남자인 듯하다.

"들어오시죠."

방에 들어온 이는 뾰족한 귀와 복 없어 보이는 입술, 그리고 무엇보다 맹금류를 연상시키는 눈이 인상적인 남자였다.

"나루사와 이쿠미의 변호를 맡은 미코시바입니다."

이것이 바로 그 유명한 '시체 배달부'의 몰골이란 말인가. 마키노는 태연하게 미코시바의 머리끝부터 발끝까지를 꼼꼼히 관찰했다.

직업 관계상 과거에도 살인을 저지른 자를 여러 명 봐 왔다. 겉보기에 온화해 보이는 사람이 있는가 하면 이성의 파편조차 보이지 않는 녀석도 있었다. 다만 모든 이에게 공통점이 있었는데 그중 하나가 바로 눈이다. 남을 죽인 인간은 거의 예외 없이 눈빛이 싸늘했다.

그러나 미코시바의 눈빛은 색이 조금 달랐다. 싸늘한 건 맞지만 거기에 상대의 가슴 깊숙한 곳을 꿰뚫어 보는 듯한 지성이 느껴졌다.

미코시바는 고개를 가볍게 한 번 숙이고 마키노가 권한 소파에 앉았다. 키는 마키노와 얼추 비슷하지만 마주 앉은 미코시바가 살짝 올려다보는 모양새가 됐다.

"처음 뵙겠습니다. 이번 사건을 맡은 마키노라고 합니다. 선생님에 대한 소문은 익히 들어서 꼭 한번 만나 뵙고 싶었습니다."

적이기는 해도 연장자다. 처음에는 경의를 표하는 게 상식일 것이다.

"소문 말인가요. 어차피 변변찮은 악평이겠지만 요즘은 변호사 일도 선전과 광고로 매출이 좌우되니 어떤 형태로든 이름이 알려지는 건 좋은 일이겠지요."

"아뇨. 실력이 뛰어나다는 칭찬이 많았습니다."

"그런 건 질투나 마찬가지여서 악평과 별반 다르지 않습니다."

즉석에서 바로 빈정거림으로 되받아치는 모습도 소문 그대로다.

"그럼 미코시바 선생님. 곧장 본론으로 들어가지요. 제가 보낸 청구 증거 서면은 읽어 보셨습니까?"

"증명 예정 사실 기재 서면, 체포 수속서, 검시 보고서, DNA 감정 보고서, 그리고 피의자의 진술 조서, 수사 과정에서 수집, 작성한 자료. 이 여섯 가지 말이군요."

"네. 어땠습니까? 변호인으로서 보시기에 충분하나요?"

검찰이 제시한 증거만으로 부족하다면 변호인은 다른 증거도 새로이 청구할 수 있다.

그러나 아무리 청구한다고 해도 현시점에 변호인에게 유리한 증거 따위 존재하지 않는다. 이미 제출을 마친 여섯 가지만으로도 이쿠미의 혐의는 결정적이고 추가 증거 제출은 심증을 더욱 굳힐 뿐이다.

"충분합니다. 전부 객관적인 시점으로 작성되어 납득할 만한 것들이더군요. 단 하나를 제외하면."

오, 드디어 시작인가.

"나루사와 이쿠미의 진술 조서에는 동의할 수 없습니다. 피의자가 끝까지 부인한 건 적혀 있었지만 마치 그녀가 계획을 세워 남편을 직접 살해한 듯한 느낌을 주는 내용이더군요."

"피고인의 신문을 청구하게 되겠네요."

"바라던 바입니다."

처음부터 투쟁 모드인가. 좋다. 이렇게 나온다면.

"변호인 측에서 증거를 청구할 예정은 있습니까?"

그러자 미코시바는 관심 없다는 듯이 고개를 가로저었다.

"지금은 뭘 청구해야 좋을지 모르겠습니다. 오리무중이라고 해야겠군요."

이런 수법에 넘어갈 성싶으냐. 마키노는 속으로 독설을 내뱉었다. 어물쩍한 모습을 보이면서 정작 재판에선 허를 찌를 증거를 제시한다. 상대의 전술은 이미 훤히 꿰고 있었다.

"그렇습니까. 하지만 미코시바 선생님. 이건 번데기 앞에서 주름 잡는 말일지 모르지만, 공판 전 정리 수속은 배심원들의 부담을 덜기 위한 제도입니다. 나중에 가위바위보처럼 느닷없이 증거를 제시하는 행위는 제도의 취지에 어긋나니 부디 삼가 주셨으면 합니다."

"배심원의 부담 경감 말입니까." 미코시바는 빈정거리면서 입꼬리를 올렸다. "그렇게 부담을 줄여 편한 정신 상태로 심리를 이어 가는 게 그리도 중요한 걸까요."

"미코시바 선생님은 이 제도에 반대하십니까?"

"제 아무리 일정을 여유 있게 잡아도 어차피 배심원들은 아마추어입니다. 시민 감각을 도입한다는 취지로 잔혹한 증거 사진에 눈을 돌리는 배심원들을 배려하고, 알기 쉽고 간단한 것만 보여 주며 안건 처리 시간을 끝없이 단축하면 그 끝에는 과연 무엇이 우리를 기다리고 있을까요. 한때 예술과 예능계에서도 아마추어를 찬양하는 조류가 돌았던 적이 있는데 결국 업계 전체 수준을 저하시키고 현장을 한껏 어지럽히기만 하고 소멸됐습니다. 감각이니 뭐니에 기대면서 수련을 게을리하고 노련함보다 치졸함을 선호하고 꼼꼼함보다 졸속을 택하면 그 뒤로 서서히 추락해 갈 뿐입니다."

미코시바는 노래하듯 제도의 결점을 설명했다. 일부는 긍정하고 싶어지는 주장이라 마키노는 저도 모르게 귀를 기울였지만 아슬아슬한 찰나에 다시 정신을 차렸다.

"지당하신 고견입니다. 그러나 악법도 법이라는 말이 있지요. 법조계에 서식하는 저희는 그 법을 따를 수밖에 없습니다. 자, 그럼 본 안건의 쟁점은 무엇이 될까요?"

"피고인은 현재 무죄를 주장하고 있습니다. 따라서 쟁점은 그것에 집중되겠죠."

"물론 부인 사건이라는 건 저희도 잘 알고 있습니다. 그런데 구체적으로 어떤 부분을 다툴 것인지……."

"구체적으로 말하면 검찰이 제출한 갑 5호증입니다."

갑 5호증이란 이쿠미의 피부 조각이 붙은 밧줄을 뜻한다. 분명 그것이 체포의 근거가 됐으니 쟁점이 되는 건 당연하다고 할 수 있다.

"변호 방침은 정하셨습니까?"

"그것도 지금부터 정할 생각입니다. 어쨌든 공판을 서두르려는 움직임 때문에 이쪽은 피고인과 제대로 발도 못 맞춰 본 상황이어서요."

노골적인 비아냥인가.

그렇다면 이쪽도 급소를 찔러 주마.

"그나저나 전 상상도 안 되는데, 친어머니를 변호한다는 건 대체 어떤 느낌일까요? 참고삼아 꼭 듣고 싶은데요."

그냥 흘려들으며 가볍게 받아칠 거라 예상했지만 미코시바는 의외의 반응을 보였다.

"참고할 게 있을까요?"

"다소 저속하기는 해도 흥미가 동하지 않을 사람이 없겠죠. 주간지에서나 다룰 법한 선정적인 화제지만 공과 사를 구분 짓는 방식이기도 하니 궁금합니다."

"그럼 안심하십시오. 단순한 직업윤리의 문제이고 사적인 사정이나 심정 같은 건 전혀 개입하지 않으니까요."

"전혀 개입하지 않는다. 하지만 부모 자식 관계를 뿌리부터 부정하기는 어렵지 않을까요?"

"어렵다고 생각하는 건 그렇게 믿고 있는 자들뿐이죠."

미코시바는 마키노를 정면에서 느긋하게 쳐다봤다.

마치 상대의 가슴 속까지 꿰뚫어 보는 듯한 냉철한 눈빛이었다.

"사적인 감정을 버리지 못하는 자는 불리합니다. 논리가 지배하는 법정에서는 특히요."

"그게 그렇게 쉽게 버릴 수 있는 건가요? 프라이버시를 침해하는 것 같아 죄송하지만 선생님의 가족분들은 선생님 때문에 많이 고생하지 않았나요?"

"그것도 가족이라는 사적 감정을 버리지 못한 사람들이 짊어진 부채일 뿐이죠."

"부채라."

"가족 중에 범죄자가 나온 시점에 완전히 연을 끊어 버리면 아무 문제도 일어나지 않습니다. 이제는 생면부지의 남이라고 생각하면 위선자들의 추궁도 피할 수 있었을 테고요. 고생은 세상 사람들과 언론의 비난에 일일이 반응하고 혈연으로서의 책임에 도취된 대가입니다."

마키노는 그의 말을 듣고 어안이 벙벙해졌다.

이토록 이기적인 주장을 듣는 건 오랜만이었다.

자각이 있는 무책임과 혈연의 부정. 그야말로 사회 부적응자의 논리 아닌가.

"전에 묻지 마 범행을 반복하다가 체포된 어느 은둔형 외톨이의 자기변호와 비슷하군요."

"체면이나 가족애 같은 것에 휩쓸리지 않는 만큼 그들은 오히려 순수할지도 모릅니다. 적어도 남에게 도움을 구하지 않을 만큼은 청렴하죠."

"하지만 범죄자입니다."

"그것도 결과론입니다. 가족의 울타리를 소중히 여기는 것과 이성적인 행동을 취하는 건 전혀 다른 문제니까요. 역사적으로도 가족의 울타리를 벗어나지 못한 엽기 살인범이 있는가 하면, 친인척을 전부 말살하고도 나라를 잘 다스린 정치가도 있습니다. 가족애라는 건 인간의 약점이 만들어 낸 개념에 불과합니다."

미코시바의 얼굴이 비웃음으로 일그러졌다.

"마키노 검사님. 세상에는 저 같은 사람도 있는 겁니다. 저는 나루사와 이쿠미를 평범한 의뢰인으로 대하고 있습니다. 쓸데없는 배려는 불필요하죠. 재판에서 지는 건 화가 날 일이지만 그렇게 해서 나루사와 이쿠미의 목에 밧줄이 걸리면 그 역시 자업자득이라고 납득할 겁니다."

할 말을 잃은 마키노 앞에서 미코시바는 몸을 일으키더니 천천히 등을 돌렸다.

"쓸데없이 이야기가 길어졌군요. 검사님의 소중한 시간을 빼앗아서 죄송합니다."

미코시바는 그 말을 끝으로 응접실을 나갔다.

혼자 남은 마키노는 무너지듯 의자에 몸을 깊숙이 파묻었다.

쓸데없는 일로 질질 끌려다닌 듯한 피로감을 느꼈다. 양 어깨와 등에서 원한 섞인 무게감이 느껴졌다.

대체 무슨 일이 있었던 걸까.

사회 부적응자의 유치한 논리는 아니었다.

지옥에서 살아 돌아온 듯한 자의 생생한 체험담이다.

정신을 차려 보니 겨드랑이에서 땀이 진득이 배어나고 있었다. 실내에 서늘할 정도로 냉방이 들어오지만 손바닥이 땀 때문에 미끈거렸다.

잠시 앉은 자세 그대로 있자 정신이 돌아왔다. 마음이 가라앉고 나서 가장 처음 느낀 감정은 자신에 대한 분노였다.

바보 자식. 공판 전부터 이렇게 휘말려서 어쩌자는 거냐.

상대가 부모 자식이라는 울타리 밖에서 싸운다면 나도 기존의 방식으로 맞서면 될 뿐이다.

그로부터 약 한 달 뒤인 8월 6일, 첫 번째 공판 전 정리 수속이 시작됐다. 일반적으로 정리 수속은 몇 차례에 걸쳐 이뤄지고 판사, 검사, 변호인 삼자의 협의를 통해 공판 기일이 정해진다.

변호인은 보통 이 시기를 이용해 증거를 수집한다. 검찰의 주장을 반증할 재료를 갖추고 물증의 진위를 확인해 변호 방침을 굳힌다. 미코시바는 배심원 제도에 부정적인 듯 보였지만 공판 전 정리 수속 자체는 변호인에게도 유리한 제도다.

도쿄 지방 법원 5층에 있는 변론 준비실에 마키노와 미코시바, 그리고 세 명의 담당 판사가 모였다.

판사 세 명의 면면은 다음과 같다.

우선 정 가운데에 앉은 이가 이번 공판에서 재판장을 맡은 난조 미키노리 판사. 임관 12년째를 맞는 베테랑이고 마키노와도 몇 번 얼굴을 마주한 적이 있다.

그의 오른쪽에 앉은 이가 우배심 히라누마 게이코 판사. 역시 임관 7년째의 중견이고 마키노는 그녀의 얼굴도 알고 있었다.

왼쪽에 있는 이가 좌배심 미타조노 히로시 판사보. 작년에 막 임관해서인지 판사들 중 가장 긴장한 모습이다.

반대로 가장 여유로워 보이는 사람은 미코시바일 것이다. 일본에서 기소 사건의 유죄율은 99.9퍼센트. 바꿔 말하면 법원과 검찰청이 대부분 이미 합의한 안건에 변호인이 이의를 제기하는 구도다. 판사와 검사는 이른바 밀월 관계이고 그런 이들과 만나면 변호인은 이방인 같은 존재가 된다. 주눅이 드는 게 당연할 테지만 어째서인지 미코시바는 희미한 미소를 보이며 태연했다.

모두 다 모인 것을 확인하고 난조가 입을 열었다.

"검사와 변호인 사이에 사전 준비 절차는 마쳤겠지요?"

마키노와 미코시바가 동시에 고개를 끄덕였다.

"그럼 지금 바로 공판 기일을 정해도 괜찮겠습니까?"

그러자 "재판장님" 하고 미코시바가 즉시 손을 들었다.

"본 안건은 부인 사건이고 양측의 주장이 완벽하게 엇갈리고 있습니다. 변호인은 검찰이 제출한 갑 5호증의 밧줄, 그리고 을 3호증의 진술 조서에 동의하지 않습니다. 조금 더 유예 기간을 받을 수 없을까요?"

"하지만 변호인. 쟁점이 명확하다면 변호 방침도 정해졌겠죠. 증거 청구 기일도 끝났을 텐데요."

"그건 저도 알고 있습니다. 다만 피고인의 이익을 지키는 입장에서 발언하자면 본 안건은 현재 사건의 양상 외의 다른 이유로 주목을 받고 있습니다."

판사들이 살짝 당황하는 듯했다.

뭘 이제 와서 새삼스럽게. 주목을 받는 건 피고인과 변호인이 부모 자식 사이라서, 그리고 언론에서 변호인의 출신을 자극적으로 다뤄서가 아닌가.

"세간의 이목이 쏠리는 사건이므로 일을 졸속으로 처리

하는 건 엄중히 삼가야 할 것입니다. 재판에 참여하는 배심원들도 다른 사건 때보다 더 정신적인 여유가 필요하겠죠."

"변호인. 변호인의 주장도 이해가 안 되는 건 아니지만 그건 공판 전 정리 수속의 취지에 역행합니다."

"저는 시간적 여유가 아니라 정신적 여유를 말씀드렸습니다. 검찰과 변호인의 자료가 충분히 갖춰지고 난 다음에 공판에 임하는 게 배심원들에게도 낫지 않을까요? 그들은 법률의 프로가 아닙니다. 완전한 아마추어죠. 아마추어를 상대하는 거면 저희도 조금 과도한 수준의 자료와 설명을 전달하는 게 좋다고 봅니다."

이렇게 나오다니.

배심원이 재판의 아마추어인 것은 당연하고 이곳에 앉는 판사들은 대부분 그 미숙함에 불편을 느끼고 있다. 즉 관계자 모두의 피해자 의식을 교묘히 이용한 화법에 마키노는 혀를 내둘렀다.

"그러나 안건은 이뿐만이 아닙니다. 솔직히 말해 배심원 재판의 대상인 사건이 쌓여 있는 게 사실이지요. 필요 이상으로 공판 기일을 늘리는 건 실무적으로도 곤란합니다."

협의를 거친 끝에 결국 첫 번째 공판 기일은 10월 15일로 정해졌다.

2

방청인의 악덕

1

10월 15일 첫 번째 공판.

도쿄 지방 법원 교부소 앞을 언뜻 봤지만 방청권을 구하는 사람이 그리 많지 않다. 방청석이 다 채워질지도 불분명하다.

피고인석에 앉은 나루사와 이쿠미가 '시체 배달부' 소노베 신이치로의 친어머니라는 사실을 캐낸 언론이 아직 나오지 않았다. 미코시바는 스스로 사건이 양상 이외의 다른 면에서 대중의 주목을 받는다고 큰소리쳤지만 그 대중이란 어디까지나 법조계에 있는 이들에 지나지 않는다. 만약 더 넓은 세계에 퍼졌다면 지금쯤 방청권을 얻기 위해 긴 행렬

이 생겼을 것이다. 범죄 소년의 친어머니가 이번에는 유산 목적으로 재혼 상대를 죽였고, 그것도 모자라 그녀를 변호하려고 '시체 배달부'가 직접 법정에 섰다. 이토록 자극적인 법정은 전례가 없을 것이고 방청을 원하는 사람들의 질서 정연한 모습이 기적처럼 느껴지기도 했다.

물론 공연히 비밀이 지켜지고 있는 게 아니라는 것쯤은 미코시바도 알고 있다. 법정에서 피고인과 변호인의 모자 관계가 필요 이상으로 주목받아 배심원의 동정심을 살 가능성이 있으니 검찰이 사전에 함구령을 내렸을 게 뻔하다. 반대로 두 사람의 관계를 폭로하는 게 재판에 유리하다면 주저 없이 퍼뜨렸을 녀석들이다. 그 정도 전략은 충분히 떠올릴 것이다.

손목시계를 확인하니 앞으로 30분 뒤면 개정이었다. 일찍 와서 대기실에서 기다리는 변호사도 있다지만 상대보다 일찍 도착해서 좋을 건 하나도 없다. 미코시바는 주차장에 차를 세우고 지하층에 있는 'Darlington Hall'에서 시간을 보냈다.

개정 5분 전 8층에 올라가 802호실 법정 문을 열었다. 아직 피고인과 판사들이 입정하지 않아서인지 법정 안이 조금 술렁거렸다. 수군대는 소리는 미코시바가 법정 안에 들어오자 한층 커졌다.

　사건 관계자도 아닌데 방청석에 앉은 이들은 언론 관계자 또는 저속한 방청 마니아 중 하나일 테니 미코시바의 얼굴과 이름을 알고 있어도 이상하지 않다. 미코시바의 본명과 '시체 배달부' 별명을 속삭이는 목소리는 들리지 않았지만 예전 범죄 소년을 두려워하고 멸시하는 시선이 미코시바의 온몸을 끈적하게 휘감았다. 알 바 아니다. 어차피 과거가 알려지기 전부터 악덕 변호사 취급을 받았다. 예전의 악행이 폭로돼도 큰 변화가 있는 것은 아니다.

　미코시바는 새삼 인간 인식의 얄팍함을 떠올렸다. '악덕'의 관을 고매한 변호사에게 씌우면 교활이 되고, 범죄자에게 씌우면 흉악이 된다. 빈곤한 상상력이 정확한 판단을 내리는 데 방해가 되는 줄도 모르고 희희낙락 떠드는 모습은 우스꽝스럽다고 할 수밖에 없다.

　방청인 중에서 당연히 아즈사의 얼굴도 보였다. 아즈사는 마치 부모의 원수라도 만난 듯한 눈빛으로 이쪽을 노려보고 있다. 미코시바는 지금껏 비슷한 시선을 수없이 받아 왔지만 의뢰인의 가족에게서 받기는 처음이었다.

　문득 기묘한 사실을 깨달았다. 이쿠미와 아즈사까지 셋이서 같은 자리에서 만나는 건 거의 30년 만이다.

그러나 미코시바에게 감개 따위는 눈곱만큼도 없었다. 파티에 동석한 이들 사이에 공통된 지인이 있는 정도라는 인식이고 적어도 공판 중 방청석에서 이상한 거동을 보이지 않기만을 바랄 뿐이었다.

검찰 측 자리에는 마키노가 앉아 있었다. 공판 전 정리 수속에서 얼굴을 마주했을 때의 인상 그대로다. 젊어서인지 아니면 자신의 능력을 신봉하는지 지나치게 기를 쓰는 느낌이다. 이런 타입들은 자기가 주도해 이야기를 끌고 나갈 때는 문제가 없지만 한번 열세에 몰리는 순간 자제심을 잃곤 한다.

마키노는 미코시바의 등장을 알아챈 듯했지만 구태여 눈길을 돌리지는 않았다. 여유가 없다는 뜻이다. 가벼운 인사 정도는 나눠도 될 텐데.

얼마 지나지 않아 교도관과 함께 이쿠미가 법정에 들어왔다. 꼭 길을 잃은 아이처럼 법정 안을 둘러보더니 피고인석 뒤에 있는 미코시바를 발견하고는 도움을 청하는 눈빛을 보냈다.

짜증이 솟았다.

그렇게 쳐다보지 않아도 최선을 다해 도울 것이다. 하지만 어디까지나 의뢰를 받은 일이기 때문이다. 혈연관계나 과거 따위는 상관없다. 아니, 오히려 그런 것이 개입하면 변호에 방해가 될 뿐이다. 정상 참작으로 감형을 노린다면 정에 호소하는 것도 하나의 방법이 될 수 있다. 그러나 이번 사건은 부인 사건이다. 흑 또는 백, 유죄 또는 무죄. 그곳에 정상을 참작할 요소는 없다. 변호인이 할 일은 검찰이 제시하는 증거를 하나하나 반증해 나가는 것뿐이다.

이쿠미는 미코시바의 모습을 조심스레 살피더니 다음으로 방청석에 있는 아즈사를 힐끗거리며 자리에 앉았다.

서기관이 나타나 법정 안에 있는 이들을 향해 소리 높여 말했다.

"판사님께서 입정하십니다. 모두 자리에서 일어서 주십시오."

잠시 후 재판관석 뒤에서 세 명의 판사와 여섯 명의 배심원이 나왔다.

판사 세 명은 공판 전 정리 수속 때 이미 한 번 만났으니 새삼 다시 관찰할 필요는 없다. 미코시바는 뒤따라오는 배심원들에게 눈길을 향했다.

배심원 여섯 명은 남자 넷, 여자 둘로 구성되어 있다. 남자는 7 대 3 가르마를 탄 60대, 정수리가 벗어진 30대, 왠지 부루퉁해 보이는 40대와 긴장감을 감추지 못하는 20대다.

여자는 이맛살을 찌푸린 주부 느낌의 40대와 흥미진진해 보이는 회사원 분위기의 20대. 남녀노소라는 표현이 정확히 들어맞는 집단이다.

미코시바의 적은 비단 마키노만이 아니다. 어떤 의미에서 재판관석에 앉은 아홉 명이야말로 최대의 적이다. 이 아홉 명이 이쿠미에게 품은 심증을 뒤집지 않으면 미코시바에게 승산은 없다. 그러려면 세 명의 판사와 여섯 명의 배심원의 성격과 사고방식을 이른 단계에 파악할 필요가 있다.

유심히 관찰하고 있자 배심원 여섯 명 중 다섯 명이 미코시바와 이쿠미에게 시선을 보냈다. 둘의 관계를 알고 있다고 해석해야 할 것이다. 아마 공판 때 놀라지 않도록 사전에 알렸을 것이다.

난조 재판장이 자리에 앉기를 기다렸다가 다른 판사와 배심원, 뒤이어 법정 안에 있는 모든 이들이 자리에 앉았다. 이미 수없이 보아 온, 법정 안에서 재판장이 절대적 존재임을 새삼 알리는 의식이다.

"개정. 그럼 지금부터 2015년 (와) 제732호 사건 심리에 들어가겠습니다. 피고인은 앞으로 나와 주세요."

난조의 목소리를 듣고 이쿠미가 몸을 튕기듯 앞으로 나갔다.

"피고인은 이름, 생년월일, 본적, 주소, 직업을 말하세요."

"나루사와 이쿠미, 68세. 생년월일은 1947년 4월 10일, 본적은 후쿠오카시 하카타구 요시즈카 9번지 93, 현주소는 세타가야구 산겐자야 3번지 1255, 주부입니다."

목소리에 힘이 없지만 단어 하나하나를 또박또박 입에 담아서 잘 들렸다. 배심원들에게 좋은 인상을 줄 것이다.

"검사, 기소장에 적힌 공소 사실을 말하세요."

난조의 지시를 듣고 마키노가 몸을 일으켰다. 눈은 오로지 미코시바만을 향하고 있다. 마치 미코시바가 모든 검찰의 적이라고 하는 듯한 눈빛이다.

"올해 7월 4일 피고인 나루사와 이쿠미는 함께 사는 남편 나루사와 다쿠마 씨에게 다량의 알코올을 섭취하게 하고 정신을 잃은 그의 목에 밧줄을 걸고 상인방에 매달아 자살을 위장했습니다. 살해 동기는 나루사와 다쿠마 씨의 재산입니다. 죄명 살인죄. 형법 제199조."

"변호인. 검사가 말한 공소 사실에 해명이 필요합니까?"

"아니요."

"그럼 지금부터 죄상 인부에 들어가겠습니다. 피고인. 지금부터 피고인이 법정에서 하는 말은 모두 증거로 채택됩니다. 따라서 불리하다고 생각하는 사안은 묵비권을 행사할 수 있습니다. 알겠습니까?"

"네."

이쿠미는 망설임 없이 대답했다. 전날 미코시바와 예상 문답을 주고받으며 연습한 성과다. 첫 대답이 명료한지에 따라 배심원들이 받는 인상이 사뭇 달라진다.

"그럼 묻겠습니다. 지금 검사가 낭독한 기소장 내용이 사실입니까?"

"아닙니다."

이 역시 미코시바가 귀에 못이 박일 정도로 암기시켰다. 처음 죄를 부인할 때는 절대 망설이는 모습을 보이지 말고 재판장을 향해 또렷하게 말하라.

"전 남편을 죽이지 않았습니다."

이쿠미의 말이 선전포고가 되었다. 이제 공판에서는 죄상 인부를 주요 쟁점으로 다툴 것이다.

"변호인. 할 말이 있습니까?"

"변호인은 피고인의 주장대로 본 사안을 오인 체포로 보며 앞으로 그것을 입증해 갈 생각입니다."

"알겠습니다. 피고인은 자리로 돌아가도 됩니다."

법정 안은 조용하지만 방청석에서 흥분을 억누르고 있는 게 확실히 전해졌다. 법정을 무대로 한 변호인과 검사의 치

열한 접전을 지근거리에서, 그것도 무료로 관람할 수 있다. 방청 마니아라고 하면 그럴싸하게 들리지만 실상은 그저 호기심 많은 구경꾼들의 볼거리에 불과하다. 미코시바는 자조 섞어 그렇게 생각했다.

프롤로그가 끝나자 검찰의 모두 진술 차례가 되었다. 마키노는 일단 미코시바에게서 눈을 돌리고 재판관석을 바라봤다.

"피고인 나루사와 이쿠미, 예전 성의 고모다 이쿠미는 2014년 6월 노년층을 대상으로 한 구혼 파티에서 처음 알게 된 피해자 나루사와 다쿠마와 결혼했습니다. 피고인에게 두 번째 결혼이었고 피해자 역시 재혼이었습니다."

오. 미코시바는 흠칫 놀랐다. 모두 진술에서 피고인의 그간의 삶에 대해 진술할 내용이 적지 않겠지만 이야기는 이쿠미가 재혼한 시점부터 시작했다. 이유는 대략 짐작이 된다. 최초의 결혼, 즉 소노베 겐조와의 결혼부터 설명을 시작하면 필연적으로 장남인 소노베 신이치로를 언급해야 한다. 이는 지금껏 피고인과 변호인의 관계를 모르는 방청인들에게 정보를 누설하지 않으려 하는 검찰과 법원의 밀약일 것이다. 자, 그럼 과연 그 정보를 언제까지 발설하지 않고 지킬 수 있을까.

"피고인은 당시 시간제로 일하며 궁핍하게 살았습니다. 반면 피해자 나루사와 다쿠마 씨는 독신에 자산가여서 결혼은 피고인에게 일방적으로 유리한 조건이었습니다. 게다가 친족이 없는 피해자가 사망하면 모든 재산이 아내인 피고인에게 가는 상황이었습니다. 올해 7월 4일, 피고인은 피해자에게 다량의 술을 먹이고 정신을 잃는 타이밍을 노려 사전에 준비한 밧줄을 피해자의 목에 걸었습니다. 다음으로 상인방 위에 고리 도르래, 이것은 도르래의 일종으로 이를 사용하면 여성의 힘으로도 성인 남성의 몸을 손쉽게 들어올릴 수 있습니다. 검시 결과 피해자는 상인방에 매달렸을 때 질식사했으니 피해자가 사망에 이르는 동안 피고인은 그 모습을 줄곧 지켜봤을 것입니다. 그것도 모자라 피고인은 피해자가 소유한 컴퓨터로 유서를 작성해 자살 증거를 날조했습니다. 구체적으로 말하면 피고인은 편지 등을 보낼 때 본문은 워드 프로세서로 쓰고 서명은 직접 쓰는 피해자의 습관을 악용해 카본지로 서명을 덧댄 유서를 만든 것입니다. 서명 부분이 카본 잉크로 쓰였다는 것은 감식 결과로 밝혀졌습니다. 또 인사불성 상태에 빠진 피해자를 상인방에 매단 것은 손이나 끈 등으로 교살하고 자살을 위장하려 해도 삭조흔의 차이로 들통나 버리기 때문이 틀림없고, 이 같은 사실로부터 피고인이 살해를 치밀하게 계획했음을 추측할 수 있습니다. 또한 피해자의 액사에 쓰인 밧줄 끝부분에서 피고인의 피부 조각이 검출됐고 이 역시 갑호증으로 증거 제출을 마친 상황입니다."

마키노는 노련하다고 하기에는 아직 젊지만 변론의 핵심을 꿰뚫고 있다. 계획성의 유무와 자살을 위장할 방법이 있었다는 인상을 새겨 재판관들의 심증에 쐐기를 박으려 한다. 나루사와 다쿠마가 상인방에 매달린 채 숨이 끊어지는 모습을 줄곧 지켜보고 있었다고 단언한 것도 이쿠미가 냉혹하고 잔인한 사람이라는 인상을 심어 주기 위해서다.

"피해자가 목숨을 잃은 시간은 새벽 1시에서 2시 사이입니다. 피고인은 피해자를 상인방에 매달아 사망을 확인한 다음 이불 속에 들어가 아침이 오기를 기다렸습니다. 그리고 오전 6시 30분 스스로 경찰에 신고했습니다. 이 행동도 위장 작전의 하나였다고 단언해도 될 것입니다."

나루사와 다쿠마의 사망 추정 시각을 제외한 나머지는 검찰의 창작이다. 범행에 직접 연관되는 사안이 아니므로 입증할 필요도 없지만 역시 이쿠미의 냉혹한 면모를 돋보이도록 하기에 효과적인 주장이다.

"이상 말씀드린 대로 본 안건은 재산 목적으로 남편의 자살을 위장한 피고인의 계획 살인입니다. 검찰은 그 사실을 입증하기 위해 을 1호증부터 23, 갑 1호증에서 32까지를 이미 제출한 상태입니다."

진술을 마친 마키노는 한숨을 한 번 내쉬고 그대로 자리에 앉았다. 정공법을 취하는 동시에 피고인의 악랄함을 극적으로 묘사한 변론은 합격점을 줘도 좋을 것이다.

"변호인, 조금 전 모두 진술에서 나온 기제출된 을호증, 갑호증을 증거로 삼는 것에 동의합니까?"

"본 변호인은 을 3호증의 진술 조서와 갑 5호증의 밧줄에 대해서는 동의하지 않습니다."

미코시바는 공판 전 정리 수속 자리에서 마키노와 난조에게 미리 선언한 대로 말했다.

"우선 을 3호증의 진술 조서. 이는 당사자가 살의를 부인했는데도 마치 사건이 계획된 범행인 듯한 인상을 주는 내용이며 그야말로 자의적인 증거라 할 수 있습니다. 다음으로 갑 5호증의 밧줄은 피고인을 이 자리에 서게 한 유력 증거인데 본 변호인은 공판을 통해 그 안에 숨겨진 기만을 해명하고 싶습니다."

그러자 갑자기 난조가 미심쩍어하는 표정을 지었다.

"변호인. 기만이라고 보는 근거를 지금 이 자리에서 설명할 수 있습니까?"

"재판장님. 죄송하지만 아직 준비가 부족해 완벽한 변론
이 불가능합니다. 공판 전 정리 수속 때도 말씀드렸습니다."

이쪽이 증거를 나중에 제출할 것도 아니고 변론에 시간
이 드는 취지도 사전에 이미 알렸다. 마땅히 해야 할 일들을
했으니 법원도 완고하게 거절할 수는 없다. 그러나 현재까
지 미코시바에게 반증의 실마리는 보이지 않았다. 이쿠미에
게 치명적인 물증이니 부인할 수밖에 없다는 게 솔직한 심
정이었다.

예상한 대로 난조는 시큰둥한 얼굴로 가볍게 고개를 끄
덕였다.

"그럼 변호인은 다음 공판까지 준비를 마쳐 주세요."

미코시바가 서증에도 동의하지 않았으니 다음 공판 이후
검사의 증인 신문이 이뤄질 것이다. 이에 대비해 이쿠미와
합을 맞춰 둘 필요가 있다.

불현듯 그날의 광경이 머릿속에 떠올랐다. 모두 진술의
죄상 인부는 질문과 답을 연습하는 데 그리 오래 걸리지 않
았다. 그러나 다음 신문부터는 예상 문답의 양이 많아진다.
바꿔 말해 오랫동안 이쿠미와 얼굴을 마주해야 하는 상황
이 펼쳐진다는 뜻이다.

갑자기 성가셔졌다. 상대는 그저 의뢰인일 뿐이라고 아무리 되뇌어도 생리적 혐오가 앞섰다. 수치나 죄책감 따위가 아닌 오히려 공포에 가까운 감정이 미코시바의 직업의식을 뒤흔들었다.

그러나 그런 고민은 난조의 말로 차단됐다.

"검사. 논고하세요."

"검찰은 피고인에게 징역 15년을 구형합니다."

사람 한 명을 죽이고 징역 15년은 조금 중한 감이 있지만 동기가 재산 목적인 것과 지금껏 범행을 자백하지 않은 점이 가산됐을 것이다. 판결 추세가 엄벌주의로 기울고 있고 판사들의 재량을 고려하면 타당한 구형이다.

"변호인, 어떻습니까?"

"변호인은 피고인의 무죄를 주장합니다."

"지금 바로 피고인 질문을 진행하겠습니까?"

"아뇨."

"그럼 다음 공판까지 준비하길 바랍니다."

난조는 대본을 읽듯 담담히 심리를 진행했다. 공판 전 정리 수속 단계에는 신속한 처리를 바라는 것 같았지만 졸속이라는 비판을 듣는 상황도 피하고 싶을 것이다. 속에서 불만과 자제심이 맞부딪히는 게 눈에 보이는 듯하다. 사건의 양상 외의 다른 쟁점들도 한시라도 빨리 정리하고 싶을 것이다.

"다음 기일은 10월 29일로 하겠습니다. 폐정."

난조를 비롯한 재판관들이 퇴정하자 방청인도 하나둘 법정을 나갔다. 그중에는 열심히 미코시바의 모습을 그림으로 그리는 괴짜도 있는데 다음 심리 때문에 서기관에게 퇴정을 재촉당하고 있다. 마키노도 재빨리 자리에서 몸을 일으켰다.

아즈사가 마지막까지 남았다.

포승줄에 묶여 교도관에게 끌려가는 어머니의 뒷모습을 이글거리는 눈빛으로 바라보고 있다. 그대로 끝나는가 싶었는데 갑자기 그녀의 입술이 열렸다.

"엄마."

목소리가 크지는 않지만 사람들이 나간 법정 안에서는 크게 울렸다. 연행돼 가던 이쿠미가 천천히 아즈사 쪽을 돌아보고 힘없이 미소 지었다.

그때 찰칵하는 건조한 기계음이 들렸다. 소리가 들린 쪽을 돌아보니 방청석에 혼자 남아 있던 20대 여성이 스마트폰으로 두 사람을 찍고 있었다.

순간 아즈사의 안색이 변했다.

"지금 뭘 찍는 거야?"

아즈사는 그렇게 외치며 달려가더니 여자가 들고 있는 스마트폰을 난폭하게 쳐서 떨어뜨렸다. 스마트폰은 정확히 윗면부터 떨어져서 액정 부분이 깨졌다.

"무슨 짓이에요?"

"그건 내가 할 소리야, 이 멍청아! 법정 안은 촬영 금지라는 주의문 못 읽었어?"

"이미 폐정했잖아요."

"개정했든 폐정했든 멋대로 찍으면 안 되는 건 똑같아. 아니면 법원을 뻔질나게 드나드는데도 초상권이 뭔지 모르나? 지금 당장 고소해 줄까? 지금이면 목격자와 검사, 판사도 다 근처에 있어서 일이 빨리 진행되겠네."

아즈사의 으름장에 겁을 집어먹었는지 여자는 액정이 깨진 스마트폰을 주워 들고 허둥지둥 법정에서 도망쳤다.

그 뒤로는 미코시바와 아즈사만 남았다.

"대체 뭐야, 저 인간." 아즈사가 이번에는 미코시바를 향해 말했다. "처음부터 상대 페이스에 휘말렸잖아. 엄마 이미지가 얼마나 나빠졌는지 알아?"

"남편을 죽인 여자한테 좋은 인상을 품는 게 오히려 이상하지. 상황 증거와 물적 증거도 갖춰졌으니 당연히 검찰의 페이스에 휘말릴 수밖에 없어."

"이래서 이길 수 있겠어?"

"제삼자가 끼어들지만 않으면 이길 것 같은데. 피고인 가족이 구경꾼들에게 일일이 반응해 봐야 동물원 원숭이 취급만 당할 뿐."

"그럼 저런 걸 그냥 내버려 두라는 거야?"

"조금 전 멍청이라고 욕하지 않았나? 멍청이를 상대해 봐야 득 될 건 없지."

"멍청이니까 그때그때 쫓아내지 않으면 계속 따라올 거라고. 똥파리처럼."

"괜한 수고를 하는군."

그러자 아즈사가 미코시바를 매섭게 노려봤다.

"배양실 같은 곳에 들어가 저런 똥파리와 잡균들로부터 보호받던 당신은 모르겠지."

배양실.

미코시바는 치밀어 오르는 충동을 참으며 낮고 길게 웃음을 터뜨렸다.

"웃겨?"

"간토 의료 소년원이 배양실이라. 처음 듣는 표현이군. 거기가 그런 천국 같은 곳 같나?"

"사람을 죽이든 뭘 했든 삼시 세끼 딱딱 나오고, 운동과 공부도 적당히 시켜 주고, 선생님과 동료들이 있고, 무사히 지내다 보면 이름을 바꿔 다른 사람이 되어 밖에 나갈 수도 있어. 그런 곳이 천국 아니면 뭔데?"

미코시바에게 의료 소년원은 사회의 축소판이었다. 격차가 있고 권력 투쟁이 있었으며 집단 괴롭힘이 있었고 비극과 희극이 있었다. 살아남기 위해 버려야 할 것들이 많았다. 그러므로 나에게는 퇴소 이후 세간의 풍파를 잘 견뎌 왔다는 자부심도 있다.

그러나 그런 것들을 아즈사에게 전해 봐야 소용없다. 나와 다른 종류의 인간에게 설명해도 이해할 리 없고 애초에 이해받으려 한 적도 없다.

미코시바가 사건을 일으키기 전 명색뿐인 가족이 한 지붕 아래에 살았을 때부터 그랬다. 희로애락의 지점과 윤리관이 서로 달랐다. 가족들이 웃는 일에 미코시바는 웃을 수 없었고 자신이 걸작이라고 느끼는 것에 가족들은 아무런 관심을 보이지 않았다. 말을 주고받아도 의식 위를 그저 스쳐 지나가기만 할 뿐 마치 외계인과 떠드는 듯했다.

"그 후로 우리가 어떤 지경이 되었는지 알지도 못하는 주제에."

별로 알고 싶지도 않았다.

"그쪽도 소년원 안에서 무슨 일이 일어났는지 모르니 피차일반이지."

"당신은 소년원 안에서 줄곧 보호받았어. 하지만 우리 모녀는 알몸이나 다름없었다고."

"그 이야기, 길어질 것 같나?" 미코시바는 아즈사의 말을 가로막으며 물었다. "자기 연민에 젖고 싶은 거면 미안하지만, 내가 관심 있고 의뢰에도 도움이 되는 건 30년 전 이야기가 아니야."

"자기 연민이라니."

"설마 동정이나 사죄를 구하려고 날 고용한 건 아니겠지. 진정 피고인을 돕고 싶으면 조금 더 유익한 정보를 제공해 주지 않겠어?"

"유익한 정보가 뭔데?"

"피고인 이쿠미가 나루사와 다쿠마와 결혼할 당시의 이야기."

"그게 유익해?"

"검찰의 모두 진술 못 들었나? 검찰은 피고인이 나루사와 다쿠마의 재산을 노리고 접근했다는 식으로 말했어. 일흔에 가까운 나이에 시간제로 일하던 독신 여성이 자산가에게 접근해 계획 살인을 벌였다. 그런 인상 조작이 통하면 판사와 배심원들에게 끼칠 심리적 영향이 최악으로 치닫게 돼. 변호인이 반증할 필요가 있지."

"아, 그래."

아즈사는 이해한 것처럼 고개를 끄덕였다. 그러나 반항적인 태도는 조금도 변화가 없었다.

"두 사람이 노년층을 대상으로 한 구혼 파티에서 처음 알게 된 건 맞아. 그곳에 가기 전에 나한테 어떤 옷을 입고 가면 좋을지 물었거든. 그전까지 밖에서 이성을 만날 기회가 없던 탓에 이것저것 고민했던 것 같아."

단순히 입고 갈 옷을 정하려고 모녀가 연락했다. 그 말은 두 사람 사이가 나쁘지 않았음을 암시한다.

"일혼에 가까워지면서 경제적으로 불안해졌다고 당사자에게 들었는데."

"그렇게 밖에 생각 못 하는 게 역시 당신답네. 미리 말하겠는데 나도 엄마도 돈보다 중요한 게 있는 사람들이야. 나루사와 다쿠마 씨를 만난 것도 백마 탄 왕자님을 찾아서 결혼한 게 아니고 우연히 결혼한 상대가 백마 탄 왕자였을 뿐이라고."

"구전 동화에는 관심 없어."

"혼자 외로웠다는 이유만으로는 영 불만족스럽나 보지?"

미코시바에게는 혼자서 외롭다는 감각이 없다. 그러나 일일이 설명하기 귀찮아서 입을 다물었다.

"순수하게 친구가 필요해 파티에 참가한 건 아닐 텐데. 먼저 말을 건 쪽이 누구지?"

"다쿠마 씨 쪽이라고 들었어. 엄마가 먼저 말을 걸 만큼 사교적인 성격도 아니고."

"얻어걸린 신분 상승인가. 나로서는 믿기 힘든 이야기군."

"나도 두 사람이 친해진 계기 같은 걸 시시콜콜 캐물은 것도 아니니까. 자세한 건 본인에게 듣는 게 확실할 거야."

"말하지 않아도 그렇게 할 거야. 다만 본인에게 듣는 것과 남이 받은 느낌을 확인하는 건 별개지."

"본인이 하는 말을 믿지 못하겠다는 거야?"

"인간은 원래 거짓말을 하지. 궁지에 몰린 인간이라면 더욱 그렇고."

"황혼의 사랑이라는 말은 '시체 배달부'의 사전에는 없는 것 같네."

물론 나는 그런 표현과도 거리가 멀다. 그런 의미에서 아즈사의 지적은 타당하다.

"너도 나루사와 다쿠마 씨와 여러 번 만났나?"

"그야 의붓아버지니까. 결혼할 때와 결혼식 이후에도 몇 번 정도 만났어. 근처에 사는 건 아니라 자주 교류하지는 않았지만 남들 하는 만큼은 했어."

"어떤 사람이었지?"

"굳이 따지자면 마냥 착하신 분이었어. 당신과는 영 딴판이지."

남의 이야기를 할 때도 미코시바에 대한 비난을 끼워 넣는다. 아즈사가 30년 동안 가슴에 품어 온 울분이 어느 정도인지 느껴졌다.

"엄마는 다쿠마 씨에게 자기가 소노베 신이치로의 어머니인 걸 고백했어. 그래도 다쿠마 씨는 상관없다고 했대. 지금껏 그런 사람을 만나 보지 못했고 앞으로도 만날 수 없을 거라고 생각해 엄마는 결혼을 결심했나 봐. 다 나루사와 씨가 엄청나게 선한 사람이어서겠지. 보통 사람이면 '시체 배달부'의 어머니라는 소리를 듣자마자 안색이 싹 바뀌었을 테니."

역시 흥미로운 이야기였다.

두 사람이 친해진 계기가 아닌 나루사와 다쿠마라는 남자의 인물상에 관심이 생겼다.

"나루사와 다쿠마 씨도 사별했다던데. 전처의 사망 원인은 뭐지?"

"사별이라고만 들었어. 그런 것도 꼬치꼬치 캐물을 수 있는 게 아니니."

그 말을 듣자 더욱 흥미가 동했다.

2

공판을 마친 미코시바는 그길로 도쿄 구치소로 향했다. 호송되는 이쿠미를 곧장 뒤쫓아가서 그런지 평소보다 오래 기다렸다.

면회실에 나타난 이쿠미는 바로 조금 전에 만났는데도 몹시 반가운 것처럼 미코시바를 맞았다.

고생이 많았다며 고개를 꾸벅 숙이려는 그녀를 중간에 말렸다.

"일이라서 하는 것뿐입니다. 고마워할 필요 없습니다."

"그래도 아직 착수금도 안 냈는데……. 만약 유죄가 나오면 돈을 내줄 사람은 아즈사뿐인데 그 애도 그리 형편이 좋지는 않아서……."

"패소는 제 머릿속에 없습니다. 반드시 당신에게 보수를 받아 낼 겁니다."

군이 변호사의 자긍심 같은 것보다 보수를 강조한 이유는 미코시바 자신도 이해할 수 없었다.

이해하는 것은 이 여자와 대화를 한시라도 빨리 끝내고 싶다는 사실뿐이다. 아무리 평범한 의뢰인과 똑같다고 생각해도 그 생각을 거부하는 또 다른 자신이 있었다.

"나루사와 다쿠마 씨는 어떤 분이었죠?"

"……그런 질문이 무슨 쓸모가 있나요?"

"쓸모가 있는지 없는지는 대답을 듣고 나서 판단합니다. 파티에 참가했을 당시 다쿠마 씨는 이미 일흔이 넘은 노인. 자산가에다 생활에 부족함이 없는데도 그가 다시 구혼 활동에 나선 건 어떤 이유에서였죠?"

그러자 이쿠미는 이맛살을 찌푸렸다.

"그 나이가 되어 집 안에 혼자 있는 건 꽤 힘든 일이에요. 이대로 있다가는 죽을 때도 혼자 죽겠다는 생각이 문득문득 들죠. 누구에게도 돌봄받지 못하고 몸이 썩고 나서야 발견될 수 있겠다는 생각도요. 전에는 노인의 고독사 같은 건 그저 남의 일 같았는데 요즘은 정말로 두렵다……. 남편은 그렇게 말했어요."

"그쪽에서 먼저 말을 걸어 왔다더군요."

"네, 맞아요."

"이상한 느낌은 없었습니까?"

"실례되는 질문이네요."

"일이니 어쩔 수 없습니다."

"저도 제가 특별히 미인이라고 생각하지 않고 나루사와 씨도 외모가 잘난 건 아니에요. 하지만 정말로 선량한 분이라……. 쓸데없는 잡담을 나누기만 해도 함께 대화하다 보면 마음이 아주 편해졌죠. 제 전남편, 그러니까 변호사님의 아버지도 딱 그런 사람이었고요."

"쓸데없는 정보는 필요 없습니다. 대화하면 마음이 편해진다. 고작 그 정도 이유로 재혼을 결심한 겁니까?"

"원래 두 번째는 그런 이유가 크게 영향을 끼친답니다."

이쿠미가 나루사와 다쿠마의 재산 상황을 알게 된 건 그의 집을 처음 방문했을 때라고 하니 이 하찮은 사랑 이야기에 오류는 없어 보인다.

"선량한 자산가. 그 밖의 다른 프로필은?"

"전에는 대기업 임원으로 일했고 그때 가지고 있던 주식을 처분한 덕에 생활에 부족함이 없다고 했죠."

"전 부인과 사별했다더군요. 당사자에게 자세한 이야기를 들었습니까?"

"이름이 사키코 씨라고 했는데 꽤 오래전에 병으로 돌아가셨다고…… 들은 건 그 정도예요."

"고작 그 정도 정보밖에 없는데 잘도 재혼하기로 마음먹었군요."

그러자 예상대로 이쿠미가 미코시바를 노려봤다.

"정말 말이 심하네요."

"일이니 어쩔 수 없습니다. 자꾸 같은 말을 반복하게 하지 말아 주십시오."

미코시바는 이쿠미와 대화를 나누며 어쩔 수 없는 낯선 느낌을 받았다.

30년 전 부모 자식 사이였을 때 느낀 외계인을 대하는 듯한 감각과는 다르다. 다소 거칠게 말하면 전혀 다른 사람과 대화를 나누는 느낌이었다. 늘 뭔지 모를 불안감을 품고 그 누구도 전적으로 믿지 않았던 어머니. 그러나 지금 눈앞에 앉아 있는 여성은 거기에 뭔가 베일에 싸인 듯한 느낌이 더해졌다.

의심하는 한편으로 묘하게 이해되기도 했다. 미코시바 자신이 30년 전과 지금 전혀 다른 것처럼 이쿠미 역시 변했다는 해석도 가능하다.

그러나 미코시바는 의료 소년원에서의 체험이 인격 형성의 기반이 됐다. 다른 원생들과 지도 교관과의 만남이 없었다면 지금의 미코시바는 존재하지 않을 것이다.

그렇다면 이쿠미는 어디서 누구와 어떤 만남을 통해 변했을까.

이런.

선임 신고서를 건넸을 때부터, 아니 부모 자식 사이였을 때부터 이 여자에 대한 의심은 조금도 씻기지 않았다. 씻기기는커녕 더욱 강해지기만 했다.

사건보다 이 이쿠미라는 여자를 먼저 조사하는 게 나을지도 모른다.

구치소를 나가 사무소로 돌아가자 요코가 발 빠르게 자료를 준비해 둔 채 미코시바를 기다리고 있었다. 전화로 용건을 말하고 5분도 지나지 않았는데 지시받은 대로 다른 일을 제치고 먼저 조사한 듯했다.

노년층을 대상으로 한 구혼 파티를 기획한 곳은 결혼과 취직 등의 정보를 다루는 '트래저'라는 출판사였다. 파티가 열린 장소는 도쿄 내에서 손꼽히는 호텔, 거기에 참가비도 남녀 모두 3만 엔이어서 노년층 중에서도 고소득자를 대상으로 한 기획임을 알 수 있다.

"그런데 남성과 여성의 참가비가 똑같은 건 신기하네요.

보통 이런 파티는 여성의 참가비가 더 저렴하거든요."

요코가 흥미진진해하며 가볍게 덧붙였다.

"수급 문제겠지. 요즘은 노인 빈곤 같은 말도 있지만 그래도 돈줄을 쥐고 있는 건 변함없이 노인들이야. 젊은 남자들이 눈이 벌게져서 결혼 상대를 찾아다니는 것과는 사정이 다르지."

기초 생활 수급자 등록도 염두에 두던 이쿠미에게 3만 엔이라는 참가비는 절대 저렴하지 않았을 것이다. 그래도 참가하기로 결심한 건 역시 본인도 말했듯 경제적, 정신적 두 측면에서 불안감을 느꼈다는 뜻일까.

"이번 의뢰인이 선생님의 친어머니라고 들었어요."

요코의 말에서 희미한 긴장감이 느껴졌다.

"의뢰인에게 어머니니 뭐니는 중요하지 않아. 이쪽이 요구한 액수를 지불할 수 있는지만 영향을 미치지."

"진심으로 그렇게 생각하세요?"

"폭력단의 고문 변호사를 맡을 정도니까. 늘 말하지만 돈에는 귀천이 없어. 조폭이든 가족이든 개인의 프로필 따위 내 관심 범위 밖이야."

요코는 왠지 불만스러워 보였지만 반박하지는 않았다.

다음 날 트래저 출판사를 찾아가 방문 목적을 알리자 곧장 담당자가 미코시바 앞에 나타났다.

"돌아가신 나루사와 다쿠마 씨에 대해 물으러 오셨다고요?"

담당자 후나오카는 갸름한 얼굴이 왠지 여성스러운 분위기를 풍겼다.

"이런 파티에 참가하는 분들의 프로필을 데이터화한다고 들었습니다."

"네. 소득과 취미, 기호, 직종, 학력 등 파트너를 선택할 때 중요한 요소들을 카테고리로 나누어 모든 참가자가 최선의 선택을 할 수 있는 시스템입니다."

"오, 그럼 남녀를 연결해 주는 것도 전부 시스템으로 이뤄지나요?"

"남성 회원들이 여성들에게 바라는 건 편안한 느낌이나 취향 같은 의외로 추상적인 것인데 여성 회원들이 원하는 건 뭐랄까, 대단히 구체적입니다. 데이터로 만들지 않으면 회원님들이 만족할 만한 서비스를 제공할 수 없지요."

물론 이 회사는 회원들의 진정한 행복을 바라서 구혼 활동 서비스를 체계화하는 건 아닐 것이다. 이런 사업에서는 구혼 활동 시작부터 1년 내 성혼율이 내세울 수 있는 지표가 되기 때문에 시스템을 체계화한다. 자신의 진정한 매력과 능력도 알지 못하고 일단 성혼율이 높은 곳에 가입하려는 행동은 학원을 고르는 학생들과 비슷한 측면이 있다.

"요즘 이런 구혼 파티를 악용한 사기 같은 것도 자주 일어나서 회원으로 등록한 분들을 저희 담당자들이 직접 면접하고 있습니다."

나루사와 다쿠마의 면접을 맡았던 사람이 바로 이 후나오카인 듯했다.

"나루사와 씨에 대한 자세한 데이터를 볼 수 있을까요?"

"그건 좀…… 기밀처럼 다루는 개인 정보라서요."

"당사자가 사망했을 경우 통상 개인 정보 보호법은 적용되지 않습니다."

"괜한 트러블이 생길 만한 행동은 될 수 있으면 피하고 싶은데요."

"피고인도 이곳 회원인 이상 이제 와서 트러블 같은 말을 운운하서 봐야 소용없지 않을까요. 제가 하는 변호 활동은 지금도 살아 계신 이곳 회원의 무죄를 밝히는 것입니다. 회사 차원에서도 예전 회원들이 서로 피해자와 가해자가 되고 그것도 모자라 구혼 파티 참가 자체가 재산을 노린 행동이었다는 것을 언론이 눈치채면 어떻게 될 것 같습니까?"

후나오카는 놀라움을 금치 못했다.

"그 말씀은…… 혹시 협박인가요?"

"그럴 리 없죠. 엄연한 가능성을 말씀드렸을 뿐입니다. 트래저 출판사는 자사 회원의 불상사가 발각됐는데도 사내 조사도 하지 않은 것으로 알려지면 여론의 비난을 피할 수 없겠죠. 그러나 경찰 당국과 변호사의 조사에 최대한 협력한다면 어엿한 면죄부를 얻을 수 있습니다. 어느 쪽이 타당한 대응인지는 귀사가 판단해야 할 일입니다."

"……잠시만 기다려 주십시오."

후나오카는 그 말을 남기고 자리를 떴다. 상사에게 어떡해야 좋을지 물으러 갔겠지만 담당자가 딱 잘라 거절하지 못한 단계에 이미 미코시바의 승리다.

아니나 다를까 다시 돌아온 후나오카는 A4 크기 파일을 옆구리에 끼고 있었다.

"죄송하지만 아무리 사망한 회원님이라고 해도 자산과 관련된 자료는 복사를 삼가 주십시오."

미코시바도 그럴 마음은 없었다. 나루사와의 자산보다는 인간적 매력 쪽에 관심이 있었다.

어쨌든 확인은 해야 한다. 미코시바는 곧장 자료를 훑어봤다.

프로필이라고 해도 본인이 직접 쓴 것이니 '연 수입 8백만 엔'이나 '총 자산 2억 엔' 같은 내용은 다소 과장됐을 가능성도 염두에 두어야 한다. 그러나 나루사와 다쿠마는 전직 대기업 임원이었다고 하니 소유한 주식을 퇴직 당시 매각해 거금을 손에 넣었다는 이야기는 수긍이 된다. 거주지가 산겐자야라면 부동산 자산 가치만으로 2억 엔에 달할 가능성도 충분하다. 나루사와 다쿠마를 자산가 카테고리에 집어넣는 것은 타당할 것이다.

"면접을 했다면 회원의 인품과 성격도 파악하셨겠죠. 만약 여러분이 어떤 회원의 인품을 잘못 판단하면 그야말로 유통기한이나 원재료를 속인 식품을 팔아치운 거나 마찬가지니까요."

미코시바의 말이 재미있었는지 후나오카는 살짝 쓴웃음을 지어 보였다.

"직업 관계상 수많은 회원분을 만나 뵙고 있습니다. 조금이라도 자신의 가치를 높이려고 첫 면접 때 복장과 액세서리, 말투까지 신경 쓰고 오시곤 하지만 원래 급조한 것들은 몸에 잘 붙지 않기 마련이죠. 도금이 금세 벗겨지는 거랑 마찬가지입니다."

"인품 같은 것도 그렇습니까?"

"평소에 쓰는 말투와 면접 때의 말투가 다르면 그럴 가능성이 크죠. 대화를 충분히 나누다 보면 밑천이 드러나는 법입니다. 그 점에서 놓고 보면 나루사와 씨는 타고난 신사분이었죠. 옷도 자신에게 잘 어울리는 것을 갖춰 입어서 낯선 느낌은 전혀 없었습니다. 제가 경험자라 말씀드리는 건데, 사람이 변변치 못한 것들만 몸에 걸치다 보면 어느새 그런 변변치 못한 옷만 어울리게 됩니다. 말이라는 것도 그렇습니다. 온화한 말투 속에서도 뭐랄까, 조용한 위엄 같은 게 느껴져서 프로필에 적은 내용이 틀리지 않은 분이라고 느꼈습니다."

"어떤 사람은 선량한 분이었다고 평가하더군요."

"선량이라. 네, 분명 그럴지도 모르겠네요. 나루사와 씨와 대화를 나누다 보면 제 마음까지 누그러지는 듯한 기분이 들었으니까요. 명성 높은 유명인이어도 인품이 직함을 따라잡지 못하는 분을 많이 봤지만 나루사와 씨는 말과 행동 하나하나에서 풍부한 인생 경험이 느껴지는 분이었습니다."

"프로필에는 전 부인이 병사했다고 적혀 있습니다. 혹시 병명이나 사망 시기 같은 건 못 들으셨습니까?"

"예컨대 이혼 같은 거면 중요한 요소가 되겠지만 사별 같은 건 불가항력에 따른 것이니 깊게는 물을 수 없지요. 당사자에게 괴로운 이야기기도 하고요."

　조금만 생각해도 충분히 수긍이 된다. 구혼 활동을 하러 찾아온 사람이 이미 사망한 전 부인 이야기를 길게 하고 싶을 리도 없다.

　이 정도로 됐다. 전 부인 나루사와 사키코에 대해서는 다른 기회에도 조사할 수 있을 것이다.

　"고모다 이쿠미 씨의 인상은 어땠습니까?"

　그러자 후나오카는 순간 망설이는 표정을 지었다. 사람과 사람 사이를 잇는 일을 하는 만큼 이런저런 조심성이 필요하겠지만 아무래도 근본이 정직한 인간인 듯하다.

　"솔직하게 말씀해 주시면 됩니다. 제 일은 어디까지나 의뢰인의 무죄를 얻어 내는 것이고 쓸데없이 인격을 꾸미거나 추켜세우지는 않습니다. 오히려 투명하게 증언해 주시는 게 더 도움이 됩니다."

　"그렇다면…… 대단히 실례되는 말이지만 처음 뵀을 때 참가비 3만 엔을 지불하기 조금 어렵지 않을까 하는 느낌이 들었습니다. 전체적으로 빈티가 흘렀다고 할까요. 왠지 전에 행복한 결혼 생활을 못 하셨을 것 같은 느낌이……. 그리고 삶에 지친 듯한 기색이 엿보이더군요. 아무리 화장을 하고 치장해도 그런 찌든 느낌 같은 건 좀처럼 감추기 어려운 법입니다."

"조금 전에 말씀해 주신 이야기에 비춰 보면 그야말로 구체적인 무언가를 원해 짝을 찾으러 온 손님 같았다는 뜻일까요?"

"그게 다 나쁘다는 건 아닙니다. 그런 회원님도 적지 않은 게 사실이니까요. 안정적인 노후 생활을 배우자에게 구하는가, 돈에 구하는가의 차이죠."

후나오카처럼 노년의 커플을 많이 접하다 보면 그런 걸 구분할 수 있는 경지에 도달할 것이다.

"고모다 이쿠미 씨를 면접할 때 그 밖의 다른 건 눈치채지 못했습니까?"

"다른 거라면."

"재산을 노리고 배우자를 살해할 만한 사람으로 보였냐는 뜻입니다."

"아, 전혀 그렇게는 안 보였습니다. 당연한 말이겠지만 초라해 보이는 사람이 반드시 범죄를 저지르는 것도 아니죠. 끊임없이 겁먹은 것처럼 보였고, 그분이 재산을 노려 자산가에게 접근하고 그것도 모자라 살인 계획을 세울 거라는 건 당시만 해도 상상도 못 할 일이었습니다."

이쿠미의 태도가 왠지 자신 없어 보였다는 건 14년간 그녀와 생활을 함께해 온 미코시바의 관찰과 일치한다. 바꿔 말하면 후나오카의 사람 보는 눈이 아예 엉터리는 아니라는 뜻이다.

"하지만 나루사와 다쿠마 씨와 이쿠미 씨 커플은 어떤 의미에서 이상적이기는 했습니다. 나루사와 씨는 마음 편히 만날 수 있는 상대를 원했고, 이쿠미 씨는 경제적인 안정을 원했으니 양쪽이 바라는 게 잘 맞아떨어진 형태죠. 앞으로 두 분이 행복한 결혼 생활을 보낼 수 있을 거라며 저희도 기뻐했습니다만……."

결혼이 파탄 나는 경우 중에서도 아내가 남편을 죽인 것은 최악의 유형이다. 두 사람을 연결해 준 후나오카 입장에서는 당연히 마음이 편치 않을 것이다.

"사건이 보도되기 전에 두 분에게서 연락 같은 건 없었습니까?"

"혼인 뒤에 오는 연락은 대체로 부부 갈등 때문이죠. 그 두 분께는 연말에 연하장을 받는 정도였습니다."

"첫 만남, 그리고 결혼에 이르기까지 두 사람 사이에 어두운 그림자 같은 건 인식하지 못했다."

"그렇게 해석하셔도 무방하겠네요."

다음으로 미코시바가 향한 곳은 산겐자야 3번지 1255에 있는 나루사와 다쿠마의 저택이었다. 그러나 저택 문이 잠 겨서 안에 들어갈 수는 없었다.

프로필에 적힌 내용을 읽으며 상상한 모습 그대로의 집 이었다. 부지 면적은 대략 60평 남짓. 이 일대에서는 넓은 축에 속할 것이다. 2층 높이 목조 건물은 건축 연수가 오래 돼 보이지만 만듦새가 튼튼해서인지 낡은 느낌은 들지 않 는다. 정기적으로 보수 공사도 한 것으로 보여 토지와 함께 매각하면 분명 억 단위 가격이 붙을 게 분명했다.

미코시바가 오늘 이곳에 온 목적은 실은 옆집에 있었다.

'기지마'라는 이름의 문패가 붙은 집을 찾아가자 일흔이 넘어 보이는 주부가 현관에서 나왔다. 나루사와 이쿠미의 변호인이라고 알리자 주부는 곧장 당황과 호기심으로 표정 을 물들였다.

"그래요? 이쿠미 씨가 변호인을 고용했구나."

기지마 부인은 이해가 된다는 듯이 고개를 끄덕였다.

"뭐 부잣집이니 그럴 만도 하죠. 하지만 좀 복잡한 심정이 네요. 변호사님께 협력하면 그 집 남편분께 몹쓸 짓을 하는 것 같고, 협력하지 않으면 아내분께 돌을 던지는 것처럼 돼 버리니⋯⋯."

"제 의뢰인이 아직 범인으로 확정된 건 아닙니다."

"어머, 그래요? 신문과 TV에서는 아내가 체포돼 이미 재판도 시작됐다던데."

"경찰과 검찰이 반드시 옳다고는 할 수 없습니다. 기지마씨의 증언으로 다른 진실이 존재한다는 게 밝혀지면 피해자와 의뢰인 모두에게 이익이죠."

"변호사 선생님이라 그런지 역시 말씀을 잘하시네요. 그렇게 설득하실 줄이야. 하지만 이미 경찰분들께 대략적인이야기는 했어요."

"공교롭게도 경찰과는 대립 관계에 있어서요. 변호인에게 정보가 들어오지 않습니다."

"그래요? 그럼 뭐, 협력할게요. 그런데 뭐가 궁금하세요?"

"나루사와 다쿠마 씨와 이쿠미 씨의 부부 관계입니다."

"두 분 다 재혼이었죠."

"저도 그렇게 들었습니다."

"재혼이고 나이가 나이인 만큼 풋풋함 같은 건 없었지만 부부 사이는 좋았던 것 같아요. 다투는 소리도 들어본 적 없고요. 그런 일이 일어나기 이틀 전에도 부부가 함께 사이좋게 정원을 손질하고 남은 폐목재들을 쓰레기장에 버리러 가는 모습을 봤어요. 남편분은 원래 성품이 온화한 분이셨어요. 오래전 일이지만 이웃집들 사이에 다툼이 발생할 때 중재 역할을 맡아 주기도 하셨죠. 워낙 인격을 갖춘 분이어서 그분이 중간에 나서면 다들 입을 다물게 되더라고요. 덕분에 동네 사람들은 그분을 마치 이장님처럼 대했어요."

"이쿠미 씨가 나루사와 다쿠마 씨의 두 번째 아내가 되어 이곳에 온 지 2년 정도 됐다더군요."

"네. 그런데 특별히 눈에 띄는 행동을 보인 적은 없었고 이웃 사이에도 평판이 좋았어요. 처음에는 재산을 노리고 나루사와 씨에게 접근했다는 소문도 돌았지만 그렇다고 하기에는 사치를 부리는 듯한 모습은 전혀 없었고 평소 외식을 하러 나가거나 하는 일도 별로 없었죠. 음, 내성적인 분인 것처럼 보였어요. 함께 거리를 걸어도 절대 남편 앞에는 나서지 않는 예스러운 타입이라고 할까요."

소심해 보이고 눈에 띄는 행동을 하지 않았다는 이야기는 맞을 것이다. 미코시바가 아는 이쿠미의 모습과도 겹친다. 그러나 해석은 사뭇 다르다. 그녀는 소심해서 앞에 나서지 않는 것이 아니다. 끊임없이 남편의 안색을 살피고 남들에게 비난당하지 않도록 가족의 그늘 뒤에 숨는 것에 불과했다.

"그럼 첫 번째 부인인 사키코 씨에 대해서도 아십니까?"

"아, 사키코 씨요. 네. 기억해요."

기지마 부인은 당시를 그리는 것처럼 눈을 가늘게 떴다.

"사키코 씨도 사키코 씨대로 아주 훌륭한 분이었죠. 나이는 아마 저랑 비슷했을 텐데 센스가 있고 예의 바른 분이었어요. 그리고 젊은 사람들처럼 자주 키득거리고 웃는 모습이 참 귀여운 분이었답니다. 나루사와 씨도 그런 아내의 모습을 아주 좋아했고요. 그 두 사람은 정말로 잉꼬부부란 말이 딱 들어맞는다고 생각했어요. 안타깝게도 두 분 사이에 자식은 없었지만 부부 사이가 워낙 좋았으니 자식을 낳을 필요성도 못 느끼지 않았을까요? 그래서 그런지 사키코 씨가 돌아가셨을 때 나루사와 씨는 정말 보고 있기 힘들 정도였죠. 장례식에서 하염없이 눈물을 흘렸고 사십구일재를 지낸 뒤에도 꼭 텅 빈 허물 같이 넋이 나간 사람 같았답니다."

"사키코 씨가 돌아가신 게 언제죠?"

"아마 5년도 더 됐을 거예요. 그래서 나루사와 씨가 두 번째 부인으로 이쿠미 씨를 집에 들였을 때는 이웃에 사는 저 같은 사람들은 가슴을 쓸어내렸죠."

전 부인의 사망이 5년 전, 그리고 이쿠미가 두 번째 부인으로 집에 들어온 게 거의 1년 전이니 그 사이 4년 동안 나루사와는 홀아비로 지냈다는 계산이 나온다.

"나루사와 씨도 물론 아주 훌륭한 분이지만 같이 사는 사람이 죽으면 타격이 큰 건 남자 쪽인가 봐요. 이웃 중에도 남편을 일찍 잃은 아내들이 있는데 그분들은 아주 건강하게 잘 살아가거든요. 여자는 역시 강해요."

기지마 부인에게 이야기를 듣는 동안 나루사와에 대한 의혹이 조금씩 옅어졌다.

두 번째 부인인 이쿠미, 그리고 중매 역할을 맡았던 후나오카가 입을 모아 나루사와를 선량한 사람이라고 평가하고 있다. 미코시바는 겉과 속이 전부 선량한 인간만큼 수상쩍은 사람도 없다고 믿지만 아무래도 나루사와에 대해서는 생각을 조금 고칠 필요가 있어 보인다.

떠올려 보면 자신을 지도해 준 이나미 교관도 겉과 속이 똑같은 사람이었다. 너무 똑같아서 변호하는 미코시바가 애를 먹을 만큼 착실한 피고인이었다.

믿기 어렵지만 그런 인간은 현실에 엄연히 존재한다. 그들은 미코시바 같은 속물의 상식을 가볍게 뛰어넘는 자신만의 철학과 지침으로 살아간다. 너무 눈부셔서 똑바로 쳐다볼 수 없는 탓에 그런 인물의 전체적인 인상을 잘못 짚게 되는 것이다.

어쩌면 이쿠미가 정말로 나루사와 다쿠마를 죽였을 수도

있다.

이쿠미는 적어도 미코시바가 보기에 태양처럼 눈부신 부류의 인간은 아니었다. 오히려 다른 사람의 그늘 뒤에 숨어서 근근이 살아가는 타입이다. 그런 여자가 나루사와 같은 인격자와 산다면 어떤 삶이 펼쳐질까. 밝은 곳을 싫어하고 올바름을 기피하다 보면 그 끝에 있는 것은 대상을 말살하는 도피 행동이다.

재산을 노린 살인이라고 하면 단순하지만 오로지 돈만 노리고 사람을 죽일 가능성은 실은 희박하지 않을까. 동족을 죽이려면 살의가 있어야 한다. 그리고 살의가 만들어지려면 살해 대상에 대한 몰이해와 반감이 필수다. 눈부실 정도의 인격자는 그 사실 하나만으로도 살해될 이유가 생기는 것이다.

미코시바는 새삼 이쿠미라는 인간을 곰곰이 곱씹어 봤다. 자신을 낳아 줬다는 사실도 일단 내려놓고 고찰했다.

다른 사람들보다 윤리관이 유독 엄격하지는 않았다.

자립심이 희박하고 끊임없이 누군가에게 의지해야 살아갈 수 있었다. 의존 경향이 강하고 비관적인 데다가 자식에 대한 애정도 종잇장처럼 얄팍했다.

만약 그 여자가 변호인인 나에게도 거짓말을 했다면.

물론 그 정도 이유로 변호를 그만둘 생각은 없다. 새삼스러운 일도 아니다. 과거에도 거짓말로 점철된 의뢰인을 수없이 상대해 왔다. 그러나 똑같이 무죄를 노려도 완전히 무고한 피고인과 그러지 않은 피고인은 싸우는 방식이 달라진다. 의뢰인이 무죄인지 유죄인지를 이른 시기에 꿰뚫어 보지 않으면 의뢰인과 검찰 양쪽에 발목을 잡히는 결과가 나올 수도 있다.

거기까지 떠올리고 미코시바는 흠칫 놀랐다.

나는 이쿠미라는 인간에 대해 실은 아무것도 모르는 게 아닐까. 14년 동안 부모 자식으로 한 지붕 아래에 살았지만, 단지 그뿐이었다. 서로를 깊게 알려고 한 적은 없다. 그저 같은 집에 사는 생판 다른 남에 지나지 않았다. 실제로 지금도 의뢰인과 변호인이라는 관계로 움직이고 있지만 나는 그녀가 정말로 무죄인지도 판단하지 못하고 있다.

다시 한번 이쿠미라는 여자를 제대로 조사할 필요가 있다. 그것도 현재뿐만 아니라 과거에 이르는 모든 것들을. 그 여자가 어떤 빛깔의 마음을 지녔고 어떤 형태의 영혼에 지배돼 살아왔는지를 확인해야 한다.

곧장 행동으로 옮기자. 이웃들의 평가는 이 정도로 충분할 것이다. 아니, 마지막으로 질문 하나가 더 남았다.

"사키코 씨는 어떤 병으로 돌아가셨죠?"

그러자 기지마 부인이 미심쩍어하는 표정을 지었다.

"그게 무슨 말씀이세요?"

"아, 사키코 씨가 병으로 돌아가셨다고 들었는데요."

"응? 혹시 다른 사람과 착각하신 거 아닌가요? 사키코 씨는 병으로 돌아가시지 않았어요. 살해됐죠."

기지마는 이제 와서 무슨 소리를 하느냐는 듯이 팔짱을 꼈다.

"기억하세요? 5년 전 나이가 서른 정도 되는 남자가 역 앞에서 묻지 마 살인을 저질러 몇 명을 죽이고 다치게 한 사건이요. 사키코 씨는 그 피해자 중 한 명이었답니다."

3

미코시바는 사무소에 돌아가자마자 기지마 부인이 언급한 사건을 인터넷에서 검색했다. '산겐자야 묻지 마 살인'이라고 입력하자 곧장 해당 기사가 수십 개 나왔다. 물론 인터넷 기사를 전적으로 믿는 어리석은 짓은 하지 않고 일본 변호사회 사이트에서 과거 재판 기록과 대조해 봤다.

사건의 개요는 다음과 같았다.

2010년 8월 25일 오후 4시 30분, 도큐 덴엔토시선 산겐자야역 근처에서 사건이 일어났다. 세타가야구에 사는 무직 마치다 군야(당시 32세)가 자신의 왜건 차량을 타고 역 출입구로 돌진해 63세 남성 한 명과 23세 여성을 차로 치어 죽였고 15세 소녀에게 전치 2개월의 중상을 입혔다. 이때 세타가야 거리를 끼고 맞은편에는 산겐자야 파출소가 있었지만 파출소 안에 있던 경찰이 이변을 눈치채고 현장에 도착하기까지 5분이 걸렸다.

마치다는 그 5분 동안 다음 범행에 나섰다. 갑작스러운 참극에 쇼핑을 하러 나온 이들과 전철 승객들이 우왕좌왕하는 사이에 차에서 내린 마치다는 약 30센티미터 길이의 회칼을 꺼내 휘두르며 행인들에게 달려들었다. 이때 67세 여성과 5세 여자아이가 중상을 입었고 35세 주부와 13세 남자 중학생이 경상을 입었다. 67세 여성과 5세 여자아이는 병원에 긴급 후송됐지만 67세 여성은 결국 과다 출혈로 사망했다.

그 67세 여성이 바로 나루사와 사키코였다.

긴급 출동한 경찰들에게 즉시 현행범으로 체포된 마치다는 연신 헛소리 같은 말을 지껄였다고 한다. 세간의 이목이 쏠린 중대 사건이었지만 마치다의 기이한 행동에 의심을 품은 도쿄 지검이 기소 전 정신 감정을 하자 사건 피해자들을 분개하게 하는 보고 결과가 나왔다.

피의자 마치다 군야가 조현병 진단을 받은 것이다. 피고인이 조현병을 앓으면 변호인은 당연히 심신 상실을 이유로 형법 제39조 적용을 주장하기 마련이다. 또 검찰이 전문의에게 정신 감정을 의뢰한 탓에 결과를 뒤집을 수도 없다. 검찰은 패소가 이미 정해진 사안을 도마 위에 올릴 수도 없어 결국 사건을 불기소 처분하기에 이르렀다.

그러나 마치다에게 중·경상을 입은 피해자와 가족이 살해된 유족들이 가만있지 않았다. 그들은 피해자 모임을 꾸려 형사 책임을 묻지 못한 마치다에게 민사로 집단 손해 배상 청구를 했다. 소송에는 불기소 처분으로 고배를 마신 검찰이 협력하기도 해서 변호인단 측이 전면 승소했지만 결과는 오히려 피해자들을 더 큰 실의의 늪에 빠뜨렸다.

법원이 인정한 배상금 총액은 2억 2천 5백만 엔. 세 명을 살해하고 네 명에게 중·경상을 입힌 대가로 일견 타당한 액수로 느껴지기도 했지만, 정작 마치다에게는 지불 능력이 없었고 마치다를 키운 부모는 민사 판결이 나온 직후 감쪽같이 종적을 감춰 버렸다.

결국 실효력 없는 판결문만 남았다. 마치다의 부모가 살던 곳도 셋집이었던 탓에 집행력이 미칠 곳이 없어서 피해자와 유족들은 통한의 눈물을 흘릴 수밖에 없었다. 그리고 사건을 일으킨 마치다는 의료 기관에 입원해 지금껏 온실 속 화초처럼 지내고 있다.

사건의 실상을 대략 파악한 미코시바의 감상은 극히 평범했다.

20년 전이면 몰라도 요즘 같은 시대에는 어디에서나 볼 수 있는 흔하디흔한 비극 아닌가. 최근 기소 전 정신 감정은 사법 감정의 90퍼센트 이상을 차지하고 있다. 바꿔 말해 심실 상실자에 의한 사건이 늘었다는 뜻이다. 그리고 형법 제39조가 엄연히 존재하는 한 앞으로도 비슷한 사건과 해당 조항을 악용하는 범죄자가 끊이지 않을 것이다.

사건 기록을 자세히 조사하는 동안 미코시바는 문득 묘한 사실을 눈치챘다.

이게 어떻게 된 일인가.

이유를 찾아봤지만 재판 기록과 인터넷 정보로는 알 수 없었다. 해답을 알 만한 사람은 당시 변호인단 정도일 거라 판단해 대표자의 이름을 확인하다가 미코시바는 묘안을 떠올렸다.

월요일에 미코시바는 전 도쿄 변호사회 회장 다니자키 간고의 사무소를 찾았다. 볼 때마다 예스러운 풍치의 빌딩은 다니자키라는 사람 자체를 구현한 것 같아서 흥미롭다. 노후화되기는 했어도 기반이 튼튼해서인지 요즘 자주 일어나는 지진에도 끄떡없다고 한다. 이 역시 최근 몇 년간 안건이 줄어들어 궁핍해진 변호사회의 사정을 아랑곳하지 않고 활동하는 다니자키와 비슷하다고 할 수 있다.

다니자키 본인도 여전했다. 움푹 팬 눈가 사이로 지성이 가득 찬 눈빛이 엿보인다. 오랜만에 만나도 전혀 나이 들어 보이지 않아서 이 모습 그대로 죽어 가는 게 아닐까 하는 생각마저 들었다.

"오랜만에 뵙습니다."

"참 신기하기도 하지. 꼭 만나지 않아도 자네 소식이 금세 귀에 들어와 오랜만이라는 느낌이 전혀 들지 않으니. 뭐 그만큼 변호사 세계가 좁다는 증거이려나. 아무튼 이번에 어머니의 변호를 맡게 됐다던데."

역시 다니자키도 알고 있었나.

"몇 사람을 거쳐 결국 저한테 온 것 같습니다."

"사건의 개요는 대충 전해 들었네. 부인 사건이지만 상황이 좋지 않다더군. 물론 자네에게 잘 맞는 안건이니 의뢰가 들어왔겠지만." 다니자키는 미코시바의 눈을 훔쳐봤다. "혈연이라서라기보다 그 이유가 더 크지 않나?"

역시나 기분 나쁜 노인네다.

굳이 상대가 언급하고 싶지 않은 부분을 거리낌 없이 치고 들어온다.

"면목 없습니다."

"검찰도 그쪽 사정에 대해서는 함구령이 떨어진 듯하니 자네도 부담 없겠지. 그쪽에서 함구령을 내린 이유도 대략 알지 않나?"

"뭐 대충은."

"배심원들은 사법의 프로가 아니야. 혈연관계든 부모 자식 사이가 어땠든 외부가 시끄러워지면 이성이 흐려지고 동요하기도 하지. 자네나 자네 어머니에게 동정심이 모이지 않을 거라 단언할 수도 없고."

"동정심이라. 과연 그럴까요."

"뭐든 비난하는 녀석들만 있는 건 아니지. 천지 분간을 할 줄 아는 이들도 있네. 다만 그런 자들은 큰 소리를 내지 않으니 눈에 띄지 않을 뿐."

"큰 소리를 내지 않으면 없는 거나 마찬가지 아닐까요?"

"판사들도 마찬가지야. 목소리가 큰 사람이 있는가 하면 작은 사람도 있지. 결정권을 지닌 이들도 다양해. 그런 걸 파악해 둬서 손해 볼 건 없겠지."

다니자키 나름대로 미코시바와 이쿠미를 배려해서 하는 말이겠지만 미코시바는 그저 우습기만 했다. 대체 타인이라는 존재들은 왜 이렇게 남의 가정사를 쉽게 착각하는 걸까. 거기까지 떠올리고 속으로 흠칫했다.

가정은 뭐가 가정인가. 30년 전에 나와 이쿠미의 연은 이미 끊겼다.

"아까 자네에게 잘 맞는 안건이라 했지만 솔직히 전망이 어떤가? 승산이 있으니 일을 맡았겠지?"

"왜 그렇게 생각하시죠?"

"자네는 열정만을 앞세우는 풋내기가 아니고 승산 없는 일을 떠맡는 아마추어도 아니니까. 하지만 승산이 1퍼센트여도 그걸 승산이라고 생각하는 건 자네 정도겠지."

"꼭 그렇지도 않습니다."

"여전히 건방지군."

다니자키는 자못 유쾌한 듯이 의미심장하게 웃었다. 이 노인과 대화하다 보면 늘 페이스를 잃는다. 무슨 말을 해도 그의 손바닥 위에서 노는 듯한 기분이 든다. '노회하다'라는 말이 이토록 잘 들어맞는 사람도 없을 것이다.

"물증이 갖춰져 있기는 하지만 본인이 부인하는 이상 승산이 제로는 아니니까요."

"바꿔 말하지. 건방진 게 아니라 오만불손해."

"고맙습니다. 악담은 하도 들어서 익숙합니다."

"그래서, 오늘 나한테 무슨 말을 하려고 왔나? 전화상으로는 뭔가 부탁할 게 있는 듯한 말투던데."

"5년 전 산겐자야역 앞에서 일어난 묻지 마 살인 사건을 기억하십니까?"

"그래. 일본에도 드디어 이런 종류의 범죄가 드물지 않아졌다며 우울하게 생각했었지."

"사망자 세 명, 중·경상자 네 명. 그 사망자 중 한 명이 이번 피해자 나루사와 다쿠마의 전 부인이었습니다."

"부부가 둘 다 화를 입었군."

"당시 범인이 심실 상실로 불기소 처분을 받았는데 피해자들이 민사로 집단 손해 배상을 청구했습니다. 하지만 그 집단 소송 원고인단 안에 나루사와 다쿠마의 이름이 없더군요."

"사망자의 남편인데도 손해 배상 청구에 참가하지 않은 건가."

"네. 그리고 그 변호인단 단장이 기스기 도모노리라는 변호사였습니다."

"흥. 그런 거였나."

다니자키는 이해한 것처럼 고개를 끄덕였다.

인간이 여럿 모이면 자연히 파벌이 생긴다. 도쿄 변호사
회도 마찬가지여서 지금은 보수파인 청풍회, 혁신파인 우애
회, 좌파 창신회, 우파 화요회, 중도 자유회가 걸핏하면 반목
하며 서로를 견제한다. 회장직을 그만뒀다고 해도 다니자키
는 여전히 자유회의 수장을 맡고 있고 기스기 변호사는 그
자유회의 일원이다.

"변호인단의 책임자였던 기스기에게 물으면 나루사와 다
쿠마가 집단 소송에 참가하지 않은 이유를 알아낼 수 있을
거라고 봤나?"

"면식이 없지만 아시다시피 저처럼 악평이 자자한 인간
을 순순히 만나 줄까 싶어서."

"그래서 중간에 나를 끼워 넣었다?"

"소개장을 한 통 써 주시면 감사할 것 같습니다."

"상대가 기스기라면 소개장 같은 건 굳이 쓸 필요 없네.
전화 한 통이면 충분할 거야. 그나저나 나도 후배들 뒤치다
꺼리나 해 주는 나이가 됐군."

"면목 없습니다."

"하나도 면목 없어 보이지 않지만, 뭐 됐네. 그나저나 5년 전 묻지 마 살인 사건이 이번 일과 어떤 관련이 있지?"

"아직 모르겠습니다. 다만……."

"다만?"

"살해된 사람이 어떤 사람이었는지 아는 건 중요하다고 봅니다."

"살해한 사람의 인간성을 묻지 않는 건 역시 식구라서?"

"그런 건 상관없습니다. 성인군자든 쾌락 살인마든 일단 의뢰인이 부인하는 사건을 맡으면 무죄 판결을 얻어 내는 게 제 임무니까요."

다니자키는 입을 꾹 다물고 미코시바를 똑바로 쳐다봤다.

"의뢰인에게 사적인 감정을 배제하려는 태도야 틀릴 게 없겠지. 알면서도 굳이 묻겠네만, 자네는 비인간적일 만큼 혈연관계 자체를 깡그리 부정할 수 있겠나?"

"혈연이니 뭐니 하는 것에는 티끌만큼도 관심 없습니다."

요코 앞에서 한 말과 비슷하게 얼버무렸지만 실제로도 미코시바의 마음은 변하지 않았다.

열네 살 때 미코시바의 혈연관계는 모두 소멸했다. 지금 굳이 그것과 가까운 존재를 꼽자면 하치오지 의료 교도소 에 들어가 있는 그 남자뿐이다. 그래서 사적 감정이 영향을 미처 결국 무죄 판결을 얻어 내지 못했다.

이번 의뢰인은 어디까지나 남이다.

문제라고는 없을 것이다.

기스기의 변호사 사무소는 요쓰야 아이즈미초의 야스쿠니 거리에서 한 골목 더 들어가면 나오는 주상복합 빌딩 안에 있었다. 위치가 안쪽이기는 해도 미코시바의 사무소가 현재 입주해 있는 빌딩보다는 훨씬 낫고 입구 홀과 엘리베이터도 아직 새것이었다.

사전에 다니자키가 소개해 준 덕인지 기스기는 허물없이 미코시바를 맞아 주었다. 나이는 미코시바보다 서너 살 많을 텐데 온화해 보이는 얼굴에서 성실함이 엿보였다.

"이야, 미코시바 선생님. 소문은 익히 들었습니다."

어떤 소문인지 굳이 확인할 필요는 없을 것이다.

"바쁘신데 죄송합니다."

"아무리 바빠도 다니자키 전 회장님 분부라면 받아들여야죠. 변호사회에 들어가기 전까지 엄격한 사제지간 같은 건 소설에서나 나오는 거라고 생각했습니다."

"횡포라고 생각하십니까?"

"횡포라기보다 전횡이라고 하는 게 올바르겠죠. 다만 다니자키 선생님의 독재라면 불만스러워하는 회원이 많지 않을 겁니다. 이건 꼭 제가 자유회라서 하는 말은 아닙니다."

"곧장 본론으로 들어가 5년 전 사건에 대해 여쭙고 싶습니다만."

"마치다 사건 말이군요. 소름 끼치는 사건이었지요." 기스기는 허공을 보며 설명을 시작했다. "독립한 지 얼마 되지 않은 무렵에 일어난 사건이어서 잘 기억합니다. 피해자가 많은 데다가 내용도 비참하기 그지없는 사건이었죠."

"실례지만 승소는 둘째치고 마치다와 그 가족들에게서 배상금을 받아 낼 거라고 판단하셨습니까?"

"······들던 대로 거침없는 분이시군요. 하지만 저도 단도직입적인 게 싫지 않으니 솔직히 말씀드리죠. 당시 검찰이 기소하지 않기로 결정하면서 범죄 피해자 급부금만으로는 납득할 수 없다는 게 대다수의 의견이었습니다. 아직 저희가 채권자가 된 것도 아니라 피고인의 자산 조사도 마음대로 못 하는 상황이었죠. 그래도 손해 배상을 청구한 건 최소한의 저항이라고 할까요. 피해자 측 심경을 알리고 싶다는 게 가장 큰 목적이었습니다. 하지만 설마 마치다의 가족이 야반도주처럼 종적을 감춰 버릴 줄을 상상이나 했겠습니까? 상황을 너무 만만하게 봤다고 비판받아도 할 말은 없습니다. 제가 아직 교섭 같은 것에 익숙하지 않기도 했고요. 피해자 원고인단분들 앞에서는 못 할 말이지만 저 자신은 그 사건을 통해 배운 게 꽤 많습니다."

"그 원고인단 말입니다만, 돌아가신 나루사와 사키코 씨의 유족은 참가하지 않았더군요."

"원고인단을 결성할 때 저도 권유했습니다. 오랜 세월 함께 살아온 동반자를 말도 안 되게 떠나보냈으니 당연히 참가하실 거라 믿었죠. 그래서 거절하셨을 때는 적잖이 놀랐습니다."

"당사자는 어떤 이유를 댔죠?"

기스기는 힘없이 고개를 흔들었다.

"총 2억 엔이 넘는 배상금을 평범한 집안에서 낼 수 있을 리 없다. 만약 받는다고 해도 어차피 한 사람당 받게 되는 액수는 쥐꼬리만 할 거라고……. 그리고 희생자들의 한을 조금이라도 풀어 주려고 손해 배상을 청구하는 건 이해하지만 자기 아내는 그런 쓸데없는 다툼을 좋아하지 않을 거라고도…… 하셨습니다."

"거의 삶을 달관한 듯한 말이군요."

"직접 만나 뵙고 말씀을 들었는데 그분의 입을 통해 들으니 달관했다기보다 오히려 자연스러운 사고방식처럼 느껴지더군요. 아무래도 저희 같은 변호사들은 결과나 성과 따위를 금전과 물질적인 것으로 생각하는 경향이 있지만 나루사와 씨처럼 생각할 수도 있구나 싶었죠."

미코시바는 별 감흥 없이 이야기를 들었다.

나루사와 다쿠마가 했다는 말이 사실이라면 이토록 질 나쁜 원고도 없을 것이다. 정신적 충족까지 포함하면 배상 책임이 무한으로 확대돼 버린다. 적절한 표현은 아니겠지만 조폭들이 틈만 나면 소리 높여 부르짖는 위로금 같은 것과 비슷하다. 그런 한도 없는 배상을 규제하기 위해 재판이 있고 통념이란 것이 있다. 나루사와 다쿠마의 철학은 정서적으로 이해할 수 있다고 해도 변호사가 지닐 사고방식으로는 적합하지 않다.

그리고 미코시바에게는 그런 정서가 결여돼 있으니 더욱 동조할 수 없었다.

"물론 악의적으로 해석하면 나루사와 씨는 원래 돈이 많은 분이었으니 쥐꼬리만 한 배상금을 받으려고 기소하는 건 쓸데없다고 생각하셨을 수도 있죠. 어쨌든 변호인은 의뢰인이 있어야 존재하니 저도 그 이상 무리하게 원고인단에 참가하라고 할 수는 없었습니다."

기스기는 말을 한번 끊고 깊숙이 한숨을 내쉬었다.

"그러나 결과는 아시다시피 뒷맛이 좋지 않았습니다. 아무리 집행력이 있는 판결이어도 상대가 없으면 공수표나 마찬가지. 그러나 법적으로 피해자 측에서 할 수 있는 건 다 한 상태였죠. 그건 바꿔 말해 원고인단 구성원이 가해자에게 받아 낼 수 있는 사죄는 다 받았다는 뜻이 됩니다. 저희는 타자가 삼진을 당해 맥없이 물러나는 것처럼 물러설 수밖에 없었습니다."

"하지만 그렇다면 아직 한 번도 타석에 서지 않은 나루사와 씨에게는 기회가 있다는 건가요?"

"언젠가 마치다의 부모가 세상에 나타나거나, 아니면 마치다 본인이 의료 기관에서 나올 때 그들에게 속죄를 요구할 수 있는 사람은 나루사와 씨 정도가 되겠죠. 어디까지나 권리만을 따질 때의 이야기입니다."

"그러나 본인이 살해돼 버렸으니 어쩔 도리가 없다."

"아뇨. 나루사와 씨는 만약 살아 계셨어도 마치다 가족에게 사죄 같은 건 요구하지 않았을 겁니다. 사죄를 받고 배상금 몇 푼 받아 봐야 죽은 아내가 되돌아오는 건 아니다⋯⋯. 나루사와 씨는 분명히 제게 그렇게 말씀하셨으니까요. 실제로 변호인단 단장을 맡고서 제가 얻은 가장 큰 성과는 나루사와 씨 같은 분의 가치관을 알게 된 겁니다. 그래서 미코시바 선생님이 찾아오실 거라 할 때도 흔쾌히 수락할 수 있었고요."

불현듯 기스기의 입술이 사악하게 일그러졌다.

"돈이 아니고 물질적인 것도 아닌 범죄 피해자 유족이 진정 만족할 수 있는 배상. 그리고 가해자가 보일 수 있는 진정한 속죄란 무엇인가. 그런 쪽에 관심이 없었다면 과거에 소년 범죄를 저지른 선생님을 만나고 싶지도 않았겠죠. 제가 인권 변호사를 내세우고 있는 건 아니지만 예전 '시체 배달부'가 어떤 동기와 수법으로 그 선량한 나루사와 씨를 살해한 자신의 어머니를 변호할지 몹시 흥미로운 게 사실입니다."

"고상한 관심 분야를 지니셨군요."

"제 말을 단순히 농담으로 들으시면 불쾌합니다. 의료 소년원의 갱생 프로그램이 당시 수많은 사람들이 괴물이라 부르며 두려워하던 범죄 소년을 다시 태어나게 할 수 있었는가. 법조계에서는 다른 의미로 두려움의 존재였던 선생님이 친어머니를 위해 어디까지 뛸 수 있는가. 그건 피고인을 변호하는 이들이 참고할 만한 더없이 좋은 표본이 될 테니까요."

기스기가 도발적으로 말했지만 미코시바는 감정이 싸늘

히 식어 있었다.

이런 인간에게 표본 취급을 당해도 별로 화가 나지는 않는다. 자신이 어떻게 변하고 또 무엇으로 과거를 청산했는지를 알아주길 바라는 사람은 단 한 명뿐이다.

"그럼 듣고 싶은 이야기는 다 들은 것 같으니 이만 실례하겠습니다."

"이렇다 할 도움이 못 되어 죄송할 따름입니다."

"아뇨. 많은 도움이 됐습니다. 그래서 사례라고 하기 뭐하지만 조금 전 선생님의 말씀 중 한 군데를 정정해 드리고 싶군요."

"제가 뭐 틀린 말이라도?"

"선생님은 과거와 현재 모두 제가 괴물인 것처럼 말했지만 세상에는 저를 뛰어넘을 정도로 괴물 칭호가 어울리는 사람이 수없이 많습니다. 그들 스스로 눈치채지 못하고 있을 뿐이죠. 의외로 선생님도 그럴지도 모르고요."

그러자 기스기는 언짢은 얼굴로 어떻게 반응해야 할지 모르는 듯했다.

스마트폰이 울린 건 사무소에 돌아간 직후였다.
얼마 전 연락처를 등록한 아즈사에게 걸려 온 전화였다.

"무슨 일이지? 뭐 급한 일이라도 생겼나?"

─의뢰인은 나야. 급한 일이 없으면 연락도 못 해?

"용건부터 말해."

─조사가 얼마나 진행됐는지 알고 싶어. 두 번째 재판이 벌써 다음 주로 다가왔어.

"법정에서 할 이야기를 사전에 전달할 의무는 없지."

─설마 다른 안건을 우선하고 있는 건 아니겠지?

"착수금이 후불인 안건에만 매달릴 수는 없는 노릇이라."

사실이었다. 지금 미코시바는 이쿠미 사건 외에도 세 가지 안건을 더 맡고 있다. 착수금과 보수를 고려하면 이쿠미 사건의 우선순위는 가장 마지막이 될 것이다.

─그게 무슨 소리야. 정말 말도 안 되는 엉터리 변호사에게 의뢰해 버렸네. 내 판단에 구역질이 날 정도야.

미코시바의 목소리에서 짜증이 묻어났는지 아즈사는 곧장 날 선 말로 맞받아쳤다. 어린 시절에도 이렇게 지기 싫어하는 성격이었다. 미코시바는 기억을 더듬어 봤지만 어린 아즈사의 모습이 전혀 떠오르지 않았다.

─돈만 주면 악마도 변호한다는 이야기가 정말 사실인가 보네. 당신은 실력 외에는 좋은 소리도 못 듣잖아.

"틀린 말은 아니지. 흉악범이건 사이코패스건 한번 의뢰를 받으면 내게는 어엿한 클라이언트니까. 네가 갖다 준 안건처럼."

아즈사는 수화기 너머에서 말문이 막혔는지 잠시 침묵이 이어졌다.

통화를 끝내려는 순간 아즈사는 사뭇 달라진 목소리로 다시 입을 열었다.

—나루사와 다쿠마 씨에 대해서도 조사했지?

미코시바가 대답하지 않자 아즈사는 멋대로 결론 내린 듯했다.

—살해된 사람만 조사해서야 되겠어?

"무슨 뜻이지?"

—클라이언트가 어떤 사람인지는 관심이 없는 거야?

"아까 말한 대로야."

굳이 아즈사에게 듣지 않아도 안다. 미코시바는 나루사와 다쿠마처럼 이쿠미도 조사할 생각이었다. 나루사와 다쿠마와 만나기 전까지 이쿠미가 어디서 어떤 삶을 살았는가. 가능성은 낮지만 거기에 변호의 실마리가 있을지 모른다.

—한번 조사해 봐. 그럼 엄마가 재혼한 이유도 알 수 있을 테니.

"생활이 불안정해서겠지."

―불안정한 이유가 하나는 아니야.

"알아듣게 설명해 주겠어?"

―다 당신 탓이지.

목소리가 우울한 기운을 머금고 있었다.

―새 삶을 살려고 해도 당신이 꼭 방해했어. 엄마뿐만이 아니야. 내 삶도 마찬가지야.

"난 모르는 일이야."

―내가 스물아홉 때 결혼 이야기가 나온 적이 있어. 상대도 마음이 있었는데 그쪽 부모가 만약을 위해 확인해야 한다며 흥신소를 썼대. 그걸로 끝. 곧장 우리의 예전 성과 당신 사건이 알려진 거야. 순식간에 결혼은 없는 일이 돼 버렸어. 다, 당신만 없었다면 나도 엄마도 그렇게 되지 않았을 텐데!

짜증이 한계점을 넘어서서 미코시바는 말없이 전화를 끊었다.

미코시바가 후쿠오카에서 사건을 일으킨 이후 이쿠미가 언제 어디로 이사 갔는지에 대해서는 당사자의 신고와 호적 등본으로 이미 확인했다. 이제는 단서가 나올 때까지 과거를 거슬러 가기만 하면 된다.

미코시바는 줄곧 들고 있던 스마트폰을 내려놓으려다가

흠칫했다.

모르는 사이에 손에서 배어난 땀으로 스마트폰이 흠뻑
젖어 있었다.

4

다음 날 미코시바는 기타간토로 발걸음을 향했다.

군마현 다테바야시시 오시마초. 고모다 성으로 돌아간 이
쿠미와 아즈사는 1994년 11월에 이곳으로 이사를 왔다. 그
로부터 2년 뒤 아즈사는 독립해서 도쿄로 이사, 이쿠미는
나루사와 다쿠마와 재혼하기 전까지 이곳에 계속 살았다.

와타라세강이 보이는 넓은 농지. 그 옆에 있는 오래된 주
택가 한곳에 이쿠미와 아즈사가 살던 집이 있었다. 지금은
다른 사람의 문패가 걸려 있다.

주변을 둘러봐도 유독 오래된 단층집이고 이쿠미에게 듣
기로는 셋집이었다고 하니 현재도 주인이 바뀌지 않았을
가능성이 크다.

미코시바는 '다카스'라는 문패가 걸린 이웃집의 초인종
을 눌렀다. 다카스는 이쿠미와 아즈사가 이곳에 살던 시절
부터 이 집의 집주인이다. 지금 예전 집에 들어와 사는 사람

에게 물어도 당시 일을 알 리 없으니 다카스에게 물을 수밖에 없다.

초인종을 다섯 번 누르고서야 "누구요?" 하는 대답이 돌아왔다.

현관에 70대 정도로 보이는 노인이 모습을 드러냈다. 집주인 다카스 다케로다. 체구가 작고 사람 좋아 보이는 눈매가 인상적이었다.

"변호사 미코시바라고 합니다. 전에 옆집에 살던 고모다 모녀에 대해 여쭐 게 있어서 찾아뵀습니다."

방문 목적을 알리자 다카스는 사정을 안다는 듯이 고개를 끄덕였다.

"변호사라면 재판에서 이쿠미 씨 변호를 맡는 분?"

뉴스로 이쿠미의 사건을 접한 듯했다. 그럼 이야기가 빠르니 미코시바에게도 좋은 일이다.

"뭐가 궁금하시오?"

"고모다 모녀가 당시 어떻게 살았는지입니다. 이곳에 오래 살았다고 들었습니다만."

"그렇지. 딸은 취직하고 집을 나갔지만 이쿠미 씨는 19년, 아니 20년이었나. 그 정도 살았지. 현관 앞에서 이야기하기도 그러니 안에 들어오시게."

다카스를 따라 들어간 곳은 노인 냄새로 가득 찬 거실이었다. 이곳저곳에 플라스틱 용기와 둥글게 말린 휴지가 버려져 있어 평소 집에 손님이 거의 오지 않음을 알 수 있다. 미코시바를 들인 것도 아마 대화 상대를 원해서일 것이다.

"봐서 알겠지만 집이 낡지 않았소? 원래는 우리 아들 부부가 살던 집인데 일 때문에 둘 다 떠났지. 그냥 빈집으로 두기도 뭐해서 임대로 내놓았소. 이쿠미 씨 가족이 두 번째 임차인이었고." 다카스는 허공을 바라보며 눈을 가늘게 떴다. "처음 집에 인사하러 왔을 때 모녀 둘밖에 없어서 뭔가 이유가 있을 거라고는 생각했다오. 남편이 사고로 죽었다고 했는데 평범한 사고사라면 굳이 이사할 필요도 없으니. 자세히 물은 적은 없지만 처음부터 뭔가 미심쩍기는 했지."

"미심쩍었다."

"물론 만나면 인사는 했고 집 안 청소도 곧잘 하는 데다 쓰레기 수거일도 잘 지켜서 별문제는 없어 보였소. 그런데 역시 뭔지 모를 그늘 같은 게 느껴졌다고 할까. 나도 지금껏 다양한 사람들을 만나 왔고 나이를 허투루 먹은 건 아니니 알 수 있었소."

미코시바는 의견이 조금 달랐다. 나이를 먹으면 물론 경험이 쌓이지만 그렇다고 모두가 관찰력이 높아지고 노인의 현명함을 얻는 것은 아니다. 개중에는 우둔함과 비열함, 욕심과 어리석음만을 쌓아 온 듯한 인간도 있다.

이를테면 이 다카스처럼.

"그렇게 이사 오고 얼마간은 별문제 없었는데 어느 날 이웃에 사는 여자가 자기 아들이 인터넷에서 엄청난 뉴스를 봤다면서 알려 주더군. 변호사 양반도 듣고 놀라지 말게나. 그 고모다 모녀가 무려 오래전 떠들썩했던 후쿠오카 '시체 배달부'의 가족이라지 뭐요?"

다카스는 너도 이쯤에서 놀라라는 것처럼 얼굴을 앞으로 내밀었다. 이야기를 끊기도 뭐해서 미코시바는 일단 맞장구를 쳤다.

"혹시 이 이야기를 이쿠미 씨한테 들었나?"

"아뇨. 처음 듣습니다."

"그야 그렇겠지. 이런 이야기를 들으면 변호사 양반도 정나미가 뚝 떨어질 테니. 벌써 30년이나 더 된 사건인데 또렷이 기억한다오. 고작 열네 살 먹은 중학생 아이가 이웃에 사는 여자아이를 죽인 것으로 모자라 시체를 토막 내 우편함 위나 새전함 같은 곳에 올려 뒀다지 뭐요? 그게 인간이 할 짓인가? 그리고 그런 아이를 길러 낸 가족도 제대로 됐을 리 없지. 이따금 그 모녀에게 보이던 그늘의 정체를 알게 된 순간이었소. 역시 내 눈이 틀렸던 게 아닌 거요."

다카스는 의기양양하게 말했다.

"모녀의 과거 이야기가 퍼진 게 언제쯤이었습니까?"

"아즈사의 혼담이 나오기 전해였으니…… 2002년이겠군.
아즈사는 이곳에 이사 오고 2년 뒤인 1996년에 집을 나갔
는데, 아무리 이사를 간다고 해도 그런 몹쓸 과거에서 어떻
게 벗어나겠소? 쓸데없는 발버둥질이지."

수화기 너머에서 호소하던 아즈사의 목소리가 다시 들리
는 듯했다.

"그렇지만 집을 나가고 6년이나 지났으니 더는 상관없지
않습니까?"

"발 없는 말이 천 리 가는 법이오. 아까 혼담이 나왔다고
했는데 이쿠미 씨가 이야기한 것도 아니고 본인이 와서 알
린 것도 아닌데 내가 어떻게 혼담이 오간 걸 알았겠소?"

미코시바는 이미 대략적인 사정을 파악했지만 일부러 시
치미를 떼 보았다. 그러면 인간들은 대부분 우쭐해서 이야
기를 술술 늘어놓기 마련이다.

"남자 쪽 가족이 흥신소를 고용했다더구먼. 의외로 좋은
집안에서 자란 남자였다고 하니 신중해질 만도 하지. 결혼
이라는 건 집안과 집안이 이어지는 일이니 아즈사가 아무

리 괜찮은 신붓감이어도 출신을 아예 무시할 수는 없지 않겠소? 그리고 애초에 그런 이야기는 끝까지 숨길 수 있는 것도 아니오. 언젠가 반드시 드러나게 돼 있지. 그게 언제냐의 차이일 뿐. 결혼하고 얼마 지나지 않아 실은 과거에 이런 일이 있었다고 털어놓는다고 생각해 보오. 그전까지 입 다물고 있었던 것도 더해져 남편이 가만있겠소? 그러니 그런 사정은 되도록 빨리 알려지는 게 서로를 위해 좋다는 말이오. 쓸데없는 참견일 수 있겠지만 나쁜 마음이 있어서 하는 소리는 아니오. 다 아즈사의 미래를 생각해서 호의로 하는 말이지.”

다카스는 자기변호를 늘어놓았지만 미코시바는 웃음을 참기 어려웠다. 호의라니. 그저 자신의 호기심과 가학성을 충족하기 위해 그럴싸한 이유를 둘러대고 있을 뿐이다.

무엇보다 우스운 것은 바로 이런 ‘호의’가 많은 이들에게 면죄부로써 버젓이 통용되는 사실이다. 개중에는 호의를 정의라는 달콤한 말로 포장하는 사람도 있는데 물론 그들은 자신 안에 잠재된 악의를 눈치채지 못한다. 아니, 눈치채고 있어도 모르는 척하거나 애초에 눈치채려고 하지도 않는다.

그렇게 생각하면 자신의 행동이 악하고 부도덕하다는 것을 아는 이들이 훨씬 청렴하다고 할 수 있다. 미코시바가 지금껏 광역 폭력단의 고문 변호사를 맡는 가장 큰 이유는 물론 고문료 때문이지만, 위선으로 뒤범벅된 선량한 일반 시민보다 아무 변명도 하지 않고 악행을 악행으로 인정하는 조폭들에게 호의를 느끼기도 했기 때문이다.

"흥신소가 우리 집에도 찾아옵디다. 내가 집주인이니 당연하겠지. 옆집에 살던 아즈사 씨가 어떤 사람이었냐고 묻더군. 난 솔직한 성격이라 있는 그대로 이야기했소. 아즈사 본인은 예의 바르고 착한 아이였다. 하지만 예전에 불미스러운 사건이 있었다고 한다. 그런 사실이 뒤늦게 알려지면 일이 더 커질 테니 지금 알려 주는 게 나을 것 같다며 다 설명해 줬지. 그 사건은 역시 불미스럽다는 한마디로 끝날 일이 아니었소. 고모다 모녀가 '시체 배달부'의 가족이라는 말을 듣자마자 흥신소 사람들의 안색도 싹 바뀌었으니."

다카스는 자각하고 있을까. 흥신소의 조사원이 깜짝 놀랐다고 이야기하는 자신의 표정이 희열로 일그러져 있다는 것을.

"결국 혼담은 깨졌다고 하지만 그것도 꼭 내 증언 때문이라고 할 수는 없겠지. 원래 그런 데는 인연이라는 게 영향을 미쳐서 처음부터 아즈사와 그 남자는 그런 운명이었던 거요. 응, 분명 그럴 거요."

미코시바는 할 수만 있다면 지금 이곳에 아즈사를 데려오고 싶었다. 당사자를 눈앞에 두고 다카스는 어떤 반응을 보일까. 그리고 아즈사는 어떤 행동을 할까.

"하지만 그런 과거가 밝혀진 이상 이곳에 홀로 남았던 이쿠미 씨도 영향을 받았을 텐데요."

"그야 물론이지. 그런 괴물을 낳은 어머니니까. 하지만 이런 말을 하는 내가 냉혈한처럼 보일 수도 있지만 이쿠미 씨는 '시체 배달부' 일이 알려진 뒤로도 10년 이상을 옆집에 살았소. 단언컨대 그건 이쿠미 씨 본인이나 이웃들에게 결코 좋은 일이 아니었지. 변호사 양반도 생각해 보오. 엎어지면 코 닿을 거리에 그런 괴물을 낳은 어머니가 사는 거요. 기분 나빠지지 않겠소? 그리고 책임이라는 것도 있고."

"책임?"

"그런 괴물을 낳은 건 어쩔 수 없다 쳐도 괴물을 그대로 괴물로 키운 건 부모니까. 하지만 정작 그 괴물이 고작 열네 살이었던 탓에 재판도 제대로 받지 않은 채 어느 소년원에 들어갔고 결국 아무 죄도 묻지 못했다지 뭐요? 살해된 여자아이와 그 가족들만 딱할 따름이지. 그럼 적어도 범인 대신 부모가 책임을 지는 게 도리 아니겠소?"

자신의 목소리를 듣고 흥분하는 성격인지 다카스는 점차

얼굴이 붉어졌다. 옆에서 보기에 이토록 우스꽝스러운 추태도 없을 것이다.

"그러니까 말이지. 그 뒤로 이쿠미 씨가 당한 일들도 당연하다고 하면 당연하오. 괴물에게 살해된 여자아이와 남겨진 유족을 생각하면 그 정도는 일도 아니지."

"무슨 일이 있었던 겁니까?"

"별일 있었던 것도 아니오. 우리는 그런 몹쓸 인간들과는 다르니. 그냥 밖에서 만날 때 인사를 삼간다든지, 주민 목록에서 뺀다든지, 자치회 모임에 부르지 않는 정도였지. 다만 개중에는 분노를 느끼고 이쿠미 씨 집에 전화를 걸어 아무 말도 하지 않고 끊거나 현관과 창문에 낙서를 한 사람은 있었소. 하지만 그 무렵 이쿠미 씨는 혼자 살았고 전에 살던 곳에서도 비슷한 일을 겪어서 이미 익숙했을 거요. 낙서 같은 걸 지우지도 않고 그냥 내버려 두더군. 집주인 입장에서는 임대해 준 집이 더러워지는 건 피하고 싶으니 그때마다 주의를 줬지만 지우면 다시 적고, 지우면 다시 적는 게 반복되다 보니 나도 지칩디다. 결국 이쿠미 씨가 현관과 벽을 청소한 건 이 동네를 떠나가기 전날이었소. 뭐 이쿠미 씨가 나간 뒤에는 낙서도 사라졌으니 올바른 판단을 내렸다고 평가해야겠지."

미코시바는 문득 심술궂은 질문을 하나 떠올렸다.

"집주인 입장이면 세입자에게 낙서를 지우게 하기보다 낙서한 범인을 찾는 게 근본적인 해결법 아닐까요?"

"낙서한 범인도 대략 누군지는 알겠더군. 동네에서 그런 짓을 할 사람은 몇 없으니. 하지만 낙서한 사람의 심경이 이해가 되더구먼. 누구든 범죄자, 그것도 그런 괴물의 가족이 이웃에 살고 있으면 불쾌하고 멀리하고 싶은 게 인지상정 아니겠소? 오히려 그런 걸 인권이니 뭐니 하면서 공격하는 게 잘못됐지. 자신들은 피해를 보지 않는 안전지대에 있는 인간들이 지껄여 대는 탁상공론일 뿐이오."

다카스의 주장은 이제는 애처롭게 들리기까지 했지만 미코시바의 가슴은 싸늘하게 식은 채 조금도 달아오르지 않았다.

낯익은 얼굴과 귀에 익은 목소리. 이것이 바로 '일반 시민'이라고 일컬어지는 이들의 본심이다. 이제 와서 새삼스럽게 분개할 것도 없다.

"이곳을 떠날 때 이쿠미 씨는 뭐라고 하던가요?"

"별말 안 했소. 그간 신세를 졌다고만 하더군. 신세보다는 폐를 끼쳤다고 하는 말이 맞겠지만 다 큰 어른들끼리 무슨 말을 더하겠소. 재혼 상대가 생겨 다행이라고 하며 축복하며 보내 줬다오. 이쿠미 씨한테는 조금 미안한 말이지만 이 동네에 사는 이들은 다들 가슴을 쓸어내렸을 거요. 갈등의 원인이 제 발로 사라져 줬으니."

미코시바는 그날 다시 도쿄로 돌아가 신칸센을 타고 나고야로 향했다.

나고야역에 도착한 시각은 오후 2시 45분. 지하철로 갈아타고 목적지인 쇼와구 고키소초에 도착했을 때는 3시가 지나 있었다.

이쿠미와 아즈사는 1989년 4월부터 1994년 11월까지 이곳에서 살았다. 그전까지는 후쿠오카에 살았으니 이사할 때마다 동쪽으로 옮겨 간 셈이 된다.

1989년이면 아즈사가 열다섯 살, 즉 중학교 3학년 때 이사를 왔다는 말이 된다. 왜 그해에 이사했는지 이쿠미는 명확히 밝히지 않았지만 대략 가늠이 됐다. 이웃들의 따가운 시선을 견디지 못한 게 분명하다. 중요한 건 이곳에서 이쿠미와 아즈사에게 무슨 일이 일어났고 그것이 현재에 어떤 영향을 미쳤는지다.

고키소는 상업 지역과 주택가가 합쳐진 오래된 마을이었다. 선술집과 파친코 점포 옆으로 드문드문 민가가 보였다.

건축 기준법이 시행되기 전에 지어진 건축물이 아직 남아 있는지 불분명하지만 어쨌든 거리에서는 쇼와 시대 분위기가 느껴졌다.

미코시바는 이런 오래된 마을 냄새를 싫어했다. 의료 소년원에 입소해 있을 때 연호가 바뀐 사정도 있지만 열네 살 이전의 자신의 삶을 떠올리면 우울해졌다. 쇼와 시절을 떠올리는 것은 달갑지 않았고 애초에 동네 이름 자체가 쇼와 인 것도 마음에 들지 않았다.

목적지는 쇼와 구청에서 그리 멀지 않은 초등학교와 고등학교 구역 안에 있었다. 하교 시간이 겹쳤는지 초등학생 아이들이 우르르 옆을 스쳐 갔다.

미코시바는 어린아이들도 싫어했다. 옆에 있기만 해도 가슴을 쥐어뜯기는 느낌을 받았다. 심리학자 같은 이들은 이런 현상을 두고 정신적 외상이니 뭐니 거들먹거린다고 하는데 실상은 그렇게 단순하지 않다. 후회나 자기혐오 같은 것보다 원초적인 욕구가 가슴 깊숙한 곳에서 스멀스멀 고개를 드는 공포가 느껴졌다. 열네 살 때 이웃에 사는 소녀를 죽였을 당시의 잔학성이 숨죽인 채 나타날 준비를 하는 듯한 불안감이었다.

쇼와 시절에 대한 혐오와 어린 시절의 공포 모두 오랫동안 잊고 있던 감각이었다. 틀림없이 이쿠미와 아즈사 때문에 되살아난 것이리라. 그 두 사람과 재회하고 나서 변화가 찾아왔다. 이쿠미와 아즈사, 그리고 두 사람과 연관된 이들의 증언을 듣다 보면 머릿속이 끓어올랐다가 식었다가 한다. 어떤 말을 들으면 화가 치밀고 어떤 말을 들으면 싸늘히 식는 것이다.

위험한 징후였다. 미코시바의 무기는 첫째도 둘째도 냉철함이다. 무엇을 보고 무슨 말을 들어도 꿈쩍하지 않는 신경을 지녔으니 법정 안 분위기도 마음대로 조종할 수 있다. 그러나 자신의 마음을 제어하지 못 하면 그런 능력이 충분히 발휘될 리 없다.

이것저것 생각하는 동안 목적지인 어느 집 앞에 도착했다. 단층집이 일곱 채 이어진 연립 주택. 이 역시 쇼와의 잔해물이다.

이쿠미와 아즈사가 살던 곳은 오른쪽 끝에 있는 집이지만 현재 문패가 걸린 곳은 세 채뿐이고 나머지 네 채는 비어 있는 듯했다.

사정은 건물 외관만 봐도 알 수 있다. 폐가처럼 보일 만큼 집들이 낙후돼 있다. 모든 집의 지붕 일부가 움푹 파였고 빗물받이도 예외 없이 중간에 파손돼 있다. 이 상태로 비가 내리면 집 안이 어떻게 될지는 쉽게 상상할 수 있다.

문패가 걸린 세 채의 문을 두드려 봤지만 전부 이쿠미와 아즈사가 다테바야시시로 이사 간 다음 이주한 주민들이라 고모다 모녀를 아는 이는 없었다. 그들은 대신 연립 주택의 건물주를 알려 주었다.

건물주인 도코나메 히로유키는 주택 몇 미터 앞에 살고 있었다. 그가 사는 곳은 연립 주택과는 다른 어엿한 일본식 저택이었다. 부지는 얼추 봐도 100평 이상. 대나무 울타리 너머로 보이는 정원수에서 정원의 넓이가 짐작됐다. 세입자들에게 임대한 집과는 외관이 전혀 딴판이어서 마치 격차 사회의 축소판을 보는 느낌이었다.

다행히 도코나메는 집에 있었고 미코시바가 자신을 변호 사라고 소개하자 곧장 그를 집 안에 들였다.

"오, 이쿠미 씨 변호를 맡고 계신다고요?"

여든이 훌쩍 넘어 보이는 도코나메는 마음씨 좋은 할아버지처럼 미코시바를 응접실로 안내했다.

"신문에는 이름이 나루사와 이쿠미로 나와서 처음에는 몰랐지만 TV에 나온 얼굴을 보니 그 이쿠미 씨가 맞더군요. 재산을 노리고 남편을 죽였다는 내용이었는데 그게 사실인 가요?"

"전 의뢰인의 무죄를 믿고 변호하고 있습니다."

"흐음, 그건 그렇겠죠. 아, 실례했습니다. 그러고 보니 이 쿠미 씨 본인은 범행을 부인 중이라고 하니 변호사 선생님이 동분서주하는 것도 당연하겠군요. 그런데 선생님, 이런 나고야 언저리까지 와서 대체 뭘 조사하시는 건가요?"

"도코나메 씨 집에 세 들어 살던 무렵 고모다 모녀가 어떤 삶을 살았고 어떤 이유로 집을 나갔는지가 궁금합니다."

"그게 도쿄에서 일어난 사건과 무슨 관련이 있습니까?"

"의뢰인이 어떤 인물이었는지 알 수 있죠. 그래서 의뢰인을 아는 분들께 증언을 수집하고 있습니다."

"흠. 사건을 파악하려면 당사자를 먼저 알아야 한다는 취지인가요. 분명 그럴지도 모르겠네요. 인간이란 타고난 자질도 있지만 환경에 따라 변하는 생물이기도 하니까요. 그렇게 생각하신 건 아마 틀리지 않았을 겁니다. 하지만 선생님, 혹시 제가 세 놓은 집을 보셨나요?"

"네. 조금 전에."

"어떻던가요?"

"문화유산으로 등재될 만한 귀중한 건축물이더군요."

그러자 도코나메가 파안대소를 터뜨렸다.

"이런, 그렇게 말씀하신 분은 선생님이 처음입니다. 뭐 실제로도 낡은 집이죠. 선친이 남긴 땅에 지은 연립 주택이고 당시에는 집안 고용인들의 숙소였습니다. 오사카 박람회가 열린 해에 지었으니 아마 45년은 됐을까요. 보시다시피 쓰러지기 일보 직전이라 월세는 한 달에 2만 엔. 그래도 특정 계층의 수요는 꾸준히 있어서 딱히 리모델링도 하지 않고 있습니다. 리모델링을 하면 그만큼 월세도 오르니까요."

"공존이라고 해야 할까요."

"무엇이든 평등해야 한다고 보는 사람에게는 그런 게 달갑게 보이지 않겠지만 사람에게는 저마다 몫이라는 게 있고 결국 형편에 맞는 삶이 정해져 있죠. 분수에 넘치는 욕심을 부리거나 반대로 구두쇠처럼 마냥 아끼며 살다 보면 사람이 비뚤어지기 마련이에요."

하층민들이 들으면 맹렬히 항의할 만한 발언이지만 도코나메가 이런 말을 하니 묘하게 설득력이 있었다.

"저 주택에 살던 고모다 모녀는 그걸 알았다는 말씀이신가요?"

"물론 성품과 지갑 사정은 별개죠. 청빈하게 살아가는 사람이 있는가 하면 탐욕스럽게 살아가는 자도 있습니다. 그 모녀는 성품이 좋은 편이었죠. 부유한 삶에 어울리지는 않았지만 서로 도우면서 성실하게 살았어요. 아즈사라고 했나요. 그 아가씨는 머리가 좋아서 학교 성적도 좋았죠. 아마 시내에서도 유명한 명문교에 입학했던 것 같은데. 당시만 해도 유복하지 않은 집안 아이들도 머리가 좋고 노력만 하면 진로를 개척할 수 있는 시대였습니다."

갑자기 아즈사의 얼굴이 떠올랐다. 어떤 환경에 처했든 자신의 재능으로 진로를 개척했다. 그러나 결혼을 앞두고 추격해 온 과거 때문에 행복을 놓쳤다. 늘 화가 난 듯한 표정은 재능과 노력이 물거품이 된 자의 분노일 것이다.

"도코나메 씨는 세입자들과 교류가 많았나 보군요."

"아뇨. 고모다 모녀가 천진난만해서 저도 모르게 이것저것 참견하게 되더군요. 그렇다고 제가 금전적인 면으로 그들에게 베풀 위인은 못됐거니와 도움을 준다 한들 그 모녀도 거절했을 겁니다. 아내가 가끔 반찬을 나눠주거나 손녀딸 돌잔치 음식을 가져다주는 정도였는데 뭐 임대인과 세입자 관계로서는 그럭저럭 원만했다고 해야겠네요."

도코나메는 과거를 회상하듯 눈을 가늘게 뜨고 있다가 갑자기 표정이 어두워졌다.

"그러고 보니 그해까지만 해도 모녀와 이곳 주민들도 다들 아무렇지 않게 어울려 살았습니다. 그런 일만 없었다면 이쿠미 씨나 아즈사에게도 분명 미래가 있었을 텐데…….

선생님은 이쿠미 씨의 또 다른 자식 한 명에 대해 들으셨습니까?"

"네. 대략적인 건. 두 사람이 이곳에서 이사하게 된 건 역시 그 일 때문이었습니까?"

"직접적인 원인은 그거였죠. 하지만 그전에도 준비 과정 같은 게 있었습니다. 선생님도 그쪽 일을 하시니 아시겠죠. 1994년에 오사카, 아이치, 기후에서 연속으로 일어난 린치 사건."

군이 도코나메의 설명을 듣지 않아도 된다. 일본의 중대 사건 중 하나로 손꼽히는 사건이니 아는 사람은 수없이 많을 것이다.

1994년 9월 28일부터 10월 8일까지 주범 세 명을 포함한 불량 청소년들이 세 개 부, 현에서 총 네 명의 남성을 살해했다. 범행 수법은 철저한 폭행이고 피해자 네 명의 시신은 하나같이 전신 골절, 신체 대부분의 혈관 손상에 따른 과다 출혈과 전신 화상 때문에 차마 눈 뜨고 볼 수 없을 만큼 끔찍했다고 한다.

그러나 무엇보다 세상 사람들은 당시 주범격이었던 세 소년의 행동에 전율했다. 세 소년은 강도 살인, 살인, 시체 유기, 강도 치상, 상해 치사, 감금 등의 죄로 기소됐지만 재판에서 조금도 반성의 기미를 보이지 않고 오히려 피해자 유족을 조롱하는 태도로 일관했다고 한다. 그런 태도의 밑바탕에는 자신들은 미성년자라 어차피 사형이 선고되지 않을 거라는 낙관이 있었다.

소년들의 예상에 반해 1심에서 지검은 세 소년에게 사형을 구형했고, 그러자 소년들은 태도를 돌변해 피해자 유족에게 사죄의 편지를 보냈지만 유족은 수취를 거부했다. 지방 법원은 소년 한 명에게 사형, 나머지 두 명에게는 무기징역 판결을 내렸는데 변호인과 검찰이 모두 판결에 불복해 항소했다.

2005년 10월 14일 나고야 고등 법원에서 열린 항소심에서 네 사람의 생명을 앗아 간 결과는 중대하다며 세 명에게 모두 사형이 선고됐다. 그리고 2011년 3월 10일 대법원이 상고를 각하해 세 소년의 사형이 확정됐다.

"범죄 현장 중 한 곳이기도 해서 나고야에서도 시끌벅적했던 사건이었죠."

"그 일이 고모다 모녀와 무슨 관련이 있는 겁니까?"

"너무도 잔인한 소년 범죄였던 탓에 사진 주간지가 전부 특집 기사를 실었지요. 기사는 당연히 후쿠오카의 '시체 배달부' 사건도 다뤘고 하필이면 당시 소년의 가족사진까지 유출됐습니다. 물론 사진에 모자이크가 들어갔지만 이웃들의 눈을 속일 수는 없었죠. 순식간에 소문이 퍼져 모녀는 집 주변과 근무지, 학교에서 손가락질을 받게 됐습니다."

도코나메는 쓰디쓴 것을 맛보기라도 한 것처럼 얼굴을 찌푸렸다.

"부화뇌동이라고 할지, 아니면 군중심리라고 해야 할지. 아무튼 범죄 소년에 대한 증오가 어느새 범인의 가족에 대한 증오로 바뀌더군요. 저도 좀 기억이 나네요, 선생님. 인간이라는 존재는 실은 약한 자들을 괴롭히는 걸 좋아합니다. 틈만 나면 자기보다 밑에 있는 이들을 어떻게든 등쳐먹으려고 늘 마음의 준비를 하고 있죠. 거기에 대의명분이라는 게 더해지면 호랑이에 날개 달린 격이라고 해야 할까요. 공공연하게 집단 린치를 가할 수 있습니다. 그때 그 세 소년이 일으킨 연속 린치 사건은 고모다 모녀를 위협할 구실을 사람들에게 선사하고 말았죠. '시체 배달부'가 저지른 짓도 잔인하기 그지없었는데 그 당사자 역시 벌을 받지 않고 죄도 묻지 못한 상황. 그럼 그 소년의 가족은 소년과 똑같은 대우를 당해도 불평할 수 없다는 식의, 뭐 막무가내 논리네요. 하지만 막무가내이기는 해도 원래 어떤 논리의 옳고 그름 같은 건 주장하는 이들의 입장에 따라 언제든 바뀝니다. 말이 안 되는 소리가 말이 되게 되는 거예요."

　도코나메의 말은 미코시바의 가슴을 난폭하게 헤치고 들어왔다. 세상 사람들의 가학성은 이미 알고 있지만 그 린치 사건이 이쿠미와 아즈사에게 영향을 미쳤다는 건 몰랐다. 그야말로 애먼 곳에 불똥이 튄 셈인데 원래 대의명분을 앞세운 여론은 폭주하기 마련이고 이성 따위는 처음부터 내팽개친다. 지연도 혈연도 없는 곳에서는 중과부적衆寡不敵. 두 사람에게 저항할 힘 같은 건 없었을 게 분명했다.

　"집 창문이 모조리 깨졌죠. 문과 벽에는 욕설이 적혔습니다. 집 밖에 나갈 때마다 뒤에서 손가락질을 당했고 근무지나 학교에서도 끊임없이 험담을 들었던 듯하더군요. 친구들에게 따돌림을 당해서 가까이 오는 사람들도 없어졌죠. 고작 한 달 만에 일어난 일이었는데 견디기 어려웠을 겁니다. 10월 말이 되자 이쿠미 씨는 월세 계약을 해지하고 싶다는 말을 꺼냈죠. 한심하게도 저는 두 사람을 말릴 수 없었습니다, 선생님."

　입안이 모래를 씹은 것 같아서 곧장은 대답이 나오지 않았다.

　"두 사람이 이곳을 나갈 때 가장 걱정스러웠던 건 세상의 비난이 모녀에게 미칠 영향이었습니다. 제일 처음 말했듯 인간은 환경에 따라 변하니까요. 늘 뭔가에 겁먹은 듯한 이쿠미 씨, 굳건하게 지지 않으려 했던 아즈사. 두 사람이 그 소동을 계기로 좋지 않게 변하지는 않을까 걱정했습니다. 물론 저는 이쿠미 씨가 사람을 죽이지 않았다고 믿고 싶지만 만약 죽였다고 해도 이상할 것 같지는 않아요. 세상은 이쿠미 씨를 가해자라고 부르겠지만 제가 생각하기에 그녀는 오히려 피해자입니다. 이쿠미 씨를 그렇게 변하게 한 건 바로 세상이죠. 그런데 재판을 받는 대상이 이쿠미 씨뿐이라는 건 그야말로 잔인한 이야기라고 생각하네요."

"원래 인간들은 모두 자신은 재판받지 않을 거라 자신합니다." 미코시바는 간신히 입을 열었다. "어쨌든 자기 자신만은 선인이고 정의롭다고 믿어 의심치 않죠. 정의가 재판받을 리 없으니 안심하고 죄인을 몰아붙입니다."

"선생님은 자신을 정의롭다고 믿지 않습니까? 다른 사람을 변호하는 일을 하시면서."

"이런 일을 하다 보면 항상 떠올리게 됩니다. 세상에서 인간이 입에 담는 '정의'라는 단어만큼 의심스러운 건 없다는 걸요."

5

나고야에서 하룻밤을 묵은 미코시바는 다음 날 후쿠오카로 향했다.

후쿠오카시 사와라구 레이조지. 그곳에 미코시바가 나고 자란 집이 있다. 전에 맡은 안건 때문에 역 반대편에 간 적은 있지만 본가가 있는 방향으로는 가지 않아서 실로 30년 만에 돌아온 셈이었다.

솔직히 발걸음이 무거웠다.

이 땅에는 미코시바의 혐오스러운 과거가 그대로 묻어 있다. 미코시바가 두 번 다시 만나고 싶지 않은 소노베 신이치로가 기다리고 있다.

그러나 한편으로 이쿠미가 나루사와 다쿠마를 살해한 물증과 상황 증거를 뒤집을 재료를 지금껏 아무것도 찾지 못했다. 이렇게 고향에 돌아온 것도 단서를 찾아 한계선까지 손을 뻗은 결과다. 찾는 게 나오지 않으면 거의 가능성이 없다고 생각되는 곳까지 손을 뻗으려는 심리와 마찬가지다.

자신이 지금 무엇을 찾는지도 알 수 없었다. 그러나 적어도 이쿠미에 대해 아직 밝혀지지 않은 것을 찾을 거라면 그녀가 밟아 온 길을 되짚는 수밖에 없다.

집과 가장 가까운 역은 리모델링되어 전혀 다른 곳이 돼 있었다. 초라하던 역사가 현대식의 세련된 인테리어로 천연덕스럽게 미코시바를 맞았다.

미코시바는 변화한 모습에 당황하면서도 한편으로 안도했다. 변화는 환영받아 마땅한 일이다. 자신이 나고 자란 동네와 집도 모습을 바꿔 줬다면 더할 나위 없을 것이다.

발걸음을 떼고 얼마 안 돼 미코시바는 자신의 바람이 절반은 이뤄졌고 절반은 물거품이 됐음을 깨달았다.

30년이나 발길을 돌리지 않았는데도 눈에 들어오는 풍경이 기억을 자극했다. 큰 규모의 토지 계획 정리 사업은 없었던 듯했고 당시 모습 그대로의 건물은 드물지만 포장도로에서 보이는 경치에서 끊임없이 기시감이 느껴졌다.

모퉁이에 있던 막과자집은 편의점으로 바뀌었다.

막과자집 옆에 있던 사진관은 휴대 전화 대리점으로 바뀌었다.

채소 가게는 점포를 리모델링했지만 그대로 채소 가게다. 근처에 딱 한 곳 있는 치과는 간판도 바뀌지 않았다.

연이은 변화를 보고도 미코시바의 가슴은 미동도 하지 않았다. 안도와 실망감이 반복될 뿐이었다.

머리보다 몸이 길을 기억했다. 모퉁이를 몇 번인가 돌고 낯익은 담장을 지나 처음 보는 교차로를 지나고서야 그 앞에 섰다.

그곳에 집은 없었다.

2층 높이 가옥이 통째로 자취를 감추었고 토지는 월정액 주차장으로 바뀌어 있었다.

단숨에 안도감이 밀려왔다.

다행이다. 더는 이곳에 과거를 떠올리게 할 것은 없다.

잠시 우두커니 서 있자 옆에 있는 집 문이 열리더니 안에서 노파가 나왔다.

얼굴을 보자마자 떠올랐다. 하루야마 집안의 할머니다. 미코시바가 아직 유치원을 다닐 무렵 이곳 큰아들과 자주 놀았다. 할머니에게서 과자를 받은 적도 있었다.

노파는 주차장에 우두커니 서 있는 미코시바를 지그시 바라봤다.

의아해하는 표정이 수상해하는 표정으로 바뀌더니 잠시 후 경악으로 바뀌었다.

"너, 너는……."

이쪽이 즉시 떠올렸을 정도이니 상대도 마찬가지일 것이다. 하루야마 노파는 히익 하고 짧은 비명을 지르는가 싶더니 도망치듯 다시 집 안으로 들어가 버렸다.

미코시바는 무심코 쓴웃음을 지었다. 겁먹어 있었던 사람이 비단 자신만은 아닌 듯하다. 아니, 겁의 수준으로 치면 상대가 몇 단계는 위일 것이다. 소노베 신이치로는 그들에게 옆집에 사는 '괴물'이었으니.

그나저나 내가 자란 집은 언제 주차장이 돼 버린 걸까. 땅과 건물 모두 아버지 소노베 겐조의 명의였을 터다. 미코시바가 소년원에 들어간 뒤로 겐조는 자살했으니 유언이라도 남기지 않은 한 부동산은 이쿠미가 상속받았을 것이다.

문득 확인하니 주차장 한쪽 끝에 관리 회사의 연락처가 적혀 있었다. 미코시바는 스마트폰으로 연락처를 찍고 곧장 그곳을 떠났다. 지금쯤 하루야마의 집 안에서는 할머니가 가족을 상대로 소란을 부리고 있을 것이다. 소란이 커지기 전에 한시라도 빨리 떠나는 게 좋다.

관리 회사에 연락하자 사무소는 역 근처에 있었다. 찾아가 보니 역시 처음 보는 부동산이었고 미코시바를 맞이하는 사람은 풍채가 좋은 중년 남성이었다.

"헤이라고 합니다."

미코시바의 명함을 보고 헤이는 호기심으로 눈빛을 반짝였다.

"오, 변호사 선생님인가요. 변호사 선생님께서 제가 관리하는 주차장에 무슨 볼일이 있으셔서?"

"주차장이 되기 전에 그곳에 단독 주택이 있었을 텐데 어떤 경위로 매각된 건지 궁금합니다."

"일과 관련된 조사인가요. 흐음. 실은 그곳을 중개한 사람이 저희 아버지셔서."

헤이는 아버지가 몇 년 전 세상을 떴다고 했다.

"그래도 사연 있는 물건이라 사정은 대충 들어서 알고 있습니다. 중개를 맡았을 때가 헤이세이로 연호가 바뀌고 얼마 되지 않은 무렵이라고 들었죠. 소유자가 아마…… 아, 잠깐만요. 등기부 복사본이 있을 겁니다."

헤이는 캐비닛 쪽으로 가더니 안에서 두꺼운 파일을 꺼냈다. 잠시 파일을 뒤지다가 해당 부분을 찾아서 돌아왔다.

"예전 소유자는 소노베 이쿠미. 남편이 사망해 토지와 건물을 상속받았군요."

역시 그랬나.

"아, 그러고 보니 이 물건에 대해 아버지가 자주 말씀하시던 게 떠오르네요. 이른바 사고 물건이었죠. 집주인이 살해됐다고 했나, 자살했다고 했나. 아무튼 그런 물건은 조건이 좋아도 좀처럼 팔리지 않습니다. 예전 등기부를 보면 크기가 협소한 데다 북향, 거기에 인근 주택 사이에 공용지가 있는 탓에 권리관계가 복잡해서 팔기 힘든 조건을 여럿 갖췄네요."

"하지만 선대 사장님께서는 중개를 하셨죠."

"상속받은 소노베 부인에게 얼마든 좋으니 팔아 달라는 부탁을 받았다고 합니다. 한마디로 급매 물건이었던 거죠. 그래서 아버지께서도 몇 번인가 가격을 낮춰서 시장에 내놨다고 하는데 기본 조건이 좋지 않았던 데다 동네가 워낙 좁아서 이미 사고 물건이라는 소문이 쫙 퍼져서요. 그 뒤로 4년이 흐를 때까지 사겠다고 나서는 사람이 없었고, 집을 내놓은 소노베 씨가 나고야인가 어딘가로 이사해서 건물 보수도 손을 놓은 상황이었죠. 변호사님, 집이란 건 말입니다. 사람이 살지 않으면 순식간에 낡고 쇠퇴합니다. 그래서 그대로 두면 폐가가 될 게 뻔하니 어쩔 수 없이 아버지가 직접 물건을 매수하셨습니다. 당초 제시가의 30퍼센트 정도였다고 하니 결국 소노베 부인이 손에 쥔 건 대단한 금액이 아니었을 겁니다."

그래서 나고야에서 그런 연립 주택에 살게 된 걸까.

"그런데 말이죠. 매수한 것까지는 그렇다 쳐도 그래도 사고 물건이잖습니까. 사겠다는 사람이 끝까지 나타나지 않을 수 있으니 무턱대고 내부를 수리해 다시 내놓을 수도 없는 노릇이었죠. 그렇다고 공터로 두면 고정 자산세가 높아지니 어쩔 수 없이 건물을 허물고 주차장으로 만드는 수밖에 없었던 겁니다."

헤이는 가볍게 탄식했다.

"보통 아무리 사고 물건이어도 급매로 내놓으면 옆집에서 빚을 내서라도 사려고 나서는데 말이죠. 그곳은 사고 물건 중에서도 손꼽히는 물건이라 누구 하나 거들떠보지 않았다더군요. 그럴 만도 한 게 그 집은 바로 집주인이 자살로 생을 마친 '시체 배달부'의 본가였습니다. 선생님, 후쿠오카의 '시체 배달부'는 선생님도 아시겠죠?"

지금 눈앞에 서 있는 사람이 그 시체 배달부라고 하면 헤이는 어떤 표정을 지을까.

"사고 물건인 이유가 하나도 아닌 두 개, 하물며 그중 하나가 그 사건이라면 결혼식장에서 유골함을 팔러 돌아다니는 거나 마찬가지 아니겠습니까?"

"소노베 씨가 자살했을 당시 자세한 상황을 아는 다른 분은 없습니까?"

이웃에 사는 이들은 전부 미코시바의 얼굴을 알고 있다. 되도록 자신의 소년 시절을 모르는 사람이어야 한다.

"흐음. 아들이 체포된 이후 근처에 사는 사람들은 웬만하면 당시 일을 언급하지 않았고 그 집을 가까이하지도 않았다더군요. 시신도 아내가 발견했다고 하니 더 자세한 사정을 아는 건 경찰 정도 아닐까요?"

미코시바는 경찰도 어차피 비슷할 거라고 짐작했다. 소노베 겐조의 죽음은 자살이어서 경찰 수사가 빠르게 종결됐다. 당시 수사 자료는 남아 있지 않을 것이다. 29년이나 지난 탓에 사건을 맡은 수사원도 거의 퇴직했을 터다.

당시 아즈사는 열두 살. 아버지의 죽음을 오롯이 이해했다고는 보기 어렵다. 그렇다면 남는 사람은 역시 이쿠미뿐이다. 그러나 이쿠미는 신뢰할 수 없는 의뢰인이다. 변호인에게 얼마나 진실을 이야기해 줄지도 미지수다.

젠장. 미코시바는 속으로 욕지거리를 내뱉었다. 모처럼 뻗은 손이 여기서 멈춰 버렸다.

그러나 잠시 후 미코시바의 머릿속에 또 하나의 가능성이 떠올랐다.

헤이의 부동산에서 중앙 거리를 따라 북쪽으로 500미터 정도 올라가니 '후쿠다 생명 보험' 간판이 눈에 들어왔다. 지점이 아직 남아 있는 듯해서 미코시바는 안심했다.

미코시바의 몇 안 되는 자랑거리 중 하나가 바로 기억력이다. 미코시바는 로고만 보고도 어린 시절 소노베 겐조와 이쿠미가 계약한 생명 보험사를 또렷이 기억했다.

변호사라고 소개하자 접수 데스크에 있는 여성이 별로 놀라는 기색도 없이 미코시바를 맞았다.

"아주 오래전에 맺은 계약 건에 관해 여쭈러 왔는데요."

29년 전 자살 안건. 당시 사망 보험금을 수령한 이의 변호를 맡고 있다고 하자 접수 데스크 직원은 미코시바에게 별실에서 기다려 달라고 했다. 잠시 후 모습을 드러낸 사람은 살짝 살집이 있는 중년 남성이었다.

"영업을 맡고 있는 도바라고 합니다. 29년 전 보험금 지급에 대해 조사하신다고요?"

"직접 관련이 있는 건 아니지만 의뢰인과 관련된 계약이어서요."

"29년 전 기록이 남아 있을지 모르겠네요." 도바는 허공을 보며 대답했다. "보통 그렇게 오래된 기록은 잘 남아 있지 않지만, 마침 그 무렵부터 저희 회사가 계약 온라인화에 착수해서요."

다시 말해 계약서 사본이나 고객 명부 같은 서면 데이터는 보관 연한이 끝나면 폐기되지만 온라인으로 등록한 계약은 삭제하지 않으면 데이터가 남아 있을 수도 있다는 뜻이다.

또한 미코시바는 이쿠미의 전속 변호사이니 위임장만 보여 주면 계약 내용의 게시 청구도 할 수 있다.

"저희 고객님이 살인 사건의 피고인이 됐다는 말씀인가요? 음, 놀랍군요."

도바는 복잡한 표정을 지었다.

"30년이면 강산도 여러 번 바뀌는 세월이기는 하지요."

이미 계약 관계가 끝난 고객이어도 살인 사건과 관련됐다면 이야기가 달라진다. 도바는 탁자 위에 있는 컴퓨터를 조작하며 감개무량한 것처럼 중얼거렸다.

"생각해 보면 변호사 선생님과 저희는 비슷한 점이 많네요. 고객에게 불행과 갈등이 닥치고 나서야 본 임무에 나서죠. 제힘으로 움직일 수 없게 된 고객의 팔다리가 되어 주고 상황에 따라서는 고객의 입이 되어 이익을 지키기 위해 노력한다. 단 아무 일 없이 평온할 때는 전혀 불릴 일이 없다. 어떻게 보면 참 불행한 일입니다."

미코시바는 비슷한 부분이 그 밖에 더 있다고 속으로 생각했다.

바로 의뢰인의 본성과 의뢰인에게 닥친 불행을 지나치다고 생각될 만큼 훤히 알게 된다는 점이다. 인간은 궁지에 몰렸을 때 비로소 본모습을 드러낸다. 인간의 목숨과 돈에 관련된 일에 종사하는 자는 그런 추악함을 늘 마주해야 하는 것이다.

또한 고객의 불행으로 먹고산다. 자신의 불행을 티끌만큼도 상상하지 않는 인간은 생명 보험에 가입하지도 않을 것이다.

그렇게 생각하면 소노베 겐조와 이쿠미 부부는 틀림없이 자신들을 덮칠 불행에 대비하고 있었다. 다만 그것이 친아들에 의해 일어나리라고는 상상하지 못했을 것이다.

"아, 이거네요. 있습니다. '후쿠세이 종신 보험' 중점 보험 플랜Ⅱ형. 피보험자가 소노베 겐조 씨, 보험금 수령인은 소노베 이쿠미 씨로 돼 있네요."

도바가 모니터 화면을 미코시바에게 보여 줬다. 계약일과 상품명, 매달 납입하는 보험료와 사망 시 총 수령액이 표시돼 있다.

계약서 내용에 따르면 매월 보험료는 1만 2천 엔, 사망 시 총 수령액은 3천만 엔.

"아, 종신 보험과 정기 보험 특약을 묶었군요. 왠지 그립네요. 제가 입사했을 무렵에는 이게 주력 상품이었거든요."

"지금은 다른가요?"

"이 무렵과 비교하면 보험 기간이 조금 짧아졌죠. 노후에 대한 불안감 때문에 고객분들이 일찍 수령하기를 원하거든요. 그리고 당시에는 리빙 니즈 특약이란 게 없었습니다."

"그게 뭡니까?"

"6개월 이내의 시한부 판정을 받았을 때 사망 보험금의 전부 또는 일부를 지불하는 특약이죠. 시대를 반영했다고 볼 수 있겠군요."

소노베 겐조의 사망으로 지급된 보험금은 3천만 엔. 사하라 미도리의 유족이 청구한 손해 배상금은 8천만 엔이니 차액 5천만 엔이 고스란히 이쿠미의 빚이 됐다고 볼 수 있다.

계약서 하단에는 1986년 10월 7일 계약 종료라고 적혀 있다. 겐조가 사망한 날이 그 전달 14일이니 3주 후에 보험금이 나왔다고 계산할 수 있다.

"보험금이 3주 후에 나온 건 조금 늦어진 경우 아닌가요?"

"말씀대로 원래라면 보험금 청구에 필요한 서류가 본부에 도착하고 5영업일 이내에 사망 보험금을 지급해야 합니다. 약관에도 그렇게 적혀 있죠. 하지만 예외적으로 서류가 미비하거나 지급에 관한 사실 확인이 필요할 때는 그걸 마칠 때까지 소정 일수에 포함되지 않습니다."

"즉 이 계약에는 사실 확인이 필요했던 거군요."

"네. 다음 화면에 그 확인 내용이 적혀 있을 겁니다……
아, 이 건은 조사를 했네요. 보험 조사원이 사실을 확인할
때까지 시간이 걸려서 지급이 늦어진 사례입니다."

다음 화면으로 넘어가자 보험 조사원이 남겨 둔 조사 내
용과 소견이 있었다.

보고서

본 건은 자살 안건이지만 계약일로부터 10년을 초과해 면책 사항에 해당
하지 않는다.

다만 피보험자의 사망에 대한 경찰(후쿠오카 현경 본부) 수사가 사고와 사
건 양방향으로 진행되고 있어서 사실 확인에 소정 외의 시간이 필요했다.
피보험자가 자살 시신으로 발견됐을 때 상황은 다음과 같다.

(현황 약도 별첨1)

통상이라면 문제가 없는 사안이지만 경찰은 피보험자와 사망 보험금 수
취인이 최근 보도된 소녀 살해 사건 범인의 부모라는 점에 주목했다. 범인
은 체포 후 감별소로 이송됐는데 그 뒤 피해자 유족에게서 손해 배상금이
청구됐다. 법원이 지시한 지급 액수는 8천만 엔이고 그 청구와 이번 사안의
관련성이 의심되는 상황이다.

조사원은 독자적으로 이웃 주민들을 찾아가 조사했는데 범인 체포 이전
에는 사이가 원만한 가족으로 알려져 있었고 피보험자와 보험금 수취인 사

이에 심각한 분쟁은 없었다는 증언이 다수였다. 또한 피보험자는 범인 체포 이후 회사를 퇴직하고 외출을 거의 하지 않았으며 이따금 이웃들 눈에 띌 때는 몹시 낙담한 모습이었다고 한다.

조사원은 담당 경찰관에게도 사정을 확인했지만 사인 외의 자살이 위장된 증거는 발견되지 않았다. 또한 시신은 사법 해부를 거쳤는데 해부 보고서에도 액사 이외의 특이점은 나오지 않았다.

(집도의가 작성한 시신 검안서 별첨2)

이상 판명된 사실로부터 본 안건의 사망 보험금 지급은 타당한 것으로 판단된다.

1986년 10월 3일

조사원 하타노 노부오

보고서를 한 번 읽고도 당시 담당 조사원의 성격을 얼추 짐작할 수 있다. 보고서 내용은 다시 말해 경찰과 보험사 양쪽이 나서서 조사했는데도 끝내 미심쩍은 부분을 찾지 못했다는 뜻이다.

"이 하타노 노부오라는 분이 말이죠. 실은 전설의 조사원입니다."

"그게 무슨 말이죠?"

"조사 능력이 워낙 탁월해 그분 조사 덕분에 부정 청구, 쉽게 말해 보험금 사기가 발각된 적이 많았거든요. 천성이라고 할까요. 퇴직 이후에는 탐정 사무소를 차렸다고 들었습니다. 그 정도로 우수한 분이었다고 하네요."

그런 조사원이 보험금 지급의 타당성을 인정했고 경찰도 사건을 자살로 판단 내렸다.

아무래도 이번에 뻗은 손은 헛손질로 끝날 듯하다. 이곳에 이쿠미의 변호에 유익한 정보는 존재하지 않았다.

3

피고인의 악덕

1

마키노는 도쿄 지검 집무실에서 두 번째 공판 준비에 여념이 없었다.

변호인과 법원에 제출한 증거를 다시 한번 확인했다. 지금까지도 공판일이 다가올 때마다 이런 작업을 해 왔지만 이번에는 상대가 상대인 만큼 신중을 거듭해도 부족하다.

미코시바는 을 3호증 진술 조서와 갑 5호증 밧줄에 동의하지 않는다는 의견을 제시했다. 진술 조서는 그렇다 해도 밧줄에 관해 동의하지 않은 것은 마키노도 예상 밖이었다. 그러나 곰곰이 생각하면 밧줄에서 채취된 이쿠미의 피부 조각이 가장 중요한 물증인 만큼 부동의 의견을 수긍 못 할 것도 없다. 문제는 미코시바가 어떤 반증을 준비해 올지다.

법정에서 미코시바를 마주했을 때 가장 먼저 받은 인상은 불온함이었다. 부인 사건에서 변호인의 대응 방식으로는 평범한 축에 속했지만 뭔가 숨겨진 의도가 있는 것처럼 느껴졌다.

가장 큰 이유는 선입견 때문일 거라고 마키노는 스스로 분석했다. 공판 전 누카다에게 들은 미코시바의 인상에 휩쓸렸을지도 모른다. 예전 '시체 배달부'. 변호사라기보다 사기꾼에 가깝고 논리에 속임수를 덧붙이는 등 거의 법이론 울타리 밖에 있는 전법으로 승리를 거머쥔다는 남자.

게다가 이번에는 공교롭게도 피고인이 그의 친어머니다. 미코시바가 평소보다 더욱 계략을 짜는 데 집중하리라는 것은 예상하기 어렵지 않다. 새삼 미코시바와 이쿠미의 관계가 언론이 새지 않도록 함구령을 내린 게 적절한 대처라는 생각이 들었다. 사법 기자 중에는 유독 냄새를 잘 맡는 이들이 있다. 또한 그들 안에서 미코시바 레이지라는 인간은 다양한 의미에서 유명인이다. 그 사실이 알려지면 반드시 대중들의 저속한 호기심을 자극할 것이다.

피고인이 된 어머니를 변호하는 예전 범죄 소년. 의료 소년원의 갱생 프로그램은 과연 짐승을 인간으로 바꾸는 데

성공했는가. 주간지가 소재로 삼으면 두 달은 연재할 만한 화제가 잔뜩 쌓여 있다. 그리고 외부 잡음이 커지면 커질수록 배심원의 심증에 영향을 미치지 않을 거라고 단언할 수 없다.

다만 이해가 안 되는 것은 당사자인 미코시바가 그런 유리한 카드를 쓰지 않고 있다는 점이다. 첫 번째 공판부터 심리에서 우위에 서고 싶다면 미코시바 스스로 기자 회견이라도 열어서 정보를 공개하면 될 텐데 지금껏 변호 측에서 정보가 새어 나갔다는 이야기는 들리지 않는다.

왜일까. 무엇보다 법정에서 승리를 우선하는 미코시바에게 어울리지 않는 태도처럼 느껴졌다.

이해하기 어려운 것은 공포의 원천이 된다. 미코시바의 진의가 보이지 않을수록 이쪽의 마음속에는 의심의 씨앗이 자란다. 미코시바는 존재 자체가 으스스한 인물이다. 누카다가 심은 선입견 때문인지 법정에서 마주했을 때 그의 독특한 분위기는 다른 변호사에 비할 바가 못 됐다.

변호사와 검사는 서로 처지가 달라도 같은 법조계 사람이다. 사용하는 언어와 윤리도 같다. 퇴임한 검사가 거리낌없이 변호사로 개업할 수 있는 것도 자격 이전에 그런 공통 인식이 있기 때문이다.

그러나 미코시바는 다르다.

들리는 소문에 따르면 미코시바는 간토 의료 소년원 안에서 사법 시험을 위해 공부하기 시작했다고 한다. 즉 범죄자 무리 속에서 사법을 공부한 셈이다. 대학에서 법을 전공하고 선배 검사들에게 가르침을 받은 자신들과는 출신부터 다르다. 광역 지정 폭력단의 고문을 맡는 지금도 이 세계의 이단자라고 일컬어지기 충분하다.

예전 범죄 소년이라는 표현은 너무 부드러울지 모른다. '시체 배달부'의 범행 양상을 아는 이들은 틀림없이 소노베 신이치로라는 소년에게 공포와 혐오를 느낄 것이다. 그러나 단순히 감상을 품는 정도면 상관없다. 이쪽은 무려 성장한 '시체 배달부' 본인과 법정에서 맞서는 것이다.

뾰족한 귀와 인색해 보이는 입술, 감정을 읽을 수 없는 눈. 당시 주간지에 딱 한 번 실린 사진 속 모습은 지금도 건재했다.

마키노도 지금껏 살인범과 마주한 적이 한두 번은 아니다. 송검 직후 검찰 조사에서 칸막이 같은 것도 없이 수십 명의 흉악범에게서 이야기를 들었다. 이제 와서 그들의 인상에 겁먹을 일은 없다.

그러나 미코시바는 다르다.

수갑과 포승줄로 구속되지 않아서가 아니라 가만히 서 있는 모습에서도 불온한 공기를 뿜어내고 있어서다. 굳이 비유하면 칼에 베인 상처를 바로 코앞에서 보고 있는 듯한 불온함이었다.

솔직히 생각이 너무 과하다고 느낄 때도 있었다. 과장된 선입견에 휩쓸려 상대를 과대평가하고 있을 수도 있다. 그러나 미코시바의 얼굴을 떠올릴 때마다 낙관적인 예측은 금물이라고 스스로 되새기게 된다. 무엇보다 그는 이단자다. 언제 어디서 어떤 수를 쓸지 전혀 가늠할 수 없다. 상대가 어떻게 나올지 모르니 이쪽도 떠올릴 수 있는 모든 방어 수단을 고려해야 한다.

사법 시험은 왜 수험자의 인격과 경력을 수험 자격 요건에 포함하지 않았을까. 마키노는 뒤늦게 불만스러워졌다. 범죄 이력이 있는 자, 사상과 신념이 편향된 자는 수험 전 단계에 불합격을 주면 미코시바 같은 악랄한 변호사나 기이한 인권 변호사들을 근절할 수 있을 텐데.

그렇게 사법 제도의 결점을 하염없이 떠올리고 있을 때 탁상 위에서 내선 전화가 울렸다. 발신자 표시를 보니 담당 사무관이었다.

─검사님께 면회 신청입니다.

벽시계를 보니 오후 3시가 지나 있었다.

"이 시간에 예약은 없었는데."

─예약 없이 오셨다고 합니다.

"누구지?"

─경찰관입니다. 연배가 꽤 있는 분이고 후쿠오카에서 오셨다고 합니다.

느닷없이 귀에 꽂힌 지명을 듣고 순간 당황했다. 마키노의 지인 중에 규슈 출신은 한 명도 없기 때문이다.

"용건은?"

─검사님이 담당하시는 세타가야 자산가 사건에 대해 여쭙고 싶은 게 있다고 합니다.

'후쿠오카 경찰관이 왜?' 하는 의문이 들었지만 그보다 호기심이 앞섰다.

"만나 보지. 집무실로 안내해 주게."

5분 후 사무관이 데려온 사람은 예순이 넘어 보이는 키 작은 남자였다.

"후쿠오카 현경 수사 1과에서 근무하는 도모하라라고 합니다."

현역이라면 실제 나이는 공무원 정년인 60세 이하일 터다. 그래도 예순이 넘어 보이는 건 겉모습이 몹시 찌들어 보이기 때문이다.

머리카락이 이미 허옇게 셌고 얼굴에는 깊은 주름이 눈에 띈다. 거북목에 걸음걸이도 노인을 연상시킨다. 그중 유독 나이 들어 보이는 곳은 눈이었다. 형사들에게 흔히 볼 수 있는 집요함이나 탐욕 없이 그저 뭔가를 바라는 듯한 눈빛이 눈두덩 안쪽으로 보였다.

사람의 성품은 얼굴에 드러나기 마련이다. 마키노는 그를 경계해야 할 인물이라고 단정했다.

"세타가야 사건 때문에 오셨다고 하는데 왜 굳이 후쿠오카에서 이곳까지?"

"뉴스로 사건을 접했습니다. 어쩌면 검사님께 도움을 드릴 수 있지 않을까 싶어서요."

"단지 그 이유로?"

"검사님은 '단지'라고 하셨는데 제게는 '당연히'입니다."

"피해자 나루사와 다쿠마 씨가 후쿠오카 현경과 무슨 인연이라도 있습니까?"

"피해자가 아닙니다. 피고인 나루사와 이쿠미 씨. 그녀의 예전 이름은 소노베 이쿠미. 30년 전 후쿠오카시 사와라구 레이조지라는 곳에 살았죠. 그리고 검사님은 이미 아실지 모르겠지만 당시 일본 전국을 떠들썩하게 만든 소녀 살인 사건의 범인, 바로 '시체 배달부' 소노베 신이치로의 어머니입니다."

마키노는 고개를 끄덕여 긍정해 보였다.

"하하, 역시 알고 계셨습니까. 그럼 이야기가 빠르겠군요."

"이야기라는 건 소노베 신이치로에 대한 건가요?"

만약 소노베 신이치로의 현재를 이야기하러 온 거라면 일찍이 돌려보낼 생각이었지만 도모하라는 천천히 고개를 가로저었다.

"아뇨, 아뇨. 어디까지나 어머니인 이쿠미에 관해서입니다. 검사님은 그녀의 전남편이 자살했다는 것도 알고 계시겠죠?"

"네. 아들이 냉혈하기 그지없는 살인자였다는 점. 그리고 막대한 액수의 손해 배상금이니 위자료 같은 걸 낼 수 없다는 점 때문에 스스로 목숨을 끊었다고 하더군요."

"남편의 이름은 소노베 겐조. 당시 자살 소식을 접하고 가장 먼저 달려간 사람이 사와라 경찰서 수사원과 현경 형사였는데 제가 그중 한 명이었습니다." 도모하라의 눈빛이 그때를 떠올리듯 풀어졌다. "당시만 해도 아직 미숙한 신출내기였죠."

"자살 건으로 관할과 합동 수사를 벌인 건가요?"

"그는 '시체 배달부'의 친아버지니까요. 소녀 살인 사건과 관련 있는 게 아닐까 하고 현경이 떠들썩해진 영향도 있었습니다. 그만큼 후쿠오카 현경에 '시체 배달부'의 존재는 위협적이었죠."

당시는 마키노가 태어난 지 얼마 되지 않았을 무렵이니 실감은 나지 않았다. 그래도 기록을 되짚어 보면 도모하라의 말이 거짓말이나 허세가 아닌 것 정도는 알 수 있다.

"소노베 이쿠미의 남편이 자살했다. 그게 이번 사건과 어떤 관련이?"

"닮았습니다." 도모하라는 의미심장하게 웃었다. "아주 꼭 빼닮았죠."

그러더니 그는 재킷 안쪽에서 표지가 너덜너덜해진 수첩을 꺼냈다.

"시신이 발견된 상황이 이번 사건의 피해자 나루사와 다쿠마 씨의 상황을 그야말로 빼다 박았습니다."

마키노는 무심코 허리를 엉거주춤 일으켰다.

"뭐라고요?"

"당시 수사 자료는 이미 처분된 탓에 가져오지 못했으니 당시 제가 사용하던 수첩으로 만족해 주십시오. 소노베 이쿠미에게 남편이 자살했다는 신고가 들어온 건 1986년 9월

14일 새벽이었습니다."

도모하라는 간간이 메모를 훑어보며 당시 상황을 설명하기 시작했다. 그 내용은 다음과 같았다.

남편이 자살한 것 같다는 신고를 접수한 관할 사와라 경찰서는 그 인물이 소노베 신이치로의 아버지임을 알자마자 현경 본부에도 소식을 전했다. 그리고 '시체 배달부' 사건을 담당했던 수사원 일부가 합류해 레이조지의 소노베 집으로 직행했다.

소노베 겐조의 시신은 거실에 있었다. 수사원이 들이닥쳤을 때 시신은 상인방에 매달린 상태였고 그 밑에서 아내 이쿠미가 어깨를 감싸 안은 채 부들부들 떨고 있었다고 한다.

겐조의 시신을 바닥에 내리고 동행한 검시관이 사망을 확인했다. 목에는 액사 특유의 흔적이 있었고 아래에서는 직접 쓴 유서도 발견됐다.

어린 자식이 저지른 짓은 부모 책임입니다. 진심으로 죄송합니다. 죽음으로 사죄하겠습니다.

사죄문 말미에는 본인의 서명도 있었다.

함께 간 검시관의 보고는 다음과 같다.

(1) 삭흔은 대각선 위를 향했고 교차점 없이 머리 뒷부분을 통과.

⑵ 안면 울혈 없음.

⑶ 결막 출혈점 없음.

⑷ 시반은 하반신에 집중.

⑸ 피하 출혈 없음.

⑹ 시신 바로 아래에 분뇨 실금 있음.

⑺ 압박부에 끈에 의한 함몰부가 있음.

⑻ 목뿔뼈 골절.

이상 여덟 가지 감별점을 듣는 동안 마키노는 기시감에 휩싸였다. 마침 책상 위에 세타가야 사건의 수사 자료가 있어서 나루사와 다쿠마의 검시 보고서와 대조해 봤다.

감별점은 여덟 가지 모두 일치했다. 똑같이 목을 매달았으니 감별점이 비슷해지는 건 당연하지만 여덟 가지가 모두 일치하는 게 신경 쓰였다. 현재 나루사와 다쿠마는 위장 자살이 의심되는 상황이다.

검시관 소견은 겐조의 입안에서 알코올 냄새가 났다는 사실로부터 술을 마신 후 자살을 결행한 것으로 추측했다. 부엌에서는 유리잔으로 위스키를 스트레이트로 마신 흔적이 발견됐다. 겐조의 시신은 사법 해부를 거쳤는데 실제로도 혈중 알코올 농도가 높게 나왔다.

수사 자료에서 고개를 들자 도모하라는 마키노의 모습을 관찰하는 듯했다.

"어떻습니까? 소노베 겐조의 자살과 나루사와 다쿠마 사건을 비교하니."

"유의점이 많은 것 같군요."

마키노는 동요하는 기색을 최대한 보이지 않으려 했지만 도모하라는 이미 꿰뚫어 본 것처럼 웃었다.

"'유의점이 많은 것 같군요'라. 역시 검사님다운 신중한 표현이군요. 하지만 저희 같은 현장 형사들은 이렇게 단언할 겁니다. 이 두 가지 사건의 수법은 같다고요."

"나루사와 다쿠마는 일단 목에 밧줄을 감고 도르래를 이용해 상인방에 끌어 올려졌습니다. 하지만 검시하면 자살과 같은 증상이 나타나죠. 두 가지 사건을 같은 수법으로 판단하기는 이르지 않을까요?"

"검시 결과만이라면 그럴 수도 있겠죠." 도모하라는 흰머리를 긁적였다. "그러나 그뿐만이 아닙니다. 나루사와 다쿠마가 사망하면 그 유산은 이쿠미가 상속받겠죠. 그가 죽어서 이득을 볼 사람은 그녀뿐이라는 말이 됩니다. 한편 소노베 겐조의 경우도 마찬가지였습니다. 아들의 범죄로 8천만 엔이라는 막대한 손해 배상금이 청구됐지만 겐조의 사망 보험금으로 일부를 변제할 수 있었죠. 전액을 받지는 못해도 친아버지의 목숨과 맞바꾼 돈이니 피해자 유족도 그 이상 요구하기는 어렵게 됐습니다. 그리고 사건에 대한 관심이 조금 식은 틈을 타 이쿠미와 그 딸은 곧장 레이조지의 집을 떠났습니다. 다시 말해 당시에도 이익을 본 사람은 이쿠미라는 뜻이 되지 않겠습니까?"

군이 설명을 들을 것까지도 없다. 두 사건의 유의점을 검시 보고서에만 담을 수 없다는 건 이미 깨달았다.

"그럼 29년 전, 소노베 겐조의 자살도 위장이었다는 말입니까?"

"검사님은 젊어 보이지만 이미 뻔뻔한 인간쓰레기들과 살인범을 수없이 접하시지 않았나요?"

"그런 인간들을 상대하는 게 일이니까요."

"그럼 이것도 아시겠네요. 한번 선을 넘은 인간은 두 번째 선은 별 망설임 없이 넘는다는 걸. 원래 첫 번째 수법이 성공하면 실패할 때까지 반복하기 마련입니다."

마키노는 침묵했다.

거칠게 들리는 주장에는 일정 부분 진실이 포함돼 있다. 도모하라의 말투도 그렇다. 수많은 범죄자를 정면으로 마주해 온 마키노에게는 하나하나 수긍할 만한 진실이었다.

"소노베 겐조의 유서가 궁금해지는군요."

"아쉽지만 실물은 이제 없습니다. 현경 본부가 자살로 단정 짓고 유족인 이쿠미 씨에게 반납했죠. 수사 기록도 보관 연수가 지나 폐기 처분됐습니다. 남아 있는 건 제 이 수첩뿐입니다."

"유서 필적 감정은 했겠죠. 유서는 자필이었다고요?"

"일단은 그렇습니다. 그러나 사법 해부 보고를 고려한 감정이어서 그저 명목상이었을 가능성도 있습니다. 무엇보다 본인 서명이 다른 문서에 남아 있는 것과 거의 비슷하니 별 의심할 것도 없었죠. 나루사와 다쿠마의 유서는 어떻게 됐습니까?"

글은 워드 프로세서로 입력했고 서명은 카본지를 써서 옮겨 적었다고 설명하자 도모하라는 이해가 된다는 듯이 고개를 끄덕였다.

"요즘은 유서도 스마트폰으로 남긴다고 하니까요. 조금만 머리를 굴리면 위장도 쉬울 겁니다. 못된 녀석들이 활개 치기 좋은 시대죠. 지금은 그저 억측이 될 테지만 소노베 겐조 때도 아마 서명 부분은 카본지를 썼을 것 같네요."

"그러나 증거가 없죠. 그리고 그걸 떠나 1986년이면 아무리 위장 살인을 입증한다 해도 시효가 이미 지났습니다."

"아뇨. 저는 지금 소노베 겐조 사건을 입건하려는 게 아닙니다."

"그럼 뭐죠?"

"나루사와 다쿠마 살인이 이쿠미 씨의 첫 번째 범죄가 아니라는 걸 판사들이 깨달으면 검찰 측에도 유리하지 않겠습니까?"

그런 취지였나.

"하지만 가능성 하나만으로 몰아붙여도 변호인 측에서 이의를 제기하겠죠."

"이의가 나오지 않을 만큼 신빙성을 갖추면 되겠지요."

마치 꾀는 듯한 말투였다.

"설마 29년 전 사건을 다시 한번 추적하라는 건가요?"

"공사가 다망하신 검사님께서 후쿠오카 언저리까지 발길을 옮기기는 어려우시겠죠. 그런 수사는 현장 형사들이 할 일입니다. 제가 맡겠습니다. 오늘 이곳에 찾아뵌 건 그걸 비공식으로라도 인정받고 싶어서입니다. 그렇게 하지 않으면 모처럼 수집한 정보들을 유용하게 쓰지도 못하게 될 테니까요."

도모하라는 마키노 쪽으로 몸을 살짝 뻗었다. 잔뜩 찌든 노형사에게서 처음 보는 열의였다.

"제가 이쿠미 씨의 계획 살인을 암시할 증거를 최대한 수집해 보겠습니다. 검사님은 그 증거를 철저히 활용해 변호인의 주장을 반박하시면 됩니다."

"대단히 감사한 말씀이지만 그렇게 해서 도모하라 형사님께 어떤 이득이 있는지요? 관할 밖, 그것도 공판 중인 안건 때문에 열심히 뛰어 봐야 형사님께 별로 도움될 것 같지는 않습니다만."

"이득은 있습니다."

도모하라는 가슴 주변을 손바닥으로 가볍게 문질렀다.

"이 안에 남은 응어리를 없앨 수 있죠. 솔직히 말씀드리면 현경 본부가 소노베 겐조 씨의 죽음을 자살로 판단했을 때도 오로지 저만 이쿠미 씨를 의심했습니다. 그러나 타살을 증명할 명백한 증거가 없었고 저 역시 배속된 지 얼마 안 된 새파란 애송이였으니 본부의 결정을 그대로 따를 수밖에 없었죠. 그러다가 이번에 나루사와 다쿠마 씨 살해 사건이 일어나 다시 머릿속이 번뜩인 겁니다."

"에도의 적을 나가사키에서 섬멸하는 형국이군요. 아니, 이건 반대인가요."

"원래 젊었을 때 실패하고 모르고 지나친 부분도 정년이 가까워지면 신경 쓰이기 마련입니다. 하물며 '시체 배달부'

사건과 관련된 일이니까요."

"그렇게 '시체 배달부'가 신경 쓰이십니까?"

"검사님 나이면 당시 일을 기록으로만 접하셨겠죠."

"네. 태어난 지 얼마 안 됐을 무렵이라."

"그 사건은 전국적으로 유명했죠. 전국적으로 유명하다는 건 해당 지역은 이미 벌집을 들쑤신 것처럼 시끌벅적했다는 뜻입니다. 연못에 돌을 집어 던진 거랑 비슷합니다. 파장은 가장자리 쪽으로 찬찬히 넓어질 뿐이지만 돌이 떨어진 중심부는 난리가 나죠."

도모하라의 말투가 점차 거칠어졌다. 화를 참을 수 없는지 눈빛도 험악했다.

"고작 다섯 살 된 여자아이가 토막 살인을 당하고 우편함과 유치원 현관처럼 눈에 띄는 곳에 방치됐습니다. 도저히 정상적인 인간이 저지를 짓이 아니었죠. 후쿠오카에는 혈기 왕성한 조폭 녀석들이 많고 영역 다툼도 자주 일어나는데 그런 녀석들까지 미간을 찌푸릴 만큼 잔악무도한 사건이었습니다. 어떻게든 범인을 검거하긴 했지만 체포에 이르기까지 현경 본부는 물론 관할 경찰서 형사들은 전부 가시방석에 앉아 있는 것 같았죠. 수사본부에는 전화가 제대로 연결되지 않을 만큼 매일같이 항의 전화가 빗발쳤습니다. 전국 신문과 지방 신문까지 모두 경찰을 눈엣가시 취급하며 몰아붙였어요. 만약 사건이 미궁에 빠지기라도 했다면 윗선 열 명 스무 명 정도는 목이 날아갔을 겁니다."

과연. 마키노는 고개를 끄덕였다. 일리가 있는 이야기다. 검사인 자신에게도 잊기 어려운 사건이 있다. 개인적으로 아무리 증오해도 부족한 범인이 있다. 직무상 사적인 감정을 버려야 한다고 늘 다짐하지만 그래도 인간으로서 조금 더 무거운 형벌을 내리고 싶은 적이 여러 번 있었다.

경찰은 범인을 체포한다. 검찰은 합당한 처벌을 요구한다. 권선징악을 놓고 형사와 검사는 한마음이다. 그렇게 생각하자 눈앞에 있는 노인이 왠지 친근해졌다. 아니, 이건 동지애라고 해야 할까.

"알겠습니다. 모처럼 감사한 제안을 뿌리칠 수 없겠군요. 도모하라 형사님이 전해 주신 정보를 법정에서 활용해 보도록 하겠습니다."

"후쿠오카에서 여기까지 온 보람이 있네요." 도모하라는 표정을 풀고 싱글벙글 웃었다. "검사님도 아시겠지만 이 나이가 되면 들어오는 일도 전부 소소한 것들이라서요. 앞으로 당분간은 의욕이 좀 생길 것 같습니다."

"하지만 공식적인 일은 아닙니다. 통상 업무와 겸하기 어렵지 않을까요?"

"괜찮습니다. 통상 업무 자체가 따분한 것들이라서요. 이 사건만 전담하고 싶을 정도입니다."

대화하는 도중에 깨달았다. 도모하라는 아직 미코시바에 대해서는 아무 언급도 하지 않았다.

그렇다. 미코시바 레이지가 예전 '시체 배달부'라는 사실은 널리 알려졌지만 이번 사건에서 변호를 맡았다는 것은 한정된 지역과 관계자들에게만 알려진 정보다. 머나먼 후쿠오카에는 아직 전해지지 않았을지 모른다.

호기심 절반, 사명감 절반. 이 사실을 도모하라에게 알리면 그는 어떤 반응을 보일까.

"참, 도모하라 형사님. 이번 나루사와 이쿠미의 변호를 누가 맡았는지 아십니까?"

"아뇨."

"악명 높은 그 미코시바 레이지 변호사. 바로 예전 '시체 배달부'이자 피고인의 친아들입니다."

"네? 뭐라고요?" 도모하라는 안색이 싹 바뀌더니 엉거주춤 몸을 일으켰다. "그 쓰레기 자식이 변호사라고요?"

"미코시바 레이지라는 이름이 아직 전국적으로 알려지지는 않았지만 최강인 동시에 최악, 돈에는 더럽지만 법정에서는 거의 무패를 자랑하는 변호사지요. 지금은 이쪽이 유리하지만 그의 주특기는 기습과 속임수. 배심원 제도가 정착 중인 지금 그의 방식이 점차 시류를 타고 있기도 합니다. 검찰로서는 단 한 번의 실수도 용납되지 않는 상대입니다."

"모자가 쌍으로 악랄한 인간인 동시에 검찰과 법원에 맞서고 있군요."

도모하라의 입술이 험악하게 일그러졌다.

"남편 살해에 소녀 살해. 그야말로 말할 가치도 없는 모자입니다. 저도 정신을 바짝 차려야겠습니다. 그럼 이만 실례하겠습니다."

"기대하겠습니다."

"영광입니다."

"만약 형사님의 노력으로 그 모자에게 승리를 거머쥔다면 합당한 보상도 고려하겠습니다."

퇴직 후 재취업 자리라도 알선해 주고 싶었지만 뜻밖에도 도모하라는 마음에 없는지 손사래를 쳤다.

"마음만으로 충분합니다. 이번 일은 그저 제가 끝장을 보고 싶은 마음에 하는 거니까요."

"진정한 형사님이시군요."

"어떤 일이든 30년이나 이어 가다 보면 집착 한두 개쯤 생

기게 됩니다. 오히려 그런 게 없으면 일을 제대로 했다고 할
수 없죠. 그럼."

도모하라는 가볍게 고개를 숙이고 집무실을 나갔다.

처음에는 수상쩍은 사람이라고 생각해 경계했지만 그가
제공해 준 정보는 자못 매력적이었다.

만약 이쿠미가 29년 전에도 같은 죄를 저질렀다 해도 그
걸 입증하기는 어려울 것이다. 그러나 반드시 입증할 필요
는 없다. 그녀가 남편을 두 번 죽인 상습범이라는 인상을 판
사와 배심원들에게 심기만 하면 검찰의 승리다.

생각지도 못한 아군이 생겼다. 이 역시 미코시바가 예전
에 저지른 악행의 인과응보일까. 아니면 소노베 모자에게
당한 이들의 원한이 불러온 결과일까. 어쨌든 이쿠미의 목
에 걸린 밧줄이 한층 좁혀졌다.

29년 전 소노베 겐조 사건과 이번 나루사와 다쿠마 사건.
다소 차이는 있어도 범행 양상이 판박이다. 도모하라가 지
적한 것처럼 같은 일이 반복되고 있다. 마치 같은 선율을 반
복하는 윤무곡처럼.

어쩌면 소노베 신이치로도 그 선율을 접했을지 모른다.
귀로 들은 선율을 자신의 손으로 직접 연주하고 싶어졌을
지 모른다. 그것은 살의의 윤무다. 사악한 이들에게만 들리

는 금단의 멜로디다.

문득 소노베 겐조에게 생각이 향했다.

친아들에게는 범죄 역사상 보기 드문 최악의 악당의 아버지가 되는 앙갚음을 당하고, 아내에게는 손해 배상금 때문에 목 졸라 살해됐다. 가족 중에서 가장 불행한 패를 뽑은 이가 그다. 그렇게 생각하니 그에게 동정심이 일었다.

그러나 한편으로 자업자득이라는 생각도 들었다. 극악무도한 어머니의 배 속에서 태어났어도 어렸을 때부터 범죄자였을 리는 없다. 아들이 성장하는 과정에서 인간성을 가르칠 기회는 얼마든지 있었을 것이다. 그것을 게을리했으니 아들은 괴물이 되었다. 아내에게 목 졸라 살해된 것도 마땅한 결과였다고 생각할 수도 있다.

어쨌든 업보가 깊은 모자다. 도대체 얼마나 상식을 벗어난 집안인 걸까.

소노베 집안을 생각하던 마키노는 잠시 후 구역감과 비슷한 오한을 등줄기에서 느꼈다.

2

10월 29일 두 번째 공판.

802호 법정에서 미코시바가 이쿠미와 함께 기다리고 있자 난조를 비롯한 재판관들이 입정했다.

"개정. 그럼 지금부터 2015년 (와) 제732호 사건의 심리를 시작합니다."

난조가 미코시바를 봤다. 단상 위에서 내려다보는데도 압박감이 느껴지지 않는 건 난조의 온화한 인상 덕일 것이다.

"변호인. 지난 심리 때 검찰이 제시한 갑 5호증, 즉 흉기로 쓰인 밧줄에 대한 기만을 해명하기로 하셨죠?"

"재판장님. 죄송하지만 아직 준비가 충분치 않습니다. 조금 더 유예 기간을 받고 싶습니다."

그런가요, 하고 난조는 금세 물러섰다. 이다음 피고인 질문을 앞두고 있으니 시간 배분을 여유롭게 할 수 없다는 뜻일까.

어쨌든 미코시바에게는 유리한 일이다. 밧줄에 대해서는 떠올린 게 한 가지 있기는 하지만 아직 증거로 제시할 단계는 아니다.

"을 3호증 진술 조서에 변호인이 부동의 의견을 냈으니 피고인 질문으로 들어가겠습니다. 피고인은 앞으로 나와 주세요."

맞은편에 앉은 마키노가 먼저 일어섰고 이름을 불린 이

쿠미도 조심스레 피고인석에 섰다. 이쿠미와는 사전에 예상 질의응답을 반복했지만 솔직히 미덥지 못한 게 사실이다. 나 정도의 자제심은 바라지도 못하겠지만 얼굴에 이미 겁을 먹었다고 적혀 있다. 증거 불충분 상태로 기소됐으면 무고한 죄인이 될까 봐 겁먹은 피고인이라는 인상을 줄 수 있어도 물증이 이미 갖춰진 부인 사건에서는 오히려 찔리는 게 있어서 겁먹었다고 여길 수 있다.

마키노도 그런 사정을 알고 있는지 이쿠미를 눈빛으로 위협하고 있다. 사냥감을 쫓아 공포의 심연으로 몰아넣은 다음 자신의 페이스로 끌고 갈 심산일 것이다.

"나루사와 다쿠마 씨와 만나기 전에 대해 묻고 싶습니다. 당시 피고인은 시간제로 근무했더군요."

"네."

"업무 내용은 어떤 거였습니까?"

"전철 역사 내부를 청소했습니다."

"자세한 내용을 부탁합니다. 근무 시간과 급여도 알려 주시고요."

"하루 다섯 시간, 주 4일. 급여는 월 6만 엔이었습니다."

"그때 피고인은 다테바야시시에 있는 월세방에 거주했습니다. 월세가 얼마였습니까?"

"3만 엔이었습니다."

"다시 말해 수입 6만 엔 중 3만 엔은 월세로 나갔다는 말이군요. 공과금 등을 제외하면 2만 엔 남짓한 돈으로 한 달을 살아야 한다는 계산이 나옵니다. 생활하는 데 어려움은 없었습니까?"

"어려웠습니다."

이쿠미의 쪼들린 경제 상황을 구체화해서 재산을 노린 범행이라는 인상을 심을 작전일까.

"2014년 6월 12일 피고인은 트래저 출판사가 주최하는 노년층 대상 구혼 파티에 참석해 그곳에서 처음 나루사와 다쿠마 씨를 알게 됐습니다. 맞습니까?"

"네. 그렇습니다."

"참가비는 얼마였죠?"

"3만 엔이었습니다."

"오. 피고인의 한 달 치 생활비보다 많았군요."

"이의 있습니다." 미코시바는 곧장 목소리를 높였다.

"변호인. 말씀하세요"

"지금 검사의 질문은 피고인의 인격을 지나치게 모독하는 것입니다. 질문을 바꿔 주기를 요구합니다."

"아뇨, 재판장님. 이건 피고인이 피해자에게 살의를 품게 되기까지를 검증하기 위한 질문이지 절대 인신공격 같은 게 아닙니다."

"이의를 각하합니다. 검사는 질문을 계속하세요."

"한 달 생활비보다 비싼 참가비를 내면서까지 구혼 파티에 참가한 이유가 뭡니까?"

"재혼을 하겠다, 아니다를 떠나서 그저 마음을 터놓고 대화할 수 있는 상대가 필요했습니다. 함께 살던 딸이 직장을 구해 집을 나가고 전 오랫동안 혼자 살았습니다. 이웃들이 절 피하기도 했고……."

"거기까지."

마키노가 아슬아슬한 찰나에 증언을 가로막았다. 이쿠미가 '시체 배달부'의 어머니라는 사실을 아직 공개하지 않기 위해서다.

"그렇군요. 혼자 살기가 외로웠다는 뜻이군요. 하지만 구혼 관련 사이트를 검색하면 조금 더 참가비가 저렴한 파티도 있지 않았나요? 왜 하필 그렇게 참가비가 비싼 파티를 골랐죠?"

"그건…… 이런 말씀 드리기 뭐하지만, 그런 곳에 참가비를 아끼지 않는 분 중에 인격적으로도 좋은 분이 많을 거라 생각해서……."

"조금 전 피고인은 그저 마음을 터놓을 대화 상대가 필요하다고 했습니다. 그런 상대에게 경제력을 요구한 겁니까?"

"아, 그건……."

"질문을 바꾸겠습니다. 파티에 참가한 동기는 어디까지나 대화 상대가 필요해서였다. 맞습니까?"

"네."

"하지만 피고인은 그곳에서 알게 된 나루사와 다쿠마 씨의 구혼을 별 고민 없이 수락했습니다. 그것도 매우 단기간에 말입니다. 최초 동기와는 다르지 않나요?"

"그런 걸 제게 물으셔도……."

"나루사와 씨가 자산가였다는 사실이 영향을 끼치지는 않았습니까?"

"저는 그런 건 몰랐습니다. 그저 신사적인 분이라는 것밖에……."

"그럼 그가 자산가라는 사실을 알게 된 게 언제였죠?"

곤란하다. 이 질문에 증언하면 인상이 쉽게 조작돼 버린다. 그러나 미코시바가 말릴 새도 없이 이쿠미가 말했다.

"그분이 사는 세타가야구 집을 찾았을 때입니다. 그곳에서 전에 대기업 임원으로 일하셨다는 걸 들었죠. 하지만 재혼을 결심한 건 그보다 전이었습니다."

"질문 받은 사항에만 대답해 주십시오. 그럼 나루사와 씨의 자택에 초대돼 그의 자산 상황을 처음 알게 됐을 때 피고인은 그와 재혼하는 게 행운이라고 생각했습니까?"

"재판장님, 유도 신문입니다."

"아뇨. 어디까지나 피고인의 결혼관을 확인하려는 것이지 다른 의도는 없습니다."

"검사. 피고인의 결혼관이 이번 사건과 어떤 관련이 있지요? 심리에 할당된 시간이 제한돼 있으니 직접 관련이 없으면 다른 질문으로 바꿔 주세요."

"그럼 질문을 바꾸겠습니다."

미코시바는 속으로 혀를 찼다.

마키노는 이미 여러 번 이쿠미를 직접 조사했다. 따라서 상대가 어떤 성격이고 무슨 말을 하면 어떻게 반응할지도 파악하고 있다. 그런 상태에서 유도 신문과 아닌 것을 교묘하게 구분하고 있다.

"재혼 후 피고인과 나루사와 다쿠마 씨는 부부 관계가 좋았습니까?"

"좋았다고 생각합니다."

"굳이 '생각한다'를 붙이시는 이유는?"

"적어도 전 그렇게 생각하고 있습니다. 함께 사는 동안 큰 갈등도 없었고요."

"작은 갈등은 있었다는 뜻이군요."

"그건…… 자라 온 환경과 그전까지의 삶의 궤적이 다른 사람들끼리 만났으니 의견이 다소 엇갈릴 때는 있었죠. 하지만 다른 부부들과 엇비슷한 수준이었을 거예요."

"피고인에게 다른 부부에 대한 의견을 물은 적은 없습니다. 그럼 그런 작은 갈등들이 쌓이고 쌓였다는 뜻이겠군요."

말꼬리 잡기다. 미코시바는 마키노의 질문을 제지하려고 손을 들었다.

"이의 있습니다. 지금 검사의 질문은 곡해에 지나지 않습니다. 피고인은 의견이 다소 엇갈릴 때가 있었다고 했지 그것이 쌓였다고는 한마디도 하지 않았습니다."

"이의를 받아들입니다. 검사는 증언 내용을 반복할 때 정확하게 해 주세요."

마키노는 한 손을 들어 동의를 표했지만 어차피 반성 같은 건 하지 않을 것이다. 전부 피고인에게서 실언을 끌어내기 위한 작전이다.

"피고인은 피해자가 남겼다고 하는 유서를 읽었습니까?"

"네. 경찰분들이 오시기 전에 읽었습니다."

"내용을 기억하시나요? 간단히 요약해도 좋으니 재판장

님 앞에서 말씀해 주시죠."

"네. 이제 난 나이를 일흔다섯이나 먹은 탓에 어제까지 했던 일을 오늘은 할 수 없게 됐다…… 매일매일 할 수 있는 일이 줄어든다…… 이대로는 아내에게 민폐만 끼치며 부끄러운 삶을 살게 될 것이다…… 그러니 내 의사로 내 몸을 움직일 수 있을 때 삶을 정리하고 싶다…… 대략 그런 내용이었습니다."

"네. 검찰이 확인한 것도 대략 그와 비슷한 내용이었습니다. 그 유서를 읽고 피고인은 이상하다고 느끼지는 않았습니까?"

"유서를 읽을 때는 너무 당황해서……."

"실제로도 나루사와 씨는 앞으로의 여생을 비관할 만큼 체력과 정신력이 쇠약한 상태였습니까? 평범한 일상생활이 불가능할 정도로 지장이 있었던 겁니까?"

마키노는 잇달아 질문을 퍼부었다.

역시 상대의 성격을 꿰고 있다. 이쿠미는 임기응변에 능하지 않은 타입이다. 연이어 질문을 받으면 초조해하고 실수를 범하고 그 실수 때문에 다시 초조해한다.

그러나 미코시바는 지금 단계에서는 아직 개입하지 않았다. 마키노의 질문은 딱히 과녁을 빗나가지 않았고 장황하지도 않다.

이쿠미는 어떻게 대답해야 좋을지 모르는 듯했다.

"피고인, 왜 그러시죠? 피해자와 한 지붕 아래에 살던 피고인이라면 쉽게 대답할 수 있는 질문 아닌가요? 어땠습니까? 피해자는 집 안에서 움직일 때 피고인의 도움이 필요한 정도였나요?"

"남편은 식사와 화장실, 목욕은 혼자 했습니다. 물론 나이가 일흔다섯이니 젊은 사람들만큼의 체력은 없었을 테지만……."

"그런가요. 피해자는 사망하기 전전날에도 정원 손질을 하고 불필요한 침목을 피고인과 함께 쓰레기 집하장에 내놓았습니다. 침목은 무게가 꽤 나가죠. 아무리 두 사람이 붙었다고 해도 체력 쇠약을 이유로 자살을 떠올릴 노인이 할 일이 아닙니다."

그러면서 마키노는 재판관석을 돌아봤다.

"검찰은 새로운 증거로 갑 33호증을 사전에 제출했습니다. 이는 피해자 나루사와 다쿠마 씨가 작년 6월 다니던 병원에서 받은 정기 건강 검진 보고서입니다."

마키노가 제시한 증거는 미코시바도 미리 읽었다. 나루사와 다쿠마가 1년에 한 번씩 받았다는 건강 검진인데 생활

습관병과 심장병 등의 항목이 ABC 평가로 명시돼 있었다. 나루사와에게 눈에 띄는 것은 고혈압과 시력 저하, LDL 콜레스테롤 증가 정도였고 긴급 처치를 요하는 증상은 적혀 있지 않았다.

"전문 용어 설명은 생략하고 이 보고서만 놓고 보면 피해자는 후기 고령자치고는 제법 건강한 축에 속했다고 할 수 있습니다. 또 비슷한 보고서를 몇 년 동안 확인했을 테니 피해자 자신도 보고서 내용이 의미하는 것을 숙지하고 있었을 겁니다. 그런데 유서는 마치 곧 죽어 가는 사람이 쓴 것처럼 적혀 있었죠. 이 모순점을 피고인은 어떻게 생각합니까?"

"그건……."

"꼭 남이 쓴 유서 같지 않나요?"

"재판장님. 이의 있습니다. 역시 유도 신문입니다."

"아뇨. 피고인에게 객관적인 판단을 묻고 있을 뿐입니다. 절대 유도 신문 같은 게 아닙니다."

유서 내용과 정기 건강 검진 보고서 사이에 어긋나는 부분이 있다는 건 미코시바도 알고 있었다. 그러나 그에 대해 캐물어도 이쿠미는 고개를 갸웃거리기만 할 뿐 갈피를 잡지 못했다.

미코시바의 머릿속에 이쿠미에 대한 의심이 생긴 것도 그때부터였다. 원래 미코시바의 방식은 의뢰인을 의심하는 것부터 시작하는데 이번에는 다른 때보다 늦은 감이 있다.

진실을 무시할 생각은 없다. 그러나 변호사에게는 진실보다 우선해야 할 것이 있다. 지금은 사안의 진위보다 이쿠미의 증언에 신빙성을 부여하는 게 급선무다.

"이의를 각하합니다. 검사는 질문을 계속하세요."

"자, 피고인. 대답하십시오. 유서가 피해자 본인이 쓴 게 맞다고 생각합니까?"

"모르겠습니다……."

기어들어 가는 목소리지만 마키노는 만족한 듯이 고개를 끄덕였다.

"질문은 이상입니다."

"변호인, 반대 신문 있습니까?"

"있습니다."

자, 지금부터다. 미코시바는 반격의 깃발을 치켜들었다.

이쿠미는 긴장이 조금 풀린 듯했다.

좋다. 어머니가 아닌 의뢰인으로서 최소한의 임무를 해 주기를 바랄 뿐이다.

"조금 전에는 대답을 듣기 전에 검사에게 가로막혔는데,

피고인이 나루사와 다쿠마 씨의 프러포즈를 받아들인 건 세타가야 자택에 초대되기 전이었습니까? 아니면 그 후였나요?"

"전입니다. 결혼하기로 약속했으니 저를 집에 초대했을 거예요."

"같은 질문을 반복하는 것 같지만 구혼 파티에 참가한 건 단지 대화 상대가 필요해서였고 결혼한다, 하지 않는다는 그 연장선에 불과했죠?"

"맞습니다."

"대화 상대가 필요한 것이었으니 상대는 온화한 성품, 그리고 스스로 의식주를 해결할 수 있고 예의범절을 아는 인물이 이상적이었다. 맞습니까?"

"네."

미코시바는 재판관석에 앉은 이들을 넌지시 훔쳐봤다. 배심원 구성은 남자 넷, 여자 둘. 여성 배심원 두 명이 이해가 간다는 표정인데 반해 남성들, 그중에서도 긴장한 20대를 제외한 세 명은 불쾌한 듯한 표정을 짓고 있다. 남자에게 경제력을 요구하는 태도에 대한 찬반으로 의견이 갈릴 듯하다. 여섯 명 중 절반의 심증을 흔들었다면 괜찮은 수준이다.

"다음으로 피해자의 유서에 대해 묻겠습니다. 피고인은

거의 하루 종일 피해자와 함께 지냈다고 하더군요."

"네."

"기간은?"

"1년 정도 됐을 거예요."

"1년이나 같이 살다 보면 피해자의 지병이나 몸 상태 등을 파악할 수 있을 것 같은데, 어땠습니까?"

"물론이죠. 식사도 함께했고 잘 때도 옆에서 잤으니까요. 컨디션이 좋지 않거나 어디 아픈 데가 있으면 금방 알았을 거예요."

미코시바는 천천히 난조를 돌아봤다.

"피고인의 말 그대로입니다, 재판장님."

"뭐가 말이죠?"

"피고인은 피해자의 건강 상태를 쉽게 파악할 수 있는 상황이었습니다. 따라서 피고인이 만약 유서를 위조했다면 건강 상태를 자살의 이유로 삼을 리 없겠죠. 무엇보다 사실과 전혀 다른 이야기니까요. 조금 더 다른 이유를 떠올리는 게 마땅합니다. 피고인은 유서를 위조하지 않았습니다."

배심원 중 몇 명이 허를 찔린 듯한 표정을 지었다. 난조도 예외가 아니다. 그리고 마키노는 기습을 당해 아연실색해 있다.

이로써 검찰 측의 피고인 질문을 무효화했다. 애초에 나루사와 다쿠마의 위장 자살을 이쿠미의 소행으로 단정한 직접 증거는 피부 조각이 붙은 밧줄뿐이고 다른 것들은 상황 증거에 불과하다. 따라서 앞으로도 이렇게 나가다 보면 재판관들의 심증이 반드시 뒤집힌다. 미코시바는 그렇게 예상했다.

그러나 마키노가 예상 밖의 반전 공격을 해 왔다.

"재판장님. 다시 한번 피고인 질문을 신청합니다."

"하시죠."

마키노는 다시 몸을 일으켜 미코시바를 노려봤다. 궁지에 몰린 자의 눈빛이 아닌 아직 여유가 남은 눈빛이다.

무슨 꿍꿍이일까. 미코시바의 머릿속에서 희미하게 경보음이 울리기 시작했다. 수많은 법정 다툼을 거쳐 오면서 예민해진 감지 능력이 미코시바에게 위기를 알렸다.

"피고인은 피해자와 재혼하기 전에는 고모다라는 예전 성을 썼지요?"

"네."

"그런데 아마 그전 성도 있었을 겁니다. 고모다 성으로 돌아가기 전에 피고인은 또 다른 성을 사용했습니다."

미코시바는 저도 모르게 허리를 일으켰다.

여기서 폭탄을 터뜨릴 작정인가.

재판관석에 있는 난조도 미심쩍다는 듯이 이맛살을 찌푸렸다.

"본 건과 직접 관련이 없는 가족사인 만큼 지금 여기서는 그 성을 S로 지칭하겠습니다. 피고인은 전에 S라는 성으로 간토가 아닌 다른 지역에 살았습니다. 맞습니까?"

옆에서 봐도 이쿠미가 극도로 긴장한 게 느껴진다. 미코시바와의 관계가 폭로되는 것이 그토록 두려운 걸까. 아니면 소노베 성을 쓰던 무렵을 떠올리기가 고통스러운 걸까.

이해할 수 없는 건 마키노가 굳이 이니셜로 실명을 감춘 사실이다. 이 폭탄은 이쿠미가 미코시바 레이지, 즉 소노베 신이치로의 어머니임을 발표함으로써 비로소 효과를 낳는다. 그것을 감추면 어떤 의미도 없지 않은가.

"피고인, 대답하세요."

"……네."

"왜 S라는 성에서 고모다라는 성으로 돌아간 거죠?"

"예전 남편과 사별했으니까요……. 딸의 사정을 고려해 복성 신고서를 제출했습니다."

"예전 남편은 병사한 겁니까? 아니면 사고사였나요?"

"……자살이었습니다."

"시신을 발견한 사람이 누구죠?"

"저……입니다."

"그때 상황을 되도록 자세히 설명해 주십시오."

"재판장님, 이의 있습니다."

이 이상 입을 열게 하는 건 위험하다.

논리보다 본능이 먼저 움직였다.

"검사 자신이 본 건과 직접 관련이 없는 이야기라고 단언했습니다. 그런 피고인 질문은 심리에 방해만 됩니다."

"방해가 될지 아닐지는 변호인이 판단하는 게 아닙니다."

난조는 냉담하게 들릴 만한 말투로 미코시바를 제지했다. 지원군이 왔다고 생각했는지 마키노가 다시 입을 열었다.

"저는 S가 본 건과 관련이 없다고 했을 뿐이지 피고인 자신은 분명히 관련돼 있습니다. 자, 피고인. 계속하세요."

"아침에 일어났을 때 제 남편이 상인방에 매달려 있었습니다."

"목을 맬 때 쓴 게 밧줄이었습니까? 아니면 나일론 끈이었나요?"

"밧줄이었습니다."

"유서는 있었습니까?"

"바닥에 떨어져 있었습니다."

"자살 전에 다량의 알코올을 섭취했나요?"

"부엌에 위스키를 마신 흔적이 있었다고 들었습니다."

"남편분의 사망으로 보험금 같은 게 들어왔습니까?"

그러자 이쿠미는 잠시 뜸을 들였다.

"피고인, 대답하세요."

"…… 네, 사망 보험금은 들어왔습니다. 그래서 그 돈으로……."

"됐습니다. 설명은 그걸로 충분합니다."

마키노의 시선이 이쿠미가 아닌 미코시바 쪽을 향했다.

미코시바는 사고가 정지했다.

대체 무슨 소리인가.

간토 의료 소년원에 수용된 이후 아버지가 자살했다는 건 들어서 알고 있었다.

그러나 그 죽음이 나루사와 다쿠마의 죽음과 닮았다는 건 처음 듣는 이야기다.

시신을 발견한 사람은 둘 다 이쿠미였다.

둘 다 상인방에 매달려 있었다.

다리 밑에는 본인의 유서.

자살 전 알코올 섭취.

남편의 죽음으로 들어온 돈.

미코시바는 가위에 눌린 것처럼 옴짝달싹할 수 없었다. 시선 끝에 이쿠미의 뒷모습이 보였다.

이쿠미가 나루사와 다쿠마를 살해했다는 의심을 완전히 버린 것은 아니지만 변호 방침과 관련이 없으니 일부러 떠올리지 않았다. 그러나 전에도 똑같은 사건이 일어났다면 사건의 전체상이 백팔십도 달라진다. 심지어 최초 희생자는 무려 내 친아버지였던 남자다.

갑자기 그녀의 뒷모습이 생면부지의 다른 사람처럼 보였다. 소노베 이쿠미, 고모다 이쿠미, 나루사와 이쿠미도 아닌 다른 생명체. 내 어머니가 아니고 의뢰인도 아닌 정체불명의 존재.

법정 안이 으스스한 정적에 지배됐다. 방청인들의 공포가 미코시바가 있는 곳까지 전해졌다.

평범한 남편 살해범이 아닌 상습범이었다.

마키노는 훌륭히 성공했다. 피고인인 어머니를 변호하는 예전 범죄 소년이라는 구도를 피하면서도 이쿠미의 심증을 나락으로 떨어뜨려 버렸다.

"검사" 하고 난조의 메마른 목소리가 울려 퍼졌다.

"네?"

"조금 전 피고인 질문의 의도를 알려 주세요."

"피고인이 과거에도 비슷한 사건을 겪은 바 있다는 사실을 확인하고 싶었습니다."

"피고인이 전남편의 죽음을 자살로 위장한 것임을 입증할 생각이 있습니까?"

"아뇨. 아직 입증에 필요한 증거를 수집하는 단계입니다."

"그럼 입증할 수 있는 단계에 다시 변론에 추가하세요. 이번 건은 일단 기록에서 삭제하겠습니다. 변호인은 반론 있습니까?"

기록에서 삭제된다면 반론에는 아무 의미도 없다.

"없습니다."

"그럼 다음으로 갑 5호증에 대한 반증을 준비해 주세요. 다음 기일은 11월 12일로 하겠습니다. 폐정."

난조를 비롯한 재판관들이 자리에서 일어서자 방청석이 술렁거렸다. 어떤 이는 이쿠미에게 겁을 집어먹었고 어떤 이는 모멸의 눈빛을 보냈다. 중얼거리듯 욕설을 내뱉는 자, 저주의 말을 던지는 자, 그리고 당연하다는 듯이 메모를 한 손에 들고 법정을 뛰쳐나가는 사법 기자도 보였다.

마키노는 미코시바를 돌아보지도 않고 법정을 나갔다. 얼굴에는 드러나지 않지만 가슴속이 우월감으로 가득 차 있을 게 분명하다.

교도관이 다가와 이쿠미의 포승줄을 쥐고 연행하려 했다. 이쿠미는 고개를 숙인 채 교도관을 뒤따라갔다.

"잠깐만요." 옆을 지나칠 때 미코시바는 그녀를 불러 세웠다. "의뢰인에게 할 말이 있습니다."

"이미 폐정했습니다."

"3분이면 됩니다."

"……그럼 3분만."

이쿠미가 천천히 미코시바를 돌아봤다.

"질문에 대답하지 않는다고 변호를 그만둘 생각은 없습니다. 대답하고 싶지 않으면 대답하지 않아도 됩니다. 그렇게 알고 들으세요. 조금 전 검사가 이야기한 건에 대해 저한테 따로 할 말 없습니까?"

이쿠미가 숙이고 있던 고개를 들어 미코시바를 봤다.

감정이 읽히지 않아서 조금 전 이야기의 진위도 파악할 수 없다.

역시 처음 대면하는 여자였다.

"전 아무도 죽이지 않았습니다."

이쿠미는 그 말만을 남기고 등을 돌렸다.

"변호인. 아직 3분이 지나지 않았는데요."

"됐습니다. 충분합니다. 데려가십시오."

잠시 후 두 사람 다 법정에서 모습을 감췄다.

완전히 사람이 다 빠진 줄 알았는데 방청석에 아직 한 명이 남아서 미코시바를 보고 있었다.

아즈사였다.

여전히 원수를 보는 듯한 눈빛으로 노려보고 있다.

"두 사건이 비슷하다는 걸 알고 있었나?"

둘만 남은 법정 안에서 쓸데없이 목소리가 크게 울려 퍼졌다. 아즈사는 질문에 답하지 않고 말없이 법정을 나갔다.

홀로 남은 미코시바는 스스로 마음을 정리하지 못했다. 지금껏 의뢰인이 입을 다물거나 거짓말을 한 적은 수없이 많다.

그러나 이번은 자신이 법정에 선 이래 최악의 변론을 펼치고 말았다.

3

다음 날 미코시바는 산겐자야의 나루사와 저택을 다시 찾았다.

지난번 방문 목적은 이웃들에게 이야기를 듣는 것이었지만 이번에는 자택 수색이 목적이다. 출입 금지선은 사라졌고 증거도 이미 오래전에 압수해 간 상태다. 상속인인 이쿠미에게 허락을 받아서 현관에서 미코시바를 막아서는 사람도 없었다.

2층 높이 목조 주택. 세대주는 사망했고 유일한 상속인은 현재 구치소 수감 중. 이대로 이쿠미가 유죄 판결을 받아 장기 형이 나오면 이 집도 낡아 갈 것이다. 부동산에서 헤이가 말했듯 사람이 살지 않는 집은 순식간에 노후화된다.

현관문을 열자 곧장 이상한 냄새가 코를 찔렀다. 사 놓고 먹지 않은 식자재가 썩고 있나 싶었는데 부엌에 가도 냄새가 전혀 줄지 않는 것을 보니 아무래도 집에 들러붙은 냄새인 듯했다. 집 안을 가득 채운 부엽토 냄새. 노인 두 명이 오래 살다 보면 이런 냄새가 깃들 법도 하다.

집 안은 비교적 깨끗이 정돈돼 있었다. 어린 시절 기억을 돌이켜보면 이쿠미는 꼼꼼한 성격이 아니었으니 아마 생전에 나루사와 다쿠마가 관리한 것으로 보인다.

나루사와 다쿠마의 성격이 가장 잘 드러나는 곳은 서재였다. 벽 하나를 차지한 목재 서가에 책이 나란히 꽂혀 있는데 책 높이가 전부 가지런해서 잡다한 느낌을 주지 않는다. 책등을 보니 중국 서적과 고전 문학, 딱딱한 내용으로는 경제학, 경영학 관련 서적이 순서대로 꽂혀 있다. 깔끔하고 보기 좋은 서가다.

책상 위에는 액자가 있다. 사진 속에 서 있는 이는 나루사와 다쿠마와 처음 보는 노부인이다. 사이 좋아 보이는 모습으로 추정컨대 아마 전처인 사키코 부인일 것이다.

재혼했으면서도 전 부인 사진을 그대로 뒀다. 이쿠미가 평소 잘 들어오지 않는 곳이니 가능한 일일 것이다.

사진 속 사키코 부인은 몹시 예의 바른 인상이었다. 그러면서도 웃는 얼굴이 젊은 여자 같아서 이웃 평판대로 밝고 쾌활한 사람이었던 것으로 보인다.

시신이 발견된 현장은 칸막이가 있는 5평 공간이었다. 장지문을 제거해 두 개로 나눠 쓰던 다다미방을 하나로 만든 듯하다. 방을 구분 짓는 형태로 상인방이 달려 있었다.

나루사와 다쿠마의 몸이 이 상인방에 매달려 있었다.

시신 발견 현장에는 항상 불길한 공기가 남아 있다. 죽은 자의 원혼, 또는 살인자의 사악한 마음이 잔해가 되어 자리를 맴도는 듯하다.

미코시바는 부엌에서 의자를 가져와 상인방 바로 아래에 두었다. 의자 위에 서서 상인방을 정면으로 봤다. 재질은 노송나무다. 수사 자료에 적힌 것처럼 상인방 위쪽에 뭔가를 장착한 흔적이 남아 있다. 경찰과 검찰은 이쿠미가 이곳에 고리 도르래를 달아 나루사와의 몸을 끌어 올렸다고 보고 있다.

이쿠미의 이야기에 따르면 두 사람은 평소 이 옆에 있는 방에서 한 이불을 덮고 잤다. 7월 4일 오전 6시 30분 눈을 뜬 이쿠미는 상인방에 매달려 있는 나루사와 다쿠마를 발견하고 경찰에 신고했다. 이 부분은 경찰 견해와 다르지만 현장을 직접 보면 검찰 측 모두 진술에 신빙성이 인정된다.

시신에서 흘러나온 분뇨가 시신 바로 아래에 퍼져 있었다지만 다다미를 통째로 압수해 간 탓에 확인할 도리가 없다. 그러나 이미 보고 싶은 것은 다 봐서 미코시바에게 아쉬움은 없었다.

다음으로 뒤뜰로 나가 봤다. 이 일대에는 멋들어진 단독 주택이 여러 채 있고 대부분의 집에 정원이 딸려 있다. 시야를 차단할 정도로 담을 만들지 않는 이상 거리에서 정원이 고스란히 보이므로 단독 주택에 사는 이들은 정원의 외관에도 신경을 기울일 것이다. 정원 손질과 실외 장식 등에 지출이 생길 테니 그런 것도 주민세의 일종일 수 있다는 생각이 들었다.

나루사와 저택도 사정은 마찬가지였다. 면적이 눈에 띄게 넓지는 않지만 정원 가득 잔디가 깔렸고 침목과 디딤돌이 강조 효과를 줬다. 이웃 증언에 따르면 부부 두 사람이 쓸모없어진 폐목재들을 옮겼다고 하니 직접 만든 것도 있을 것이다. 지금은 잡초를 제거할 사람도 사라졌지만 왠지 안정된 분위기가 저택 외관과 잘 어울렸다.

미코시바는 만족하고 나루사와 저택을 나갔다. 뒤이어 도쿄 지방 법원에 가서 증거품 감정을 의뢰했다.

현재 법정에 제출된 증거품은 경찰과 검찰이 감정한 것들이다. 그들은 증거를 밑바탕으로 이쿠미가 살해를 자살로 위장했을 거라고 추측하고 있다.

추측 수사에는 함정이 있다. 그리고 일단 한 번 함정에 빠지면 사방이 벽에 가로막혀 주위를 둘러볼 수 없게 된다.

변호인 측에서 검찰의 의도가 들어간 증거를 곧이곧대로 믿을 수는 없으니 법원을 통해 민간 연구소나 대학 같은 곳에 재감정을 의뢰해야 한다.

요즘 경찰과 검찰에서는 원칙을 내세워 외부 위탁 감정을 제한하고 오로지 과학 수사 연구소에만 감정을 의뢰하려는 움직임이 있다고 한다. 이유로 경비 절감을 들고 있는데 원죄 사건이 연이어 보도되는 요즘 같은 때 그런 말을 순순히 믿을 사람은 얼마 없을 것이다. 항소심에서 민간 기관에 DNA 감정을 의뢰해 판결이 뒤집힌 사례도 있다. 증거품 감정을 과학 수사 연구소가 독점하는 것은 다시 말해 경찰, 검찰의 의도대로 재판을 진행한다는 것을 의미한다.

미코시바는 원죄 사건이 많아지든 경찰과 검찰 권력이 비대해지든 알 바 아니지만 의뢰인이 불리해지는 상황은 피하고 싶었다. 앞으로도 민간 연구소들과의 연대를 염두에 두어야 할 것이다.

감정 의뢰 절차를 마치고 사무소로 돌아갔다. 당초 예상보다 나루사와 저택에 있는 시간이 길어져 사무소에 도착한 건 오후 3시가 지나서였다.

"수고하셨습니다."

컴퓨터 앞에서 키보드를 두드리던 요코가 서둘러 허리를 일으켰다. 차를 준비할 것처럼 보인다. 미코시바가 밖에 나갔다가 돌아오면 요코는 대체로 그렇게 했다.

"차는 됐으니 일을 계속해 줘."

"아뇨. 지금 막 끝나서요."

요코는 말하기가 무섭게 곧장 찻잔을 들고 왔다. 양손으로 찻잔을 들자 싸늘하게 식은 손에 열기가 전해졌다. 모레부터 11월. 기상청은 오늘 간토 지역에 처음으로 초겨울 찬바람이 불 거라고 발표했다.

"다음 주 월요일 법정에 가실 때 지참해야 할 것들이에요.

확인 부탁드려요."

요코가 책상 위에 파일 세 개를 내려놓으며 말했다. 법원과 검찰 쪽에 보낸 준비 서면 사본이다. 내용은 머릿속에 이미 들어 있지만 그렇다고 법정에 빈손으로 갈 수는 없다.

"월요일에는 총 세 건인가."

"오랜만에 3연속 시합이네요. 힘내세요."

오전에 사이타마 지방 법원에서 한 건, 오후에 도쿄 지방 법원에서 두 건. 양쪽 법원 사이를 왔다 갔다 하기가 성가실 뿐이지 법원에 가는 것 자체에는 아무 스트레스도 없다.

그래도 하루에 세 건 출정은 도라노몬에 사무소가 있을 때 이래 처음이다. 요코의 말처럼 변호 의뢰가 전처럼 늘고 있는 것만은 사실이다.

문득 고개를 드니 요코가 자신을 내려다보고 있었다. 할 말이 있다는 걸 표정으로 알 수 있다.

"이렇게 일이 늘고 있으니 폭력단 고문을 관두라는 거겠지? 그건 전에도 답했을 텐데."

"아니에요."

할 말이 있는 듯하지만 좀처럼 입을 열지 못하는 모양새다. 예민한 게 나쁘다고 할 수는 없지만 이런 식의 섬세함은 약간 불필요하게 느껴졌다.

"조금 주제넘는 말일 수 있는데…….."

"주제넘는지 아닌지는 내가 판단해."

"지금 맡고 계신 세타가야 산겐자야 자산가 살해 사건. 의뢰인이 선생님의 친어머니시죠?"

그때 아즈사와 나눈 대화를 들은 걸까.

"무슨 문제라도?"

"다른 선생님과 교대하실 수는 없나요?"

"무슨 말을 하는지 모르겠군. 처음부터 날 지명했어. 의뢰인이 해임하지 않는 한 변호를 그만둘 이유는 없지."

"하지만 가족분이시잖아요. 선생님은 항상 변호에 사적 감정이 들어가는 건 금물이라고 하지 않으셨나요?"

"가족이라고 생각한 적 없는데."

그러자 요코가 주춤했다.

"이제는 대략 알지 않나? 난 열네 살 때 의료 소년원에 수감됐어. 어머니와는 그전에 면회로 딱 한 번 얼굴을 마주했을 뿐이지. 아니, 그전부터 난 함께 살던 이들을 가족이라고 생각하지 않았어. 그리고 그건 지금도 마찬가지야. 나에게 사건을 의뢰하러 온 고모다 아즈사, 그리고 피고인인 나루사와 이쿠미도 지금 나에게는 타인이야. 사적인 감정 같은 게 들어갈 여지는 없다고."

미코시바는 한 번도 쉬지 않고 말하며 아래에서 위로 요코를 쏘아봤다. 그러나 요코는 조금도 겁먹은 기색이 없다.

"정말로 사적인 감정이 없으세요?"

"끈질기군."

"선생님만 눈치채지 못했을 뿐 아닌가요?"

"나보다 더 날 잘 아는 듯한 말투인데."

"최근 며칠 동안 이상했어요. 특히 어제 두 번째 공판에서 돌아오신 뒤로는 제가 말을 걸어도 정신이 다른 곳에 팔려서 다음 주 출정 일정도 못 듣고 흘려 넘길 뻔하셨잖아요."

"고작 그 정도로 내가 이상해졌다고 생각하는 건가? 과민한 데도 정도가 있어."

"지금껏 남의 말을 그렇게 흘려들으신 적이 없어요."

요코는 보기 드물게 한 치도 물러서지 않았다. 게다가 지적하는 것들은 미코시바도 스스로 깨닫지 못한 것들이었다.

정신이 다른 곳에 팔려 있었다는 말은 아마도 맞을 것이다. 이쿠미가 나루사와 다쿠마뿐만 아니라 전남편인 소노베 겐조까지 자살로 위장해 살해했다. 여러 명이 지켜보는 곳에서 그 가능성이 처음 제시됐을 때 순간 넋이 나갔던 것도 틀림없는 사실이다.

그때 법정에서 뛰쳐나간 사법 기자는 지금껏 추적 기사

를 쓰지 않았다. 아니, 이미 작성했지만 검찰의 억측에 불과한 만큼 편집부 선에서 돌려보냈을 수도 있다.

억측이어도 상관없다. 지금 이 자리에서 요코에게 말해버릴까 하는 자학 같은 감정이 피어올랐지만 그렇게 해서 비극의 주인공처럼 취급당하는 것도 짜증스럽기는 마찬가지다.

"이런 말은 실례일지 모르지만 변호하는 분이 친어머니면 평소와 똑같이 행동할 수는 없을 거라고 생각해요."

"집요하군. 누차 말하지만 그 사람은 내 어머니가 아니야. 그저 의뢰인이지. 만약 내게 그런 감정이 있다면 아마 고의로 공판을 불리한 쪽으로 끌고 갈걸."

그러자 요코는 예상대로 눈을 부릅떴다.

"그리고 애초에 내가 이번 사건에서 진다고 해서 사무소 운영에 무슨 지장이 생긴다고 그러지? 고작 한 번의 패배로 의뢰 건수가 다시 크게 줄어들 거라고 보나?"

"이건 의뢰가 늘고 줄고의 문제가 아니에요. 선생님의 정신력이 버틸 수 있을지가 걱정된다고요."

정신력.

예상치도 못한 단어에 미코시바는 당혹했다.

"내 정신력이 걱정이라고?"

"선생님은 스스로 그런 것에 영향을 안 받는다고 생각하세요?"

"지금껏 감정이 변론을 좌우한 적은 한 번도 없어."

"이나미 씨 재판도 그랬나요?"

"뭐?"

"이나미 씨 재판이 끝나고 선생님은 얼마 동안 평소와 달랐어요. 가장 이겨야 하는 재판에서 지고 말았다며 중얼거리셨죠."

그런 말을 했었나.

기억나지 않았다.

"이나미 씨는 선생님의 소년원 시절 교관이었다죠. 그런 분의 변호에 실패하자 선생님은 그토록 낙담하셨어요. 만약 이번 재판에서도 어머님을 구하지 못한다면 선생님은 지난번보다 더……."

"쓸데없는 걱정이군." 미코시바는 딱 잘라 말했다. "지난번과 이번은 사정이 전혀 달라. 똑같이 취급하지 마."

요코에게 화가 치밀었다. 이나미와 이쿠미를 같은 선상에 두다니, 착각도 유분수다. 이나미는 지금의 미코시바를 만들어 준 은인이다. 그러나 이쿠미는 소노베 신이치로를 낳은 죄인이다.

"나루사와 이쿠미에게 유죄 판결이 나오면 물론 잠깐은 분할 수 있겠지만 낙담할 리 없어. 그 여자는 나에게 그럴 대상이 아니니. 자네는 이해 못 할 수 있지만 난 원래 그런 인간이라고."

"……진심인가요?"

"법정 밖에서 진심이 아닌 말을 내뱉은 기억은 없어."

요코는 뭔가 할 말이 더 남은 듯한 표정이었다.

법률 사무소 사무원으로는 유능하지만 고용주와는 물과 기름 같은 관계. 그렇게 생각될 만큼 요코는 지나치게 정당한 윤리관을 지녔다. 인간이라는 존재가 성선설 위에 올라서 있고 각자의 행동에 걸맞은 대가를 받는 게 신의 섭리라고 믿는 듯하다. 그런 쪽의 가치관이 나와는 백팔십도 다르다. 그런데도 동업자들에게 배척받고 늘 정의보다 승리, 대의보다 돈을 우선하는 내 곁에서 떨어지려 하지 않는 것은 대체 무슨 이유일까.

진의를 확인하고 싶은 호기심은 들지만 긁어 부스럼이다. 조심성 없는 질문을 던져 요코가 그만두기라도 하면 새 사무원을 구해야 한다.

그런 생각을 하고 있을 때 손님이 찾아왔음을 알리는 초인종이 울렸다. 요코가 왠지 안도한 듯이 문 쪽으로 향했다.

문을 지나 모습을 드러낸 이는 아즈사였다.

요코는 "어서 오세요"라고 하자마자 탕비실 쪽으로 사라졌다. 아즈사는 당연하다는 듯이 사무실 안으로 들어와 미코시바 바로 앞에 있는 소파에 앉았다. 잠시 후 요코가 손님용 차를 내오더니 곧장 안쪽으로 들어가 버렸다.

"어제 재판, 대체 뭐야 그게?" 아즈사는 비난 서린 말로 운을 뗐다. "뚜껑을 열어 보니 시종일관 검찰 쪽 페이스에 휘말려서 수비에만 급급하던데."

"재판이 검찰의 피고인 질문부터 시작했어. 변호인이 수비하는 건 당연해. 고작 그 말을 하려고 여기까지 온 건가?"

"고작 그 말이라니. 의뢰인이 고용인 앞에서 일에 대해 이런 말도 못 해?"

여전히 시비를 거는 듯한 말투지만 미코시바는 신경 쓰지 않았다.

"재판을 방청하며 못 느꼈나? 검찰이 물증으로 내민 건 목을 맬 때 쓴 밧줄과 유서. 거기에 유서에 카본지를 쓴 게 밝혀졌을 뿐이고 쓴 사람이 특정된 건 아니야. 밧줄에 붙은 피고인의 피부 조각, 오직 그것만이 저쪽이 지금 손에 쥔 유일한 패라고 해도 되겠지. 바꿔 말하면 밧줄의 증거 능력만 없애면 검찰의 우위도 흔들려."

"하지만 피부 조각은 DNA 감정으로 엄마 거라는 게 밝혀졌잖아. 그걸 어떻게 뒤집어?"

"경찰의 감정 결과가 유일무이한 건 아니지."

새삼 아즈사에게 설명할 생각은 없지만 경찰, 검찰이 재판을 유리하게 하려고 증거를 감추는 사례가 없는 건 아니다. 공판 중 변호인이 재감정을 의뢰해 물증의 증거 능력이 사라지는 경우도 적지 않다.

"상대가 제시한 증거의 신빙성을 묻는 것도 재판이야. 거기에는 시간과 수고가 들지. 그때그때의 추세만으로 판단하지 마."

"그럼 당신은 지금 어떤 재료를 쥐고 있는데? 검찰이 제시한 증거를 뒤집을 비장의 무기라도 있는 거야?"

"그걸 네 앞에서 이야기할 의무는 없지."

"난 의뢰인이야."

"내가 보여야 하는 건 오직 성과뿐. 그 밖의 다른 것들을 반드시 제공해야 하는 건 아니야. 불만이면 지금 당장 날 해고하든지."

처음부터 터무니없는 악조건이 펼쳐져 있었고 피고인은 심지어 악마의 낙인이 찍힌 변호사의 친어머니다. 이제 와서 변호를 하겠다고 나설 사람은 어지간히 오지랖이 넓거나 법조계가 주시하는 사건을 맡아 최대한 이름값을 올려야 하는 몰락한 변호사밖에 없을 것이다. 처음 변호인을 찾아 나섰을 때 아즈사도 뼈저리게 느꼈을 것이다. 아니나 다를까 아즈사는 그 이상 시비를 걸어오지 않았다.

"……그렇게까지 말하는 걸 보니 승산이 있다고 보는 모양이네. 만약 지기라도 하면 용서하지 않을 거야."

"승산이 있으니 일을 받았지. 하지만 수임 이후 불리한 증거나 악행이 폭로되면 이길 사건도 못 이기게 돼."

"그게 무슨 뜻이야?"

"검찰이 마지막에 폭로한 이야기. 1986년 9월 14일 소노베 이쿠미가 경찰에 남편 겐조가 자살했다고 신고했다. 세상에 알려진 건 오직 그 사실뿐이지. 내가 의료 소년원에서 교관님께 들은 이야기도 그랬고. 나루사와 다쿠마 사건이 그 사건과 판에 박은 듯이 똑같을 줄은 상상도 못 했다고."

아즈사는 미코비사를 노려보며 입을 열지 않았다.

"알면서도 나한테 이야기 안 한 건가? 말하면 변호를 거절할 것 같아서?"

변호인 앞에서 모든 걸 털어놓고 싶어 하지 않는 의뢰인과 거짓말을 하는 의뢰인을 처음 만나는 것은 아니다. 오히려 미코시바에게 변호를 의뢰하는 이들은 대부분 드러내기 어려운 과거가 있는 사람이 많아서 특별히 화가 나지도 않았다. 숨기고 있었다는 사실을 질책할 생각은 없다. 그러나 숨겼던 이유와 진실을 알지 못하면 재판에서 불리해진다.

"대답해."

"대답할 것도 없어. 나도 법정에서 그 짜증나는 검사가 말하기 전까지는 까맣게 잊고 있었으니까. 1986년이면 내가 아직 초등학교 6학년이던 때야. 열두 살짜리 어린아이가 뭘 알겠어?"

"열두 살이든 뭐든 당시 그 부부와 함께 살았던 사람은 너뿐이야."

"소노베 이쿠미니 그 부부니 하지 말고 좀 더 제대로 된 호칭으로 불러 줄래?"

"듣고 싶나?"

그러자 아즈사는 세차게 고개를 가로저었다.

"아빠는 한밤중에 죽었어. 내가 일어났을 때는 경찰들이 이미 집 안에 들이닥친 상태였고. 또 당신이 저지른 사건 때문에 수사하러 왔나 싶었는데 느닷없이 엄마가 날 끌어안고 아빠가 자살했다고 했어."

"정확히 어떤 상황이었지?"

"몰라. 목을 맸다고만 하고 아빠가 어디에 매달려 있었는지, 목을 맬 때 쓴 게 밧줄인지 끈인지, 유서가 있는지 없는지 같은 건 알려 주지 않았어. 그런데 알려 줬어도 그때 난 이해 못 했을 거야."

"글쎄. 열두 살이면 그 정도 판단력은 있을 텐데."

"평범한 열두 살이라면 그렇겠지. 가족 중 한 명이 이웃집 여자아이를 끔찍하게 살해하고 체포됐어. 그런 집안이 어떤 상황에 놓이는지 알기나 해? 괴물의 여동생이니 뭐니 하면서 반 아이들 모두에게 괴롭힘을 당하는 열두 살 어린아이의 심정을 상상이나 해 봤느냐는 거야."

아즈사가 벌컥 화를 냈다. 느닷없이 터진 분노가 아니라 부글부글 끓어오르는 감정을 억누르고 있던 자제심이 갈수록 무너져 내리는 듯한 느낌이다.

"당신이 체포됐다는 뉴스가 나왔을 때 이름은 공개되지 않았지만 일부 학교 아이들과 학부모들은 소노베 신이치로라는 걸 알았어. 그리고 며칠 뒤 사진 주간지에서 얼굴 사진이 공개됐을 때가 절정이었지. 순식간에 반에서 나한테 말을 거는 아이가 싹 사라지더라. 심지어 등하굣길에 나한테 침을 뱉고 가는 아이가 있는가 하면, 입에 담기도 힘든 욕설을 듣는 건 일상이 됐어. 학교에 있으면 아이들한테 괴롭힘만 당하니 수업이 끝나자마자 도망치듯 집에 돌아갔어. 하지만 집 안에 있어도 불안한 건 마찬가지였어. 무언 전화가 끊임없이 걸려 와서 전화선을 뽑아 뒀고 누군가는 집 창문 유리를 깨뜨리고 동물 사체 같은 걸 집어 던지기도 했어."

이야기하면서 당시 상황이 떠올랐는지 아즈사의 눈에 눈물이 맺히기 시작했다. 감정에 복받친 인간에게는 무슨 말을 해도 소용없다. 미코시바는 아즈사의 모습을 말없이 관찰하기로 했다.

"난 밥도 먹을 수 없었어. 학교에 간다고 생각하면 숨도 잘 쉬어지지 않았고. 그래서 결국 학교에 못 가게 됐어. 우리 집과 내 방에 계속 틀어박혀 있었고 TV와 라디오에서는 계속 당신에 대한 뉴스만 나오니 틀고 싶지도 않았어. 그런 상황에서 제대로 된 판단력이 생길 것 같아? 헛소리 마!"

아즈사는 거기까지 말하고 거친 숨을 내쉬며 어깨를 들썩였다.

"이제 됐어? 만족해?"

속마음을 몽땅 털어놓은 아즈사는 지친 눈빛으로 미코시바를 봤다.

"당신들이 무슨 짓을 당했는지 난 알 필요가 없고 알고 싶지도 않아. 내가 알고 싶은 건 그저 소노베 겐조가 자살했을 때의 상황뿐. 그러니까 넌 네 방 안에만 틀어박혀 있었던 탓에 부모가 어땠는지 자세한 건 기억 못 한다는 뜻인가."

"알 필요도 없다니…… 인간쓰레기."

"그 인간쓰레기에게 어머니의 변호를 의뢰한 사람이 누구지?"

순간 아즈사의 손바닥이 날아왔다. 호락호락하게 얻어맞아야 할 의무도 없어서 미코시바는 손이 뺨에 닿기 직전 한 손을 들어 제지했다.

"쓸데없는 힘, 쓸데없는 감정을 발휘하기 전에 떠올려. 어머니가 아버지를 살해했을 가능성을."

"시끄러워!"

"범죄자들은 원래 어리석어서 한 번 성공하면 같은 방식을 반복하지. 그렇게 해석하면 나루사와 이쿠미도 정확히 들어맞아. 다음 공판에서 검찰은 반드시 그 인상을 무기 삼아 변론을 진행할 거야. 세 명의 판사 중에는 상황 증거만으로 판단하고 싶어 하지 않는 사람도 있겠지만 여섯 명의 배심원은 심증에 크게 휘둘리겠지. 피고인이 남편을 여러 번 살해한 상습범이라고 믿는 순간부터 변호인의 적이 되는 거야. 그게 엄청나게 불리하다는 건 너도 충분히 이해하겠지. 그래서 난 29년 전 사건이 이쿠미의 계획 살인이 아니었다고 판사와 배심원들을 설득해야 해. 있었던 사실을 입증하는 건 그리 어려운 일이 아니야. 하지만 없었던 것을 입증하는 건 지난하기 짝이 없지."

미코시바가 붙들고 있는 아즈사의 손에서 서서히 힘이 빠졌다.

"날 괴물이니 인간쓰레기니 부르는 건 상관없지만 어머니를 소중하게 여긴다면 29년 전 어머니가 어떻게 행동하고 무슨 말을 했는지를 조금 더 떠올려. 그리고 어머니의 변호 재료가 될 만한 정보를 내게 전달해. 지금 네가 할 수 있는 의미 있는 일은 오직 그뿐이야."

손에서 아즈사의 체온이 전해졌다. 싸늘하면서도 속에는 열이 깃든 감촉.

미코시바가 서둘러 손을 떼자 아즈사의 손이 힘없이 아래로 떨어졌다.

"……느닷없이 그렇게 말해 봐야 떠오르는 건 없어. 지금껏 계속 밖으로만 돌기도 했고."

"밖에 있으니 객관적으로 볼 수 있는 것들도 있지."

"시간을 줘."

"유예 기간은 한정돼 있어. 최대한 빨리 떠올리도록."

"알았다니까."

아즈사는 툭 내뱉고 자리에서 일어섰다. 요코가 가져온

차에는 입도 대지 않았다.

마치 아즈사가 사무소를 나가는 타이밍을 노린 것처럼 요코가 나타나 찻잔을 정리하려고 했다.

"대화를 들었겠지?"

"목소리가 꽤 컸으니까요."

"또 내 정신력이 걱정되나?"

요코는 대답하지 않고 탕비실을 향해 다시 등을 돌렸다.

"내일 일정이 비어 있었나?"

"지금 시점에 면담 일정은 없어요."

"후쿠오카에 다녀올게. 당일치기로 다녀올 수 있을 거야."

4

이번 일로 후쿠오카에 가는 건 두 번째다. 지난번 사와라 구를 찾았을 때 다 끝냈으면 좋으련만 정보가 뒤늦게 나왔으니 어쩔 수 없는 노릇이다.

목적지는 후쿠오카 현경 본부 형사부 수사 1과. 1986년 9월 당일 신문을 전국 도서관 데이터베이스에서 검색하자 겐조의 자살을 보도한 기사가 나왔다. 그때는 '시체 배달부' 화제로 일본 전역이 들끓었던 시기라 그의 친아버지가 죽었다는 소식은 전국지도 보도 가치가 있다고 판단했을 것이다.

기사 내용에 따르면 처음 현장에 달려간 이는 사와라 경찰서와 현경 본부 수사원이었다고 한다. 당시 수사원이 지금도 남아 있을 확률은 낮지만 최소한 수사 기록만이라도 확인하고 싶었다.

마키노가 법정에서 소노베 겐조의 자살이 위장됐을 가능성을 제시한 이후 며칠 동안 정보의 출처를 떠올려 봤다. 마키노가 느닷없이 그런 생각을 떠올렸을 가능성은 희박하고 누군가가 알려 줬다고 보는 게 타당할 것이다. 그리고 유출 경로는 경찰 관계자일 확률이 높다.

29년 전 사건과 관련된 누군가가 지금 이쿠미의 등 뒤에 몰래 다가오고 있다.

하카타구 히가시고엔 7-7번지에 있는 6층 높이 빌딩이 후쿠오카 현경 본부다. 이곳 역시 미코시바에게는 문턱이 높은 곳이었다. 29년 전 집에서 체포돼 끌려온 곳이 바로 이 본부 건물이기 때문이다.

몇 번인가 리모델링 공사를 한 것 같지만 건물 전체에서 뿜어져 나오는 분위기는 그리 달라지지 않았다. 예전 범죄 소년이 이 건물에 절대 친근감을 느낄 리 없다. 멀리서 건물을 보는 것만으로 수사원에게 들은 이런저런 말과 행동이 바로 어제 일처럼 머릿속에 되살아났다.

건물 안은 어두침침하고 습기 찬 공기가 맴돌고 있었다. 담배 냄새와 오래된 종이 냄새가 뒤섞여 살짝 메스꺼울 정도다.

─그 나이에 어떻게 그런 잔인한 짓을 저질렀지?

─자, 봐라. 네가 죽인 사하라 미도리의 사진이다. 때 묻지 않은 순수한 어린아이. 이런 얼굴을 보고도 아무 감정이 들지 않았나?

─중학교 2학년이라고? 인간쓰레기라는 단어를 아나? 바로 널 뜻하는 단어다.

─오늘 밤 안에 전부 실토해라. 너 한 명 때문에 후쿠오카 현경 경찰관이 몇 명이나 고생 중인지 알기나 하나?

잠잘 시간은 줬지만 그들은 당연하다는 듯이 말과 행동으로 위협했다. 현경 본부가 눈에 핏발을 세우며 추적한 범인이 고작 열네 살 소년이라는 사실에 대한 놀라움과 분노도 있었을 것이다. 취조는 열네 살 소년에게 가혹했다. 책상을 치고 쥐어박힌 게 몇 번이었는지 기억나지도 않는다.

그러나 소노베 신이치로는 평범한 열네 살 소년이 아니었다.

윤리관이 무너지고 다른 사람의 생명을 빼앗는 일에만 관심이 쏠려 형사들의 설득과 위협에는 1밀리미터도 마음이 흔들리지 않는 인간이었다. 그래서 취조 당시 어떤 말을 듣고 질문을 받아도 한 귀로 듣고 흘렸다. 그들 앞에서 범행 동기 같은 말을 내뱉은 것도 연일 계속되는 질문에 질려서였다.

그리고 지금 미코시바는 다시 현경 본부 건물 정문 현관을 지났다. 아직 문턱이 높지만 그걸 넘을 정도의 배짱은 얻었다. 친근감은 없어도 안에 들어갈 패기를 익혔다.

1층 안내 데스크에서 변호사 신분을 알렸다. 데스크에 앉은 여성 경찰관이 면회 상대를 물었다.

"29년 전 수사 1과에 재적한 형사님이 지금도 계실까요?"

미코시바의 질문을 듣고 여성 경찰관은 당황하는 듯했다.

"저, 계급이나 성함 같은 건 모르시나요?"

"사소한 정보일 수 있지만 1986년 9월 14일 사와라구 레이조지에서 소노베 겐조라는 사람이 자살한 사건을 담당하신 분을 찾고 있습니다."

"……잠깐만 기다려 주세요."

만약 일반 시민이 찾아왔으면 보기 좋게 문전박대를 당했을 것이다. 마지못해 조회해 주는 것은 변호사 배지의 힘 때문이 틀림없다.

데스크 앞에 서서 기다리기를 10분. 여성 경찰관이 드디어 고개를 들었다.

"찾는 분이 맞는지는 모르겠지만 수사 1과에 30년간 근속하신 분이 딱 한 분 계시네요."

딱 한 사람이라면 마땅히 만나야 할 것이다.

"그럼 그분을 뵙고 싶습니다. 성함이 어떻게 됩니까?"

"도모하라 유키히코라는 분입니다."

뜻밖인 것은 30년 근속 경찰관이 존재하는 것이 아니라 그렇게 오래 있어도 변변한 계급을 얻지 못한 사실이다. 만약 고위직이라면 예약 없이는 면회할 수 없다. 상대는 출세 코스에서 벗어난 나이 든 경찰관일 것이다.

형사부 구역에 도착해 응접실의 후줄근한 소파에 앉아 있자 마찬가지로 후줄근해 보이는 백발의 남자가 나타났다.

키가 작은데 등이 약간 굽어서 더 작아 보인다. 완전히 시들어 버린 모습이지만 공무원 정년을 고려하면 50대 후반 정도일 것이다. 몸에 걸친 싸구려 재킷과 오래된 신발에서 계급과 연봉이 보였다. 출세 코스에서 이탈한 나이 든 경찰이라는 추측이 아예 빗나가지는 않은 듯하다.

응접실에 들어오기 전부터 나이 든 경관의 눈빛은 예사

롭지 않았다. 그 노회하고 의심 많아 보이는 눈빛이 미코시바를 본 순간 경악으로 바뀌었다.

"변호사 미코시바 레이지입니다."

명함을 받은 손이 희미하게 떨리고 있다.

그로써 확신했다.

안내 데스크에서 미코시바의 이름을 듣자마자 이 남자는 내가 찾아온 이유를 깨달았다.

주고받은 명함에 '후쿠오카 현경 본부 형사부 수사 1과 경부보 도모하라 유키히코'라고 적혀 있다. 오른쪽 구석에 그려진 후쿠오카 현경의 '홋케이 군' 마스코트가 당사자와 전혀 어울리지 않았다.

나의 정체를 알고 있다면 굳이 감출 수고를 덜 수 있다. 도모하라가 맞은편에 앉기도 전에 미코시바는 입을 열었다.

"도모하라 형사님이 소노베 겐조 사건을 담당했습니까?"

단도직입적인 질문은 겁먹은 인간에게 특히 효과적이다. 예상대로 도모하라는 기선을 제압당한 것처럼 입을 열었다.

"그렇습니다만."

미코시바는 속으로 쾌재를 불렀다. 이렇게 쉽게 찾아낼 줄이야. 헛수고를 각오하고 이곳에 왔지만 아무래도 계획이 멋지게 들어맞은 듯하다.

"형사님의 모습을 보아하니 아무래도 제 다른 이름을 알고 계시는 듯하군요."

"다른 이름이라고?" 순식간에 그의 말투가 바뀌었다. "소노베 신이치로는 네 본명 아닌가?"

"솔직하게 말씀해 주시는 게 싫지 않지만 가정 법원을 통해 정식으로 얻은 이름입니다. 지금은 미코시바 레이지가 본명이니 그쪽으로 불러 주십시오. 그리고 보아하니 형사님도 허례허식을 싫어하시는 듯하니 저도 툭 터놓고 이야기하겠습니다. 이의 없으시겠죠?"

"마음대로 해."

"제가 도모하라 형사님을 찾아온 이유를 알겠습니까?"

"친아버지의 자살 사건을 조사하러 왔나?"

"정답입니다. 그때 전 간토 의료 소년원에 수감돼 외부와 차단돼 있었으니까요. 겐조 씨의 자살에 대해 이렇다 할 정보가 없습니다. 당시 담당자인 동시에 지금도 수사 1과에 있는 건 형사님뿐인가요?"

"무슨 문제라도 있나?"

"전 운이 좋군요."

"흥. 악운이겠지. 그나저나 철모르는 어린아이를 잘 돌봐 줬더니 변호사가 됐다고? 출세했군."

"출세인지 아닌지는 이론의 여지가 있겠죠. 요즘은 변호사 배지가 영 힘이 없는 시대라."

"내가 수사 정보를 유출할 것 같나? 그것도 너 같은 상대에게?"

"이미 다 끝난 사건에 비밀 엄수 의무가 있는 것도 아닐 텐데요."

"반드시 끝난 사건이라고 할 수는 없지."

"오, 그럼 수사를 재개한 겁니까?"

미코시바가 묻자 도모하라는 입을 꾹 다물었다. 솔직한 남자다. 생각이 즉시 얼굴에 드러난다. 범죄자를 상대하는 일을 하면서 이런 모습을 보이는 걸 보니 출세 코스에서 벗어날 만도 하다.

"하지만 29년 전에 이미 자살로 끝난 사건입니다. 이곳과 당시 관할인 사와라 경찰서에도 기록 같은 건 남아 있지 않을 텐데요."

"기록은 있어." 도모하라는 가슴을 살짝 뒤로 젖히며 말했다. "바로 이곳에 산 증인이 있지."

아무래도 자신을 지칭하는 듯하다. 그러나 29년 전 사건의 모든 증거를 정확히 기억하기는 어려울 것이다. 수사 자료 복사본이나 메모처럼 사적으로 남긴 자료가 있다고 보는 게 타당하다.

"사건 담당자이자 지금도 현역이라는 점에서는 그렇겠지요. 그러나 뒤집어 보면 29년간 새로운 사실은 아무것도 나오지 않은 채로 수사가 끝났습니다. 본부가 내린 자살이라는 판단에 정당성이 있다고 봐야 하지 않을까요?"

"꼭 직접 보고 들은 것처럼 이야기하는군. 그럼 넌 왜 굳이 그 일을 다시 조사하지? 자살이 뒤집히면 나루사와 다쿠마 사건에 영향을 줄 수 있으니 겁먹었나?"

"완전히 엇나간 건 아니지만 뭐, 만전을 기하기 위해서라는 게 정확한 대답일 겁니다. 꼭 의뢰인이어서는 아니지만 그 여자는 사람을 죽일 만한 인물이 아닙니다."

"죽일 수 있었어."

"경험에서 나온 말입니까?"

"경험이 아닌 실적이다. 그리고 뭐니 뭐니 해도 그녀는 '시체 배달부'의 어머니니까."

"별로 건전한 사고방식은 아니군요."

미코시바는 일부러 깎아내리듯 말했지만 실제로도 조금 부아가 치밀었다.

그 여자랑 똑같이 취급하지 마.

"살인 자체가 건전하지 않지."

"건전한지 아닌지를 떠나 나루사와 이쿠미는 사람을 죽이지 못합니다. 벌레 한 마리도 못 죽이는 인간이었죠. 함께 산 게 14년뿐이지만 그동안 죽이는 걸 허락해 준 건 모기와 파리뿐이었습니다. 불도를 닦는 것도 아닌데 살생을 몹시도 꺼렸죠."

"흥. 남편의 목숨이 모기나 파리보다 가벼웠나 보지."

살생을 싫어했다는 건 처음부터 끝까지 미코시바가 지어 낸 이야기였다. 출세 경쟁에서 밀려난 고집불통 형사에게 정보를 끌어내리면 이 정도 창작은 허용 범위 안에 있다. 그리고 이런 인간은 대부분 자신의 심증과 다른 인물 평가를 들으면 반론하고 싶어 한다. 반론에는 근거가 필요하니 논증을 이어 가다 보면 비밀로 숨기고 있던 정보도 공개할 수밖에 없어진다.

"당시 소노베 신이치로 사건은 전국 단위의 뉴스였습니다. 그 친아버지가 죽었으니 현경 본부도 적극적으로 수사에 임했겠죠. 그런데도 자살로 판단한 건 사실이 그러했기 때문입니다. 지금 형사님의 수사는 증거라고는 없는 추측 수사예요."

"추측 수사가 아니야."

"증거가 있습니까?"

"꼭 이쿠미가 돈이 필요할 때 남편이 죽었지. 소노베 겐조 때는 막대한 손해 배상금이 청구된 상황이었고 나루사와 다쿠마와 결혼하기 전에는 생활비에 쪼들렸어. 그런 상황이 남편의 죽음으로 인해 이중으로 해결된 거야. 이런 말도 안 되는 우연이 또 있을까?"

"그녀는 구제 불능일 정도로 선량한 사람입니다. 그런 짓은 못합니다. 실제로도 위장 자살을 의심케 하는 물증은 나오지 않았고요."

"그럼 반대로 묻겠네만 당신 아버지는 술꾼이었나?"

"적어도 애주가는 아니었던 걸로 기억합니다."

"내가 조사했을 때도 그랬네. 평소에 술을 별로 즐기지 않았다더군. 그런 사람이 자살 직전 위스키를 스트레이트로 한 잔 가득 마셨어."

"자살하기 전 공포를 없앨 의도였을지 모르죠."

"게다가 위스키는 전날 이쿠미가 집 근처 주류 판매점에서 사 온 것이었어. 알겠나? 그 술을 본인이 아닌 아내가 사왔다는 말이야."

말하는 도중 무심코 본심을 드러내고 있다.

좋아. 이대로 좀 더 지껄여라.

"하지만 여러 번 말씀드렸다시피 돈을 원해 남편을 죽일 만한 사람이 아닙니다. 부부 사이도 꽤 좋았고요."

이 역시 거짓말까지는 아니지만 과장된 이야기다. 기억을 더듬어도 겐조와 이쿠미가 사이좋게 있었던 광경 같은 건 떠오르지 않았다.

"남편의 죽음을 신고한 뒤에도 분명 의기소침해 있었을 겁니다."

"그럼 현장에 달려온 형사들 앞에서 뻔뻔하게 웃음 짓겠나? 분명 충격을 받은 것처럼 보였지만 그 정도 연기는 여자라면 누구든 해."

처음에는 낙담한 모습을 보였던 걸까.

"그것도 억측입니다. 그리고 여자라면 누구든 쉽게 거짓말을 한다니, 이 세상 페미니스트들이 들으면 큰일 날 소리를 하시는군요."

"미심쩍은 점은 더 있어. 바로 상인방."

도모하라는 지금 이쿠미를 용의자로 만들기 위해 안달이 나 있다.

"상인방 위쪽에 뭔가 나사 같은 걸 장착한 흔적이 남아 있었지."

"그런 걸 발견했다면 왜 조사하지 않았죠?"

"당시에는 뭘 달았는지 가늠하지 못했거든. 가설도 세우지 못했는데 조사해 달라고 할 수 없었지. 하지만 경시청이 나루사와 다쿠마의 자살이 위장됐다고 하니 비로소 이해가 되더군. 그것도 고리 도르래를 매단 흔적이 틀림없던 거야."

"그런 게 집 안에서 발견됐습니까? 저도 돌이켜 봤지만 집 안에서 고리 도르래 같은 걸 본 기억이 없습니다. 소노베 겐조는 평범한 회사원이었고 주말에 취미로 목공 같은 걸 하지도 않았어요."

"자네도 목공 일에 흥미가 없었나?"

"없었습니다." 미코시바는 대화의 흐름상 으스스하게 미소 지어 보였다. "인간의 몸을 해체하는 데 어떤 도구가 필요한지 알기 위해서 가장 먼저 저희 집 창고부터 뒤져 봤으니까요."

그러자 도모하라가 살짝 주춤했다. 그러고는 틈을 두지 않고 곧장 반론을 시작했다.

"당연히 자네가 체포된 이후 입수했겠지. 애초에 자네가 체포되지 않았다면 겐조를 자살로 연출해 죽게 할 이유도 없으니."

"과연. 그렇게 생각할 수도 있겠습니다. 하지만 이제 와서 집 근처 철물점을 돌아다니며 물을 수도 없는 노릇이겠죠. 당시 동네에 있던 철물점은 이미 오래전에 폐업했습니다.

옆 동네에 대형 마트가 생겨서 손님을 빼앗겼다더군요. 당시 소노베 집안이 살던 집도 부동산 업자가 매입 후 철거해 지금은 월정액 주차장으로 바뀌었습니다. 이런 판국에 어디를 어떻게 수사할 생각입니까?"

미코시바가 묻자 도모하라는 입을 다물었다. 지금껏 수많은 의뢰인의 표정을 읽어 온 미코시바는 알 수 있다. 이는 다른 속셈이 있어서 하는 침묵이 아니라 즉흥적으로 위기를 돌파하려는 자의 침묵이다.

도모하라는 더욱 격해져서 말했다.

"29년 전 일이라고 모든 증거가 사라진 건 아니야. 나를 비롯해 당시 사건을 기억하는 사람이 있겠지. 인간의 기억력을 우습게 보면 큰코다쳐."

"우습게 볼 생각은 없습니다만 기억이라는 건 때때로 거짓말을 하죠."

"……그게 무슨 뜻이지?"

"조작을 뜻합니다. 인간은 원래 자기가 보고 싶은 것만 보고 듣고 싶은 것만 들으려 하니까요. 기억이란 것도 '이랬으면 좋겠다'가 '이래야만 한다' 식으로 변할 수 있는 겁니다. 그건 수사 관계자들도 마찬가지일 테고요."

"소노베 겐조의 자살에 위장 의혹이 있다는 게 내 기억 조작이라는 건가?"

"29년 전이면 형사님은 아직 형사로서 신출내기였을 겁니다. 현장을 보며 이상하다고 느낀 게 있어도 위에서는 진지하게 들어 주지 않았겠죠. 그런 울분 때문에 기억이 조작된 게 아닐까요? 자살이 확실한데도 무리하게 의문점을 끼워 넣는 겁니다. 예를 들어 상인방에 있지도 않은 흔적이 있었다고 주장하거나, 주류 판매점에서 겐조가 직접 술을 샀는데도 이쿠미가 샀다고 믿는다거나. 그런 게 겹쳐져서 실제로는 존재하지 않은 의혹을 머릿속에 만들어 간 겁니다."

"무슨 말을 하는가 싶었더니." 도모하라는 이를 드러내며 웃었다. "그렇게 증인을 현혹시켜 혼란에 빠뜨리는 게 자네의 주특기인가. 대단하군. 나 역시 내 기억이 잘못되지 않았을까 순간 초조해졌을 정도야."

"형사님은 자신의 기억력에 상당한 자신감이 있군요."

"기억이라는 건 거짓말을 한다고 했지. 분명 그럴지도 몰라. 그러나 기록은 거짓말을 하지 않지."

"기록은 없을 텐데요."

"공식적으로는."

그렇게 말하고 도모하라는 주머니에서 수첩을 꺼냈다. 표지가 벗겨져 겉보기에도 오래돼 보이는 수첩이다.

"나한테는 이게 있어. 당시 메모할 때 쓴 수첩이지."

의기양양하게 수첩을 펼치는 모습이 그야말로 어린아이 같다.

아마 당시 수사 상황이나 글로 남길 수 있는 증거가 적혀 있을 것이다. 도모하라의 모습을 보건대 그것이 유일무이한 기록이라는 건 상상하기 어렵지 않다.

"내용을 보고 싶나?"

미코시바의 시선을 눈치챈 도모하라가 보란 듯이 수첩을 흔들었다.

"그다지."

"센 척하지 말게. 이 안에는 네 어머니를 구할 수 있는 내용이 있을지도 모른다고. 그렇게 예상해 이 후쿠오카 언저리까지 온 거 아닌가?"

"그 질문에는 부인하지 않겠습니다. 의뢰인의 이익을 위해서라면 규슈든 오키나와든 해외든 가서 뛰어다니는 게 변호사의 임무니까요. 하지만 이번 후쿠오카행은 어디까지나 확인을 위해서입니다. 지난 법정에서 검사가 입에 담은 과거의 위장 자살 사건. 그 농담 같은 이야기에 얼마나 신빙성이 있는지 확인하고 싶었습니다."

"농담 같은 이야기라고?"

"증거는 전무, 현장은 소멸. 수사본부의 기록으로 남은 건 착각 가능성을 내포한 수사원의 메모뿐. 고작 그런 걸로 과거 사건이 뒤집힐 거라고 생각하는 건 역시 무모하다고 할 수밖에 없겠죠. 실제로도 지난 재판에서는 입증되지 않는 것은 채택할 수 없다며 검사의 발언이 기록에서 삭제된 바 있습니다. 혹시나 해서 이곳까지 왔지만 아무래도 헛수고였던 것 같네요."

"기다려." 도모하라는 엉거주춤 일어서는 미코시바를 아래에서 노려봤다. "지금 무모하다고 했나? 내가 감에만 의지해 쓸데없는 수사를 했다는 건가?"

좋아. 좀 더 화를 내라.

그렇게 해서 숨기고 있는 비장의 무기를 보여라.

"당시 상황과 지금 상황을 고려하면 누구든 그런 결론에 다다를 겁니다. 미안하지만 형사님과 마키노 검사가 지금 품고 있는 건 망상의 영역을 벗어나지 않습니다. 오기도 적당히 부리는 게 좋습니다."

"더 지껄여 보게."

예상대로 도모하라는 분통을 터뜨리기 일보 직전이었다.

"네. 몇 번이든 더 말씀드리죠. 당신들이 지금 눈엣가시처럼 여기는 피고인은 벌레도 죽이지 못하는 선량한 인간입니다. 당신들은 지금 그런 사람에게 있지도 않은 혐의를 씌우며 억지로 희대의 악녀를 만들어 내고 있을 뿐입니다."

다음 순간 도모하라는 표정을 기묘하게 일그러뜨리고 웃음을 큭 터뜨렸다.

"크하하. 네놈 입에서 나온 '선량한 인간'이라는 말을 듣고 과연 그 여자가 어떤 표정을 지을까. 곧 죽어도 친아들이니 네놈은 지금 그렇게 말하는 거겠지만 내가 보기엔 그 어미에 그 자식이야. 네놈은 역시 그 여자의 배에서 나왔어."

자신감이 넘치는 말투다. 그저 비아냥대거나 조롱하는 게 아닌 흔들림 없는 근거를 지닌 자의 발언이다.

"나루사와 이쿠미를 하나부터 열까지 다 아는 것처럼 말씀하시는군요. 형사님이 그 여자와 접촉한 건 29년 전의 한순간뿐 아닙니까?"

"한순간이어도 충분해. 난 그때 들은 한마디를 통해 소노베 이쿠미라는 여자가 악마인 걸 확신했지."

"한마디요?"

"세간을 뒤흔든 '시체 배달부'의 친아버지가 자살해 현경 본부가 단숨에 수사에 착수했지만 결과는 용두사미. 그래도 나만은 그 여자에게 한시도 눈을 떼지 않았어. 그 일은 그 여자가 꾸민 위장이라고 굳게 믿었으니까. 그래서 다른 형사들이 하나둘 철수하려고 할 때 난 그 여자에게 직접 물었지. 당신이 남편을 죽인 게 아니냐고. 그러자 그 여자는 그 전까지 힘없이 고개를 숙이고 있다가 갑자기 고개를 번쩍 치켜들고 나한테 말하더군. 아들만 그런 짓을 저지르지 않았어도⋯⋯라고. 그 여자는 그렇게 말하자마자 순간 실수를 저지른 것처럼 입을 다물었고 그 뒤로는 아무 대답도 하지 않았지만, 그건 자백이나 마찬가지였어. 네놈이 체포됐으니 자신은 손해 배상금을 지불하기 위해 남편을 죽일 수밖에 없었다. 그 여자는 그렇게 인정한 거야. 그러니 나만은 절대 수사에서 손을 떼지 않아야겠다고 생각했어. 그리고 언젠가 반드시 진실을 밝혀내리라고 다짐했지."

도모하라는 의기양양하게 가슴을 폈다. 체구가 작은 남자가 가슴을 펴 봐야 우스꽝스럽게 보일 뿐이지만 본인은 신경 쓰지 않는 듯하다.

"안심해라, 소노베 신이치로. 네놈은 틀림없는 그 여자의 자식이다. 내가 보증해 주지."

"형사님이 굳이 보증해 주지 않아도 보증해 주려는 사람이 널렸습니다. 사양하겠습니다."

미코시바는 이번에야말로 몸을 일으켰다. 도모하라가 이쿠미를 범인으로 단정 짓는 근거가 밝혀진 것만으로도 수

확이었다.

"기다리라고 했지."

"아직 할 말이 더 남았습니까?"

"네놈에 대해 몇 마디 더 해 주마. 어머니를 절체절명의 위기에서 구하려고 동분서주하는 것 같은데, 다 자업자득이라고 생각해라. 네놈이 그런 사건을 저지르지만 않았어도 그 여자도 남편을 죽이지 않았을 테니. 그리고 돌고 돌아 나루사와 다쿠마가 밧줄에 매달리지도 않았겠지. 물론 네놈이 죽인 사하라 미도리의 집안도 마찬가지다. 그 집안은 피해자인데도 싸늘한 시선에 못 이겨 결국 살던 곳을 떠났지. 어디로 이사해도 사람들은 피해자 유족을 색안경을 끼고 보기 마련이다. 그 뒤로 과연 평범한 삶을 살 수 있었을까? 모든 건 다 네놈이 뿌린 씨앗이다. 그런데 정작 가해자 놈은 가슴에 배지를 달고 기세등등하게 걸어 다니고 있다?"

미코시바는 말없이 도모하라의 비난을 들었다. 다른 사람이면 몰라도 미코시바에게 이 정도 비난은 자장가나 마찬가지다. 악의가 가슴까지 전해지지 않으면 살랑거리는 산들바람일 뿐이다.

"애초에 네놈이 앉을 곳이 잘못됐어. 법정에서는 매번 거들먹거리며 변호인석에 앉을 테지만 네놈이 평생 앉아 있어야 할 곳은 바로 피고인석이야!"

도모하라가 말을 멈췄다. 상대가 아무 반응이 없으니 불안해졌을 것이다.

"속이 좀 후련해졌습니까? 그럼 이만 가 보겠습니다."

어안이 벙벙해진 도모하라를 남겨 두고 미코시바는 응접실을 나갔다.

30년 동안 쌓이고 쌓인 울분이 저 정도면 그리 대단한 것도 아니다. 어차피 저 형사도 자신만의 정의감에 세뇌된 인간에 불과하다. 내뱉는 말의 대부분이 망언이니 가슴과 귀에도 남지도 않는다.

아니, 단 하나 정곡을 찌른 말은 있었다.

도모하라는 미코시바가 평생 앉아 있어야 할 곳이 피고인석이라고 했다.

그 말은 맞는다.

사하라 미도리를 죽인 순간부터 자신은 한 번도 피고인석이 아닌 다른 의자에 앉지 않았다.

과거도, 현재도, 그리고 앞으로도.

5

집무실에 있는 마키노에게 도모하라가 연락해 온 건 정오가 지난 뒤였다.

—방금 미코시바가 현경 본부를 찾아왔습니다.

핸드폰 너머에서 도모하라는 흥분을 감추지 않았다.

—직접 저를 찾아왔더군요.

법정에서 과거 사건을 언급한 게 그저께이니 이른 대응이라고 평가해도 좋을 것이다. 가벼운 발놀림도 그 악덕 변호사의 능력인 듯하다.

"용건은 역시 29년 전 사건이었습니까?"

—네. 당시 수사 상황을 조사하러 온 것 같았습니다.

"그가 뭔가 건져 갔나요?"

—아뇨. 공적 기록은 아무것도 남아 있지 않으니 완전히 제 이야기에만 의존하더군요. 어울리지도 않게 친어머니의 무죄를 얻어 내기 위해 골몰하는 모습이었습니다.

흥분한 목소리를 듣고 마키노는 왠지 불안해졌다.

도모하라에게 미코시바의 방문은 기습이나 마찬가지였을 것이다. 기습과 맞닥뜨린 도모하라는 공황 상태에 빠진 게 아닐까.

"그와 무슨 대화를 나눴죠?"

– 대단한 건 없었습니다. 신문 기사에 실린 수준의 사실과 당시 위장 자살을 의심한 사람은 수사진 안에서 저뿐이었다는 이야기 정도였죠.

쓸데없는 말을. 마키노는 속으로 혀를 찼다. 그 남자에게 주어서 좋을 것은 공식 발표뿐이다. 부주의하게 사적 의견을 말하면 거기에 손가락을 찔러 넣어 양손으로 구멍을 벌리고 거침없이 파고들어 온다. 빈틈이 없으면서도 저돌적인 자세. 그가 상반된 두 가지 능력을 겸비했다는 건 지난 공판에서도 알 수 있었다.

– 그 자식은 끊임없이 자기 어머니를 선량한 사람이라고 하더군요. 그런 비뚤어진 인간 눈에는 어머니도 비뚤게 보이나 봅니다.

"그 밖에는?"

– 제 자긍심을 자극해 제가 쥔 정보를 끌어내려고 했습니다. 아직 수사가 진전되지 않은 게 다행이죠. 새로운 정보는 하나도 못 가져갔습니다.

자랑할 만한 이야기는 아닐 것이다. 마키노는 문득 탄식을 내뱉고 싶어졌다.

그러나 꼭 나쁜 징조는 아니다. 물증이라고는 없는 의혹인데도 미코시바는 굳이 후쿠오카까지 발길을 향했다. 아무리 효율적으로 진행해도 하루는 걸릴 일이다. 바꿔 말해 귀중한 하루를 써서라도 조사해야 한다고 생각했다. 그만큼 그 남자에게 청천벽력 같은 이야기였던 듯하다.

"그럼 수사를 계속해 주십시오."

전화를 끊고 마키노는 잠시 생각에 잠겼다.

이쿠미를 데려간 교도관에게 들은 이야기로는 폐정 직후 미코시바가 그녀를 불러 세워 아버지의 죽음과 관련돼 있냐고 물었다고 한다.

이 역시 나쁜 징조는 아니다. 신뢰 관계로 이어졌을 피고인과 변호인 사이에 외풍이 불었다는 뜻이다. 이대로 틈새가 벌어지면 상대 진영은 얼마 안 돼 공중분해된다. 기다리는 건 변호사 해임이고 그렇게 되면 더할 나위 없어진다. 지금 상황에서 미코시바가 아닌 다른 이가 이쿠미의 변호를 맡아 봐야 겁날 건 없다.

승리가 바로 눈앞에 있다. 마키노는 선고일에 난조 앞에서 절망에 빠져 고개를 숙인 이쿠미의 모습을 상상했다.

후쿠오카에서 돌아온 미코시바는 곧장 도쿄 구치소로 향했다. 구치소와 가까운 고스게에 사무소가 있어서 좋은 게 바로 이럴 때다.

세타가야 경찰서 유치장에서 도쿄 구치소로 이송될 때
이쿠미는 몹시 불안해했다. 사형 확정수의 절반 가까이가
도쿄 구치소에 수감돼 있다고 들었기 때문이다.

"전 평범한 사람이에요."

이쿠미의 입에서 그런 말을 들을 때는 하마터면 웃음을
터뜨릴 뻔했다. 피고인 신분이 돼서도 범죄자와 일반 시민
이 동떨어진 존재라고 믿고 있는 게 딱하고 우스웠다. 그럼
지금 변호사가 된 자신의 아들은 대체 어느 쪽에 있는 인간
이라고 생각하는 걸까.

오늘 이쿠미를 접견하는 건 후쿠오카에서 조사한 결과를
바탕으로 29년 전 사건을 다시 묻고 싶어서였다.

이쿠미는 돈을 위해 겐조를 살해하고 자살로 위장한 게
아닐까.

폐정 후 이쿠미는 딱 잘라 의혹을 부정했지만 원래 의뢰
인을 믿지 않는 미코시바에게는 의례적인 말에 불과했다.
그러나 재판관들의 심증을 고려하면 불리한 재료는 최대한
제거해야 한다. 그러려면 의혹을 없애거나 무력화시키거나
둘 중 하나의 수단을 택해야 한다.

구치소에 도착한 미코시바는 변호인 창구로 향했다. 이쪽

창구에도 일반 면회와 똑같이 순서를 기다리는 변호사들이 대기하고 있었다. 미코시바는 면회 신청서에 이쿠미와 자신의 이름을 적고 대기실에서 기다렸다. 접수 번호를 확인하니 대기 시간은 없는 거나 마찬가지였다.

기다리는 동안 이쿠미와 주고받을 질문과 대답을 떠올렸다. 폐정 후 단도직입적으로 물은 것은 지금 다시 떠올려도 실책이었다. 갑자기 과거를 끄집어낸 데서 온 충격과 제한된 시간 때문에 이쿠미가 만족스러운 대답을 할 수 있을 리 없었다. 조금 더 안정된 곳에서 퇴로를 하나씩 차단하며 캐물어야 했다.

우선 예전 집을 찾아갔다는 이야기부터 시작해 볼까. 이쿠미에게도 인연이 있는 곳이니 아예 관심을 안 보이지는 않을 것이다. 변화된 동네 모습과 주민들의 근황 등을 궁금해할 것이다. 그리고 미끼를 물면 천천히 끌어당긴다.

그러나 아무리 기다려도 번호가 불리지 않았다. 조금씩 초조해지려는 찰나에 뒷번호가 먼저 불렸다.

뭔가 잘못됐다. 미코시바가 참지 못하고 몸을 일으키자 그제야 번호가 불렸다.

몇 층으로 가야 할지 확인하려고 창구로 향하자 접수대에 있는 교도관이 뜻밖의 말을 입에 담았다.

"면회 거절입니다."

"네? 뭐라고요? 전 변호인입니다."

"네. 당사자에게 선생님의 이름을 전달했지만 접견을 거부했습니다."

본인이 거부한 이상 아무리 변호인이어도 면회할 수 없다. 기다려 봐야 소용없다. 미코시바는 뒤도 돌아보지 않고 대기실을 나갔다.

접견 거부 이유는 묻지 않아도 알 수 있다. 자신의 변호인역시 29년 전 사건을 되짚지 않기를 바라는 것이다.

사무소로 돌아가는 길에 미코시바는 끓어오르는 감정과 차갑게 식은 사고 사이를 오락가락했다.

4

사망자의 악덕

1

아무리 마음에 들지 않는 상대여도 친어머니의 재판과 관련된 이상 마냥 무시할 수는 없을 것이다. 접견을 거부당한 당일에 전화를 걸었지만 아즈사는 그로부터 나흘이 지나 미코시바의 사무소를 찾아왔다.

"도대체 얼마나 잘난 변호사님이시길래 의뢰인한테 함부로 오라니 가라니 하고 있어?"

"내가 자택이나 근무지로 찾아가기를 바라나?"

"……용건이 뭐야?"

"피고인에게 접견을 거부당했어. 지난주 토요일. 앞으로 남은 공판 때문에 입을 맞춰야 하는데 만나지 못하면 아무

것도 못 해.”

“미움 살 짓이라도 했어?”

“29년 전 사건 언급이 금기 사항이라면 그럴지도.”

그러자 아즈사는 못마땅한 듯이 입을 다물었다. 선임한 변호사의 한마디 한마디에 이토록 예민하게 반응하면 선고 일까지 버티기 힘들다.

“검사가 직접 언급한 사안이야. 법정에서 반론했다시피 곧장 법정 다툼으로 이어질 일은 아니지만 어떻게 활용하느냐에 따라 배심원들의 심증을 안 좋게 만들 수 있어. 반증을 준비해 둬야 해. 그러니 직접 만나 29년 전 사건에 대한 대략적인 이야기라도 들어야 하는 거고.”

“법정에서 당사자가 자신은 아무도 죽이지 않았다고 했잖아.”

“의뢰인들은 대부분 거짓말을 하지. 유죄 판결이 떨어지기 일보 직전의 갈림길에서도 변호인에게 모든 걸 털어놓지 않는 이들도 많아.”

“설마. 그런 사람들이 얼마나 된다고. 누가 뭐래도 자기 목숨이 최우선 아니야?”

“믿기 어렵겠지만 목숨보다 우선하는 게 있는 사람도 적지 않아. 다른 사람이 보면 별것 아닌 것도 당사자에게는 다른 거지."

"목숨보다 중요한 게 뭔데?"

"자긍심. 다른 사람과 관련된 비밀. 자신의 명예. 그런 보잘것없는 것들이지."

그 순간 이나미의 얼굴이 머릿속에 떠올랐다. 그 골칫덩이 의뢰인도 자신의 목숨을 중요하게 생각하지 않는 인간이었다.

"……전혀 보잘것없지 않은데."

"목숨이 최우선이라고 말한 사람이 누구지?"

"아무리 변호사라고 의뢰인의 말꼬리를 잡아도 돼?"

"어머니를 구하고 싶다, 구하고 싶지 않다. 대체 어느 쪽이야?"

"당신 어머니이기도 해."

"최근 30년간 그렇게 생각한 적은 단 한 번도 없어. 그건 상대도 마찬가지일 테고. 아니면 이 자리에서 가족 관계를 재확인이라도 하려는 건가?"

"나보고 뭘 어쩌라는 거야?"

"피고인을 설득해서 접견을 수락하게 해."

"의뢰인에게 떠넘기지 않고 스스로 어떻게든 해 볼 생각은 없어?"

"난 재판에 이기기 위해서라면 수단과 방법을 가리지 않아. 활용할 수 있는 건 무엇이든 활용해."

"그건 훌륭하다고 해 줄게."

"다시 한번 묻지. 어머니를 구하고 싶나? 아니면 어머니를 내쳐서까지 사실로부터 눈을 돌리고 싶나?"

"무슨 뜻이야?"

"솔직히 말하는 게 어떨까? 29년 전 아버지는 자살한 게 아니라 보험금을 노린 어머니에게 살해됐을 가능성이 있다. 그걸 인정하기가 두려우니 내가 피고인과 접견하는 상황이 꺼려진다. 아닌가?"

정곡을 찔렸는지 아즈사는 분한 듯이 입술을 깨물었다. 감정이 겉에 고스란히 드러난다는 점이 같은 배 속에서 나온 미코시바와 전혀 다르다.

"내가 그런 걸 왜 두려워하겠어?"

"세 살 터울 오빠가 한때 '시체 배달부'라고 불리던 희대의 범죄 소년. 그리고 어머니는 보험금을 노리고 남편을 상습적으로 죽인 살인범이라면 자신에게도 같은 피가 흐른다는 말이 되니."

순간 쾅! 하는 요란한 소리가 사무소 안에 울려 퍼졌다. 아즈사가 온 힘을 실어서 내려친 책상은 정작 철제 책상이라 꿈쩍도 하지 않았지만 내려친 사람의 손이 시간이 갈수록 붉게 물들었다.

"그 말 취소해."

"그저 내 추론을 말했을 뿐, 취소할 이유는 없지. 네가 부정하면 그만 아닌가? 그리고 부정할 거면 당사자를 찾아가서 나를 만나라고 설득해. 둘 중 하나야."

아즈사는 어떡해야 할지 고민하는 듯했다. 접견을 설득하지 않으면 편견을 스스로 인정하는 꼴이 된다. 편견을 인정하고 싶지 않다면 어머니를 설득할 수밖에 없다.

"악랄한 변호사라는 소문이 정확하네."

"재판에서 이길 수 있다면 악랄도 미덕이야. 정정당당하게 싸워 어머니를 사형대에 세울 것인가. 아니면 조금은 공정하지 못한 수단을 써서라도 어머니를 구할 것인가."

"설득하면 되잖아! 설득하면!"

아즈사는 버럭 짜증을 내며 소리쳤다. 미코시바의 기억 속에 있는 열한 살 아즈사도 이렇게 감정을 자주 폭발시켰다. 30년이라는 세월이 그녀의 정신력을 성숙하게 하는 데는 기여하지 못한 듯하다.

"그래. 만나게 해 줄 수는 있는데 설마 당신, 엄마한테 뭐라고 하려는 건 아니지?"

"변호인이 피고인을 왜 질책하지?"

"당신은 우리 가족을 증오하니까."

미코시바를 향한 시선이 모멸감으로 가득 차 있다. 그 정도 눈빛과 행동으로 내가 흥분하거나 속상해할 거라 봤다면 역시 유치하다고 할 수밖에 없다.

"자기가 사람을 죽인 것도 다 가족의 사랑이 부족해서였다고 원망하겠지. 그러니 변호사가 되어 이번 기회에 그 가족에게 복수하려는 거 아니겠어?"

"애초에 가족이라고 생각한 적 없으니 증오도 원망도 없어. 그리고 이미 여러 번 말했을 텐데. 내 변호 방침에 불만이 있다면 그 즉시 해임하면 그만이라고."

아즈사는 들으라는 듯이 혀를 쯧 차더니 의자를 박차고 일어섰다.

"아는 변호사가 당신밖에 없기도 하지만 더 만나고 싶지도 않아. 정말 지긋지긋해."

미코시바는 굳이 대꾸하지 않았다.

"피고인이 수락하면 곧장 연락하도록."

아즈사가 대답하지 않고 사무소를 나가자 교대하듯 탕비실에서 요코가 모습을 드러냈다. 기회를 잰 것처럼 나타난 것을 보니 두 사람의 대화를 뒤에서 엿들은 것 같다.

입 한 번 대지 않은 손님용 찻잔을 정리하는 모습을 보고 있자 미코시바는 문득 호기심이 생겼다.

"들었나?"

"들었다기보다 들렸어요. 저 의뢰인분은 목소리가 커서."

"사무소가 번창하지 않아서 다행이지. 다른 의뢰인이 그 모습을 가까이서 봤으면 분명 내뺐을걸."

"하지만 왠지 흐뭇했어요. 남매가 아웅다웅하는 모습이."

미코시바는 무심코 요코의 얼굴을 빤히 쳐다봤다.

"조금 전 그게 평범한 남매 다툼 소리로 들렸나?"

"살짝 부럽기도 하던걸요. 전 외동딸이라."

"……취향이 정말 좋지 않군."

"부정하지는 않을게요. 반사회 세력의 고문을 맡는 법률 사무소에서 일할 정도니까요."

요코가 다시 탕비실 쪽으로 가서 미코시바는 아즈사와 나눈 대화를 되새겼다.

어머니와 오빠의 살인을 언급하자 아즈사는 눈에 띄게 동요했다. 법정에서 마키노의 변론을 듣고 이쿠미에게 의심을 품은 사람은 비단 미코시바만이 아니었던 것이다. 허세를 부리든 거슬리는 말을 내뱉든 그 속에 깃든 아즈사의 공포가 훤히 보였다.

동요한 건 미코시바도 마찬가지였다. 다만 아즈사가 겁먹은 이유와는 조금 다르다. 아즈사가 겁먹은 건 자신도 언젠가 사람을 죽이는 게 아닐까 하는 막연한 불안감 때문이다. 그러나 그날 이후 미코시바의 가슴이 수없이 요동친 건 자신이 '시체 배달부'가 된 것이 천성이 아니라 부모에게 기인했을 가능성 때문이다.

죄는 평생동안 갚아 나갈 거라고 이나미 앞에서 다짐했다. 지금 나의 존재는 그 결과물이다. 그간의 30년 세월은 자신 안에 깃든 짐승을 마주하고 계속 길들이려고 노력한 시간이라고 해도 과언이 아니다.

이제 와서 모든 걸 부모 탓으로 돌리라는 말인가. 농담도 정도가 있다.

미코시바는 보기 드물게 화를 내고 있었다.

유치한 인간에게도 장점은 몇 가지 있기 마련인데 아즈사의 장점은 신속함이었다. 미코시바가 이쿠미를 설득하라고 지시한 바로 다음 날 아즈사는 전화로 소식을 알려 왔다.

ㅡ내일 접견하러 오래.

"순순히 승낙했군."

ㅡ순순히는 아니야.

목소리가 여전히 날이 서 있는 건 어머니의 옛 악행이 폭로될 수 있다는 두려움 때문일 것이다.

─엄마는 당신을 만나는 걸 진심으로 싫어했어. 이토록 의뢰인에게 미움받는 변호사도 없을걸.

"괜찮아." 용건이 끝난 이상 의뢰인의 불만 따위 들어줄 시간은 없다. "미움받는 것만큼 잘하는 것도 없으니."

미코시바는 상대의 대답도 듣지 않고 전화를 끊었다.

6일 구치소 변호인 창구에서 접견 수속을 마치자 이번에는 확실히 번호와 면회실을 알려 줬다.

미코시바가 면회실에 들어가자 조금 늦게 아크릴판 너머에 이쿠미가 나타났다. 접견을 받아들이기는 했지만 못마땅한 기분이 얼굴에 고스란히 드러나 있다.

"당분간 만나고 싶지 않다고 했는데 참 무리하게 일 처리를 하는 변호사네요."

"그날그날 기분에 따라 변호인을 만날지 안 만날지를 정하는 건 곤란합니다."

"피고인에게는 시간을 선택할 권리도 없나요?"

"뭔가 착각하시는 것 같은데 제 의뢰인은 고모다 아즈사 씨지 당신이 아닙니다. 당신의 요청을 일부나마 들어줄 사람은 구치소에 있는 교도관 정도죠."

"그래도 변호인이면 조금 더 친절하게 대해 줄 수 없어요? 그래도 엄마……."

"반복하지만 당신은 형사 사건의 피고인, 저는 변호인의 관계입니다. 법정 안에서는 그 이상 그 이하도 아닙니다."

"법정 밖에서는요?"

순간 미코시바는 입을 꾹 다물었다.

어렸을 적 미코시바가 체포된 이후 이쿠미가 면회하러 온 건 단 한 번뿐이고 그 뒤로 지금 같은 피고인과 변호인 관계가 될 때까지 편지 한 장 주고받은 적이 없다. 이제 와서 무슨 면목으로 법정 밖 관계를 운운한다는 말인가.

"그런 말은 무사히 석방되고 나서 하시죠."

"무사히 석방될까요?"

"그러기 위해 지금 제가 이곳에 있습니다."

이쿠미가 얼굴을 찌푸렸다. 체념과 안도감이 뒤섞인 듯한 기묘한 표정이다.

"참 얄궂은 이야기네요. 모자가 아닌 피고인과 변호인의 관계에서 당신을 더 자랑스럽게 생각할 수 있다니."

"자랑스럽게 생각할 필요 없습니다. 전 변호사로 살아가기 위해 그럴 뿐이니까요."

"30년 전에는 그러지 않았죠."

불쾌한 감촉이었다.

무시하려고 해도 이쿠미의 말이 날카롭게 미코시바의 가슴을 파고들었다.

"당신이 뭘 해야 즐겁고 뭘 좋아하고 뭘 위해 살아가려 하는지 저도 남편도 전혀 알지 못했죠. 아니, 알려고도 하지 않았어요. 알려고 했다면 당신이 그런 짓을 저지르지도 않았을 테니."

"지금 할 이야기는 아닌 것 같습니다. 이번 사건과 아무 관련도 없습니다."

"접견 시간은 무제한이죠? 그럼 조금은 자유롭게 이야기하게 해 주세요. 30년 동안 입에 담지 못한 이야기예요."

"그야 그렇겠죠. 당신은 그날 이후 의료 소년원에 단 한 번도 찾아오지 않았습니다. 면회는 고사하고 편지 한 통 보내지 않았죠."

"그건 남편이 자살한 데다가 이사까지 겹쳐서."

"이제 와서 괜히 미안해할 필요 없습니다. 의료 소년원 안에는 다른 대화 상대가 있었으니까요."

두 명의 원생 동료와 이나미 교관, 그리고 그 여자가 연주한 베토벤의 '열정'을 듣고 미코시바는 자기 자신에게 눈을 떴다. 나라면 할 수 있는 일, 나만이 할 수 있는 일을 깨달았다. 부모와 형제도 필요 없다. 그 세 명과 한 곡의 음악만 있으면 미코시바는 인간이 되는 것을 목표로 할 수 있었다. 이제 와서 어머니의 얼굴을 하고 다가와 봐야 민폐일 뿐이다.

"설마 이번 사건을 계기로 저와의 관계 회복을 노리고 있습니까?"

"그럴 생각은……."

"그럼 쓸데없는 이야기는 관두죠. 접견 시간에 제한은 없다지만 판사와 배심원들을 납득시키기에 시간과 재료가 부족한 상황입니다. 검사가 새로 꺼낸 이야기는 당신을 사형대에 한층 가깝게 보낼 만한 내용이었고요."

사형대라는 단어를 꺼내면 조금은 겁먹을 거라 예상했지만 뜻밖에도 이쿠미는 침착했다.

"내가 보험금을 노리고 남편을 죽였는가 말이네요."

"사건은 이미 종결됐고 29년이나 지난 일이라 증거가 될 건 남아 있지 않습니다. 그러니 법정에서 제시할 만한 기록도 없죠. 그러나 관계자들의 기억이 있습니다."

"자살한 남편은 그저 평범한 아버지였어요."

"'시체 배달부'의 아버지는 지금도 법조계뿐만 아니라 선량한 시민들의 관심 대상이죠. 검찰은 그 관심으로 판사와 배심원들의 기억을 끄집어내 당신의 심증을 악화할 작전입니다. 변호인은 인상 조작이라고 이의를 제기하겠지만 그래도 한 번 생긴 이미지는 좀처럼 깨뜨리기 어려운 법입니다. 깨뜨리려면 억측과 천박한 어림짐작들을 단번에 없앨 재료가 필요합니다."

"전 그 누구도 죽이지 않았어요."

"피고인의 증언만으로는 신빙성이 부족합니다."

"변호인이면서 내 말을 안 믿는 건가요?"

"당신 말을 믿는 것과 당신의 이익을 지키는 건 별개의 문제입니다. 1986년 사와라구 레이조지의 집에서 자살한 소노베 겐조의 시신이 발견됐을 때 후쿠오카 현경 수사원이 당신을 조사했습니다. 도모하라라는 호기심 많은 눈빛을 지닌 형사죠. 기억합니까?"

이쿠미는 잠시 기억을 더듬는 듯했지만 잠시 후 포기한 것처럼 고개를 흔들었다.

"아니요. 형사의 얼굴을 일일이 기억하지는 못 해요."

"당신은 기억 못 해도 그 형사는 당신의 한마디 한마디를 수첩에 적어 뒀더군요. 조사가 얼추 끝나 수사원들이 철수하려고 할 때 그 도모하라라는 형사는 당신에게 물었다고 합니다. 당신이 남편을 죽인 게 아니냐고요. 그러자 그전까지 힘없이 고개를 떨구고 있던 당신이 순간 고개를 번쩍 들어 이렇게 대답했다더군요. '아들만 그런 짓을 저지르지 않았어도……'. 이후 당신은 입을 걸어 잠그고 더 이상 대답하지 않았다고 합니다."

설명을 듣는 이쿠미의 태도에 조금씩 변화가 생기기 시작했다. 잘못을 질책당하는 사람 특유의 수치와 분노를 드러내며 미코시바를 바라본다.

"아무래도 떠올리신 것 같네요."

"몰라요."

"지금 형사를 상대하는 게 아닙니다. 저는 당신의 변호인이에요. 그런 대답을 듣고 납득할 거라 보십니까?"

"변호인인데도 날 안 믿잖아요. 아까랑 똑같아요."

"그럼 질문을 바꾸죠. 무슨 말을 했는지는 기억 안 나도 말의 의미라면 지금도 설명할 수 있겠죠. '아들만 그런 짓을 저지르지 않았어도……'. 그 말의 의미는 뭐였습니까? 그 뒤로는 무슨 말이 더 이어지는 겁니까?"

"다 알면서."

"당사자의 입으로 직접 듣지 않으면 소용없습니다."

"남편도 죽지 않았을 텐데'였죠."

이쿠미는 속삭이듯 기어드는 소리로 말했다. 아들을 배려해서 그러는 것으로 보인다.

"아들이 엄청난 죄를 저지른 탓에 아버지로서 목숨으로 사죄하는 수밖에 없었다. 아니면 청구된 손해 배상금을 낼 방법은 그의 사망 보험금밖에 없었다……. 둘 중 어느 쪽입니까?"

이쿠미는 믿지 못하겠다는 듯이 미코시바를 노려봤다.

"신이치로, 너……."

"미코시바입니다."

"그런 말을 하면서 아버지께 미안하거나 죄스럽지 않니?"

이쿠미와 변호인, 피고인 관계를 철저히 지킬 생각이지만 그 말에는 반발하지 않고 배길 수 없었다.

"누가 죽어 달라고 했습니까? 책임을 느끼라고 했나요?"

감정이 실리지 않은 목소리였을 텐데도 이쿠미는 몸을 움찔했다.

"사람을 죽인 범인도 아닌데 스스로 죽음을 택한 건 결국 '시체 배달부'의 아버지라는 비난을 듣기 싫어서였겠죠. 열네 살 살인귀를 길러 낸 아버지로서 앞으로 쏟아질 세상의 비난이 두려웠을 겁니다. 자살로 책임을 지려고 한 게 아니에요. 그저 비난과 책임감으로부터 내뺀 비겁한 인간이었을 뿐입니다."

이쿠미의 안색이 바뀌었다.

"지금 그 말, 취소하렴."

"그저께 의뢰인에게도 같은 말을 들었습니다. 그 딸에 그 어머니네요."

"취소해."

"제 개인적인 감상입니다. 취소할 이유는 없습니다."

감정이 조금 끓어올랐다. 피고인을 상대하는 말투도 아니다. 미코시바는 평소의 냉정함을 되새기려 했다.

"지금은 그런 것보다 먼저 확인해야 할 게 있습니다. 나루사와 다쿠마의 시신이 매달려 있던 상인방에는 고리 도르래를 장착한 흔적이 남아 있었고 그게 당신에게 살인 혐의가 씌워진 요인 중 하나가 됐습니다. 그리고 29년 전에 소노베 겐조 때도 상인방 위쪽에 뭔가 나사 같은 걸 장착한 흔적이 있었다더군요. 도모하라라는 형사는 그런 사실을 통해 두 가지 사건을 연관 지어 생각했습니다. 나루사와 다쿠마가 위장된 자살이라면 소노베 겐조의 자살도 위장됐을 거다. 그만큼 두 사건은 닮았습니다. 그러니 전 두 사건이 전혀 다르다는 반증을 준비하려고 합니다."

알아듣기 쉽게 설명했지만 이쿠미는 왠지 토라진 듯이 미코시바를 지그시 노려보기만 했다.

"상인방에 남아 있었다는 흔적의 정체가 정확히 뭔지 설명해 줄 수 있습니까?"

"몰라요. 집 상인방에 그런 흔적이 있었다는 건 형사님한테 들어서 처음 알았어요. 전남편 때도 마찬가지고요. 그런 흔적은 본 기억이 없어요."

완고한 표정에서는 아무것도 읽히지 않았지만 미코시바는 꾸민듯한 느낌을 받았다.

이쿠미는 지금도 마음을 열지 않았다. 상대하는 미코시바 역시 닫혀 있으니 당연하다면 당연하겠지만 다른 의뢰인들과 사정이 다른 만큼 미코시바는 초조해졌다.

도모하라의 추측이 완전히 들어맞는다고 할 수는 없겠지만 나루사와 다쿠마와 소노베 겐조의 죽음 사이에는 무시못 할 공통점이 너무 많다. 이쿠미는 모른다며 잡아떼고 있지만 제대로 된 판단력을 갖춘 사람이라면 간과하고 넘어갈 수 없을 것이다.

"다시 한번 묻겠습니다. 정말로 짚이는 게 아무것도 없습니까?"

"끈질기네요."

같은 옛날이야기를 털어놓아도 미코시바와 관련된 과거와 자신의 과거는 다르다고 보고 있다. 바꿔 말하면 숨겨야한다는 의식이 보이지 않는 장벽을 만들고 있다.

"고리 도르래라는 도구가 뭔지는 압니까?"

"혹시 중학교까지 자란 곳을 기억하나요? 이웃의 부탁을 받아 전기 공사를 해 주고 다닌 오카모토 씨라고 있죠?"

듣고 나서야 떠올렸다. 지난번 찾아갔을 때는 다른 점포로 바뀌어 있었지만 집 맞은편에 있던 소규모 전파사였다.

"그 가게에 들어가면 앞쪽에 도르래 같은 게 달려 있었는데 오카모토 씨에게 물으니 케이블 연장 공사에 쓰는 도구라고 했어요. 형사님에게 듣기 전까지는 이름을 몰랐지만."

"나루사와 다쿠마 씨의 저택, 또는 소노베 집에서 그런 걸 발견했습니까?"

이쿠미는 다시 입을 다물었다.

"이쿠미 씨. 여러 번 말하지만 전 경찰도 검사도 아닙니다. 당신의 아군인 변호인입니다. 비밀 엄수 의무도 있죠. 당신이 묵비권을 행사해 봐야 무의미합니다. 솔직히 털어놓으십시오."

그러나 이쿠미는 반항기 어린 눈빛을 보낼 뿐 도르래에 관해서는 더는 입을 열지 않았다.

"끝까지 비밀을 지키려는 겁니까? 아니면 그저 유죄 판결을 감수하고 있는 겁니까?"

"변호사님은 아직 독신이라더군요."

"상관없는 이야깁니다."

"어린아이에게도 남에게 알리고 싶지 않은 비밀 하나쯤은 있어요. 아즈사한테 들었는데 당신은 대단히 우수한 변호사 선생님이시라더군요. 그럼 제시된 재료들을 밑바탕으로 무죄 판결을 받아 주세요."

"말도 안 되는 소리 하지 마십시오."

"말도 안 되는 요구여도 어떻게든 성공해 내니까 우수하다고 불리는 거 아닌가요?"

반항적이라기보다는 도발적이다. 미코시바의 인내심도 슬슬 한계에 도달했다.

"오늘은 이 정도로 하죠. 내일 다시 오겠습니다."

"친아버지를 비겁한 인간이라고 하는 사람과는 두 번 다시 만나고 싶지 않습니다."

"제 아버지는 의료 소년원에 있었습니다. 그 사람 외에 부모라고 부를 인간은 없습니다."

미코시바는 비난의 시선을 한 몸에 받으며 자리에서 일어섰다.

구치소를 나가도 불쾌한 기분이 가슴에 그대로 남았다.

쓰레기 같은 의뢰인, 원래라면 사회에서 매장돼야 마땅할 의뢰인을 지금껏 수없이 상대해 왔지만 대화를 나눈 뒤에 이토록 감정이 풀리지 않는 의뢰인은 처음이다. 말할 때마다 꼬치꼬치 말꼬리를 붙잡는다. 표정 변화도 하나같이 거슬렸다.

원래부터 그런 여자였을까. 이상하게 거리를 좁혀 오는가 싶더니 다음 순간 다시 밀쳐낸다. 미덥지 않아 보이면서도 어떤 면에서는 지극히 굳센 모습을 보인다. 첫 접견 때도 느꼈지만 마치 강약을 조절하며 미코시바를 농락하는 것처럼 느껴지기도 했다.

자신이 아직 소노베 신이치로로 불리던 시절을 다시 떠올려 봐도 이쿠미와 겐조에 대한 인상은 놀랄 만큼 희미했다. 기억 속에 윤곽은 남아 있지만 좀처럼 이미지가 떠오르지 않는다. 물론 한 지붕 아래에 살았으니 그에 걸맞은 대화를 나눴고 조각조각은 기억한다. 그러나 피고인 이쿠미와 대화하고 있으면 그것들이 꼭 조작된 기억처럼 느껴졌다. 기억력은 남들에게 뒤지지 않으니 나 스스로가 기억을 봉인했을 가능성이 있다.

미코시바에게는 간토 의료 소년원에 입소한 이후부터가 인간으로서의 기억이다. 그전의 삶은 인간의 모습을 한 짐승이 깨어나 먹고 마시고, 학교라는 애완동물 훈련소에 다녔다는 인식밖에 없다. 그러니 입소 전 기억을 입에 담으려

하면 거부 반응이 일어나는 것이리라.

이나미 변호에 이어 이번에도 몹시 성가신 안건이 됐다.

이나미는 누구보다 구해야 마땅할 피고인이었다. 반면 이쿠미는 누구보다 구할 가치가 없는 피고인이다.

2

새로운 한 주가 시작되고 미코시바는 오타구 가마타에 있는 작은 공장으로 향했다. '고소네 공업 주식회사'라는 간판이 달린 공장에서는 점심시간인데도 기계 선반 소리가 새어 나왔다.

공장 옆에 있는 사무소로 가니 안에서 중년 남자가 차를 홀짝이고 있었다.

"연락드린 변호사 미코시바라고 합니다만, 혹시 고소네 요지 씨 계십니까?"

"제가 고소네입니다."

남자는 고개를 꾸벅 숙이고 미코시바에게 빈 의자를 권했다. 2평 남짓한 좁은 사무소라 손님을 맞을 다른 공간은 없을 것이다.

"전화를 받았을 때는 조금 당황했습니다. 세상에서 이미 잊힌 사건을 아직 쫓는 변호사분이 계시구나 생각했지요."

"고소네 씨 사건과 관련된 사건을 맡고 있습니다."

"제가 증언을 하면 누군가 도움이 되는 사람이 있는 건가요?"

"적어도 그럴 목적으로 움직이고 있습니다."

"그럼 이야기할 가치는 있겠군요."

고소네는 사람 좋아 보이는 미소를 지어 보였다. 왠지 궁상맞은 느낌이 드는 건 타고난 외모 때문만은 아닐 것이다. 공장 외관도 그렇지만 사무소는 가건물에다 책상과 의자도 전부 언제 망가질지 모를 싸구려들이다. 볼펜과 파일처럼 눈에 띄는 비품도 하나같이 오래돼서 미코시바의 사무소에서라면 일찍이 폐기 처분했을 것이다. 아마도 사무소 내부 모습이 고소네의 궁상맞은 첫인상에 한몫한 것으로 보인다.

나루사와 다쿠마의 전 부인 사키코는 2010년 8월 산겐자야역 부근에서 발생한 묻지 마 살인 사건의 피해자였다. 당시 서른두 살의 마치다 군야가 자신의 왜건 차량으로 63세 남성과 23세 여성을 치어 죽이고 15세 소녀에게 중상을 입힌 후 차에서 내려 남녀 네 명을 흉기로 습격했다. 그 결과 사망자 세 명과 중·경상자 네 명을 낸 참극으로 이어졌는데 그중 칼에 찔려 사망한 사람이 바로 나루사와 사키코였다.

그리고 당시 마치다의 차에 치여 사망한 63세 남성이 고소네 준키치, 지금 눈앞에 있는 고소네 요지의 아버지다.

"사건이 일어났을 때 저는 회사에서 전무 직함을 달고 경영 수업을 받고 있었는데, 뭐 명목상이었고 실제로는 전에 다닌 회사에서 잘린 뒤로 구직 센터도 제대로 다니지 않았지요. 백수 상태로는 사람들 눈에 보기 안 좋다며 아버지가 억지로 전무 자리에 앉힌 겁니다. 그런 판국에 그 사건으로 아버지가 돌아가셨습니다. 어머니는 충격으로 치매를 앓게 되었고 직원이 총 열 명도 되지 않는 영세 공장이지만 그대로 망하게 할 수는 없어서 곧장 사장으로 취임하게 됐죠." 고소네는 겸연쩍은 듯이 머리를 긁적이며 말했다. "다행히 숙련공들이 전부 남아 준 덕에 공장 자체는 어떻게든 돌아가고 있습니다. 그래도 마흔 넘어서 느닷없이 회사 경영을 맡게 되어 고생이 이만저만 아니었죠."

"힘드셨겠군요."

"남 이야기를 하기 좋아하는 이들에게 뒤에서 뜻밖의 횡재로 사장 자리에 올랐느니 뭐니 하는 소리도 들었습니다. 그게 말이나 됩니까? 사건 자체는 종결됐어도 범인인 마치다에 대한 원망과 분노는 경찰서에서 아버지의 시신을 대면한 이래 한 치도 변하지 않았습니다. 그 녀석은 아직도 어느 병원에서 느긋하게 치료 중이라고 하죠? 전 단 하루도 그놈을 잊은 적이 없습니다."

총 일곱 명이나 되는 사상자를 낸 사건인데도 유족들의 이후 모습을 전한 언론은 없다. 가족을 부조리하게 빼앗겼으니 남겨진 이들의 인생 또한 그전과는 백팔십도 달라지기 마련이다. 고소네처럼 곤란해하면서도 고인의 일을 물려받은 자는 그나마 행복한 축에 속할 것이다.

"피해자와 유족분들이 원고인단을 꾸리셨죠?"

"별로 떠올리고 싶지 않네요."

"뭔가 불쾌한 경험이라도 하신 겁니까?"

"아뇨. 불쾌한 게 아니고 한결같이 괴로웠습니다. 전 나이 든 아버지를 잃었다고 하지만 다른 사망자는 스물셋의 여성이었죠. 사람 목숨에 경중은 없다고 해도 아직 미래가 창창한 사람의 죽음은 다른 사람들에게 영향을 더 끼칠 수밖에 없습니다. 또 원고인단이라고 해도 총 스무 명 정도로 소규모라 거의 가족 같은 느낌이었죠. 사망한 여성의 부모님이 침통해하는 모습은 옆에서 보고 있기 버거울 정도였습니다."

"마치다가 조현병 진단을 받았고 검찰은 사건을 불기소 처분했죠. 그 뒤 원고인단의 움직임에 대해서는 변호인단

단장을 맡은 기스기 선생님께 들었습니다."

고소네는 쓴웃음을 지었다.

"고생한 보람이 없었다고 할까요……. 기스기 선생님을 비롯한 변호사분들이 열심히 해 주셨는데 당사자는 병원, 부모는 야반도주를 한 마당에 어쩔 도리가 있었겠습니까? 법적으로 청구권이 있어도 사실상 거의 포기할 수밖에 없다고 깨달았을 때 저희 심정이 어땠는지 변호사님은 모르실 겁니다. 뭐랄까, 살해된 가족의 일생을 짓밟힌 듯한 기분이었습니다."

그때가 떠올랐는지 고소네의 얼굴이 점차 어두워졌다.

"기스기 선생님이 하신 말씀 중에 지금도 잊지 못하는 말이 있습니다. 법은 건강한 자보다는 병든 자를 위해, 부유한 자보다는 빈곤한 자를 위해 있다고 하셨죠. 처음에 그 말을 들었을 때는 '법은 우리 같은 피해자 유족들 편이구나'라고 생각했지만 막상 뚜껑을 열어 보니 마치다는 정신병을 앓고 있어 죄를 물을 수 없었고 그 부모는 거액의 손해 배상금을 한 푼도 내지 않고 야반도주를 해 버렸습니다. 법은 결국 마치다 가족의 편이었던 셈이니 참 아이러니한 이야기죠."

지금껏 온화해 보이던 고소네가 갑자기 험악하게 입술을 일그러뜨렸다.

"혹시 피해자 중에 나루사와 사키코 씨라는 분이 있었던 걸 기억하십니까? 당시 나이가 예순이 넘은 분으로 마치다의 칼에 목숨을 잃었습니다."

"네. 아주 잘 기억합니다. 남편분 성함이 아마 다쿠마 씨였죠. 오랜 세월 함께 살아온 아내를 잃어서 그런지 불같이 화를 내던 모습이 지금도 눈에 선하네요. 평소에는 신사 같지만 화를 낼 때는 무서운 분이셨습니다."

"나루사와 다쿠마 씨가 돌아가셨다는 건 아십니까?"

"7월이었나요? 집에서 시신으로 발견됐고 얼마 안 돼 재혼한 상대가 체포됐다죠? 지금도 가끔 원고인단끼리 연락을 주고받는데 그때 듣고 알았습니다. 부인이 그런 식으로 세상을 떴는데 이번에는 남편까지……. 진짜 해도 해도 너무한 세상입니다. 이런 걸 보면 정말 신이 존재하는 건가 싶습니다."

"나루사와 다쿠마 씨는 아내를 잃고 몹시 분노했지만 그런데도 원고인단에는 참가하지 않았다고 들었습니다."

"네. 당시에는 저도 놀랐지만 기스기 선생님은 이해가 된다고 하셨죠."

"평범한 가족이 일곱 집안의 손해 배상금을 낼 수 있을 리 만무하다. 판결이 나와도 돈을 받지 못할 테니 참가할 의미가 없다. 그렇게 말씀하셨다고 들었습니다."

"큰 틀에서는 그랬죠. 나루사와 씨는 오직 아내만을 생각하는 매우 이성적인 분이셔서 기스기 선생님도 끈질기게 권하지는 못했습니다. 하지만 변호사님이 아시는 것과는 조금 다릅니다."

"어떻게 다르죠?"

"민사 재판에 승소해도 의미가 없으니 원고인단에 참가하지 않겠다. 그것만 들으면 참으로 나루사와 씨다운 이성적인 판단이라 할 수 있습니다. 기스기 선생님이 이해하신 것도 바로 그 이성적인 부분이지만 인간이 오로지 이성만으로 움직이지는 않으니까요. 그 신사적인 나루사와 씨에게도 감정이라는 게 있었는데 기스기 선생님이 못 보셨을 뿐입니다."

"고소네 씨는 보셨습니까?"

"원고인단을 결정하기 전에 피해자 모임에서 자주 대화를 나눴습니다. 나루사와 씨가 저를 꼭 가족처럼 대해 주셨죠. 그쪽도 아무래도 절 아들처럼 느끼지 않으셨을까요?"

고소네의 표정이 당시를 회상하는 것처럼 온화해졌다. 그러나 아주 짧은 순간이었다.

"나루사와 씨는 분명 평소에는 이성적으로 움직이는 분

이셨습니다. 사람들 앞에서는 냉정하고 침착한 모습만 보이고 절대 큰소리를 내지 않으셨죠. 그러나 그만큼 억눌러 온 감정이란 게 있습니다. 나루사와 씨와 딱 한 번 술자리를 가진 적이 있는데, 취기가 돌자 그분은 아내와의 추억을 주절주절 이야기하시다가 마지막에 마치다에 대한 원망을 입에 담으시더군요. 마치다를 떠올릴 때마다 눈에서 피눈물이 나올 것 같다고 하셨습니다."

"그렇게 마치다를 증오하면서도 원고인단에 참가하지 않은 건 조금 모순되는 것 같은데요."

"아뇨. 나루사와 씨라면 하나도 모순되지 않습니다. 재판을 하려면 온갖 수고와 정신력을 들여야 하죠. 그렇게 하는데도 단돈 1엔도 떨어지지 않는다면 차라리 재판 따위 하지 않고 증오를 가슴에 영원히 품는 게 아내에 대한 예의인 것 같다고 그분은 말씀하셨습니다."

원망과 분노를 해소하지 않은 채 줄곧 가슴속에 묻어 둔다. 고인을 잊지 않는 수단으로는 효과적일 것이다. 그러나 그야말로 건전한지 못한 방법인 것만은 부정할 수 없다. 증오는 인간을 속에서부터 갉아먹는다.

"결국 민사 재판에 이겼지만 결말은 나루사와 씨가 예언한 대로 돼 버렸습니다. 아니, 예언이 들어맞은 건 그뿐만이 아니라 재판을 마친 원고인단들이 대부분 지쳐 버렸죠. 그러면서 자연스럽게 마치다 가족을 향한 분노도 반감되고 만 겁니다. 그래서 전 깨달았습니다. 누군가를 계속해서 증오하는 데도 그만한 에너지가 필요하다는 것을요. 기스기 선생님께는 죄송하지만 원고인단과 변호인단이 한 일은 결국 헛수고였고, 헛수고였으니 더 기진맥진한 겁니다."

고소네는 살짝 숙이고 있던 고개를 천천히 들었다.

"물론 제가 이런 말을 하는 게 피해 의식이라는 건 알지만, 일본 법률은 역시 이상합니다. 형법 제39조든 소년법이든 전부요. 아무리 정신병을 앓는 인간이어도 저지른 죄는 똑같지 않습니까? 다른 사람을 죽이면 극형에 처하는 게 마땅하죠. 그런 인간을 특별 대우 하고 있으니 저 같은 피해자 유족들이 괴로워지는 겁니다. 그때 마치다가 정당한 재판을 통해 사형만 받았어도 쓸데없이 민사 재판을 하거나 해서 원고인단이 지쳐 쓰러지지도 않았을 겁니다. 전 지금도 마치다 가족을 증오하는 만큼 일본 법률을 증오하고 있습니다. 저뿐만이 아니라 원고인단분들, 그리고 나루사와 다쿠마 씨도 마찬가지였을 겁니다."

고소네가 미코시바의 정체를 알면서 이야기한다고 보기는 어렵지만 그가 지탄하는 대상은 그야말로 미코시바 같은 인간이었다.

"저희 아버지도 나루사와 사키코 씨도 평범한 피해자가
아닙니다. 두 사람은 마치다에게 한 번, 그리고 법률에 의해
두 번 살해됐습니다."

일부러 강한 어조로 말하는 것 같지는 않다. 범죄 피해자
와 유족의 본심일 것이다.

그러나 고소네의 견해는 편향적이기도 하다. 이 남자는
법률로 형 집행을 면한 자에게 법이 아닌 다른 재판과 처벌
이 기다리고 있다는 것을 모른다. 아니, 알려고도 하지 않을
것이다. 안다면 가해자를 향한 증오가 줄어들 것을 본능적
으로 느끼기 때문이다.

미코시바는 고소네의 사무소를 나와 유시마로 향했다.

유시마는 유명 신사인 유시마텐진이 있는 곳인데 1번지
에 도쿄 의과 치과 대학 부속 병원, 옆에는 준텐도 병원과
도쿄 대학 병원이 있어 의료 관련 기업들이 밀집해 있다. 미
코시바가 지금 가는 곳도 의료 관련 기업 중 하나였다.

빌딩이 늘어선 곳에서 미코시바는 유독 멋들어진 건물
앞에서 발걸음을 멈췄다. 목적지인 '우지이에 감정 센터'는
이곳 2층에 있다.

의료 관련 기업답게 연구실 내부는 청결했다. 안에 들어가자 공기 청정기가 돌아가는 소리가 희미하게 들렸다.

가운데에 있는 책상에서는 직원 몇 명이 저마다 감정 작업에 몰두하고 있어서 미코시바 쪽을 돌아보지도 않았다. 혈액 검사와 필적 감정, 약품 분석, 지문 감정. 개중에는 언뜻 보기만 해서는 무슨 검사인지 가늠도 되지 않는 작업을 하는 이도 있다.

이곳은 일반 기업이라기보다 연구원 집단 같은 분위기지만 미코시바는 이런 분위기를 싫어하지 않았다. 어디든 전문가 집단은 외부인을 꺼리는 배타성을 풍기는 한편 신뢰감을 준다.

"오, 선생님. 어서 오십시오."

연구실 안쪽에서 소장 우지이에 교타로가 모습을 드러냈다. 그는 평소에 머리카락을 뒤로 묶고 다닌다. 본인 말로는 실내에 머리카락이 떨어지지 않기 위해서라고 하지만 과연 효과가 있을까.

"오늘도 감정을 의뢰하려고 찾아뵀습니다."

법정 전략을 고려하면 검찰이 제시한 증거는 법원을 통해 경시청 과학 수사 연구소에 감정을 의뢰하는 게 좋다. 검찰과 같은 계통의 연구 기관에서 감정을 받으면 그만큼 설득력도 늘어난다.

그러나 미코시바는 검찰이 전혀 모르는 증거만은 우지이에에게 감정을 의뢰한다. 우지이에는 과학 수사 연구소에서 장래를 촉망받았는데도 승진을 거부 후 퇴직해 그대로 민간 과학 수사 감정소를 설립한 괴짜다. 반 권력과 반 조직을 부르짖는 사람 중에는 자신의 능력 부족을 남 탓으로 돌리는 사람이 적지 않지만, 우지이에의 유능함은 미코시바도 인정하고 있다. 특히 신속한 감정이 장점인데 과학 수사 연구소가 사흘 걸리는 감정을 하루 안에 끝마친다. 수하에 있는 직원들이 우수한 덕이기도 하겠지만 우지이에의 지식과 지휘가 없으면 불가능한 일이다.

"어떤 거죠? 볼 수 있을까요?"

궁금해하는 우지이에에게 미코시바는 가방 안에 있는 물건을 꺼내 보였다. 비닐봉지 안에 든 것은 얼마 전 입수한 나무 조각이다. 그리고 첨부 자료인 나무 조각이 쓰인 현장 사진 한 장.

"언뜻 보기에 노송나무 같네요."

"맞습니다."

"그것도 오래된 거군요. 건축재로 쓰인 지 20년은 넘었을 것 같은데요."

"확인하지는 않았지만 아마 그 정도는 지났을 겁니다."

"그래서, 뭘 감정하면 되는 거죠?"

"나무가 무게를 얼마나 견디는지 알고 싶습니다."

미코시바가 원하는 것을 말하자 우지이에는 군말 없이 감정을 받아들였다.

"결과는 언제까지 알려 드리면 될까요?"

"다음 공판이 바로 사흘 앞으로 다가왔습니다."

"그럼 내일까지군요. 어떻게든 해 보죠. 마침 어제 의뢰받은 컴퓨터 데이터 해독도 끝난 참이니까요."

"감사합니다. 우지이에 소장님이 감정해 주신다면 저는 아무 고민 없이 변호에 집중할 수 있습니다."

"과분한 말씀입니다."

우지이에는 별 관심 없다는 듯이 대답했다.

"선생님은 매번 제게 감정을 의뢰하시죠. 신뢰 관계에 있는 이상 과분한 칭찬은 오히려 일에 좋지 않은 영향을 끼칠 수 있습니다."

우지이에가 경시청을 뛰쳐나온 이유 중 하나도 바로 그 것이다. 조직에 있으면서 남의 평가를 신경 쓰지 않고 멋대로 행동하는 자는 얼마 안 돼 조직 안에서 붕 뜬 존재가 된다. 그럼 알아서 궤도를 수정하면 될 텐데 그런 기특함을 지니지 못한 사람은 계속해서 두드러진다. 그리고 주변 사람들과의 충돌과 자기만족 사이를 오가며 조금씩 조직에서 이탈해 간다. 미코시바 또한 그런 괴짜 중 한 명이니 우지이에의 심정을 일정 부분 이해했다.

"이곳의 감정 실력이 과학 수사 연구소와 동등하거나 그 이상이라고 보니까 부탁드리는 겁니다."

"도움이 되어 기쁠 따름입니다. 그보다 선생님, 그때 주신 컴퓨터는 오늘 안에 반납할 수 있을 것 같네요."

"뭔가 나왔습니까?"

미코시바가 우지이에에게 의뢰한 것은 삭제된 웹페이지 열람 이력 복원이었다. 컴퓨터 소유자가 그 사이트를 방문한 것을 증명하면 변호 재료 중 하나를 얻을 수 있다.

"과거 1년간 열람 이력이 이겁니다."

우지이에는 최신순으로 정렬된 웹페이지 목록을 내밀었다. 위에서부터 읽어 보니 평범한 사이트들이 적혀 있다.

열람 사이트 목록은 도서관과 비슷하다. 어떤 사이트를 얼마나 자주 방문하고 무엇을 검색했는지에 따라 본인의 취향과 기호를 알 수 있다. 공공 도서관의 도서 대여 이력이 개인 정보 보호법으로 보호받는 것도 그런 이유다.

타인의 웹페이지 열람 이력을 엿보는 것은 바꿔 말해 그 인물의 사상, 신조, 취미, 기호, 성향을 훔쳐보는 것과 같은 뜻이다. 언젠가는 이런 행위도 법률로 규제받게 될 것이다.

우지이에가 준 목록을 보다가 잠시 후 신경 쓰이는 부분이 미코시바에 눈에 들어왔다.

'소년 범죄 닷컴' 사이트의 9페이지.

미코시바도 여러 번 들어가 본 사이트여서 실제 접속해 보지 않아도 알 수 있었다.

이 9페이지에는 예전 '시체 배달부' 소노베 신이치로의 얼굴 사진이 실려 있을 터다.

지금은 사법 관계자를 비롯한 많은 이들이 미코시바의 출신을 알지만 아직 일반에 널리 알려진 것은 아니다. 스스로 자랑스럽게 떠벌리고 다닐 이야기도 아니니 지금껏 언급하지 않았지만 우지이에는 과연 미코시바의 정체를 알고 있을까. 미코시바는 우지이에의 얼굴을 살폈지만 감정까지 읽을 수는 없었다.

"이건 유용한 변호 재료가 될 것 같습니다."

"다행이군요."

"그런데 소장님은 신경 과학에 대해서도 잘 아십니까? 특히 기질 유전에 대해."

우지이에를 도발하거나 조롱할 생각은 없었다. 그저 직업상 협력 관계에 있는 우지이에의 속마음과 인식을 알아 두고 싶었다.

"신경 과학이라면 대학원 시절 조금 배운 적이 있습니다. 당시에는 그냥 흥미 위주였지만 과학 수사 연구소 연수 시절에도 대략적인 것들은 배웠죠. 자, 일단 앉으시죠."

우지이에는 근처에 있는 의자에 앉더니 미코시바에게도 앉기를 권했다.

"서양에서는 이미 자질 유전을 연구한 지 상당히 오래됐습니다. 다만 예전에는 인습과 종교적 관점에 사로잡힌 편견 섞인 학설이 적지 않았죠. 그러니 오래됐으면서도 새로운 학문이라고 할 수 있을 겁니다."

"지금도 연구는 이어지고 있습니까?"

"물론 호들갑스럽게 간판을 내건 연구 기관은 많지 않습니다. 어쨌든 인간 뇌에 관한 연구이기도 해서 실험을 자주 할 수 없기도 하고요. 다만 요즘은 통계학적 관점에서 접근하는 움직임이 있죠. 이를테면 영국에서는 5천 쌍의 쌍둥이를 대상으로 한 반사회적 경향의 유전율 조사가 이뤄지고 있습니다. 또 미국에서는 사이코패스로 추측되는 죄수들을 대상으로 유전과 생활환경 중 어느 것이 반사회적 경향에 영향을 미쳤는지 통계를 내고 있고요."

"생활환경이라는 건 주로 어떤 걸 말하죠?"

"가족에게서 학대를 당하는 등의 가정환경, 또는 빈곤 등의 사회환경이지요. 슬프게도 이 두 가지 외부 요인은 범죄성향과 떼려야 뗄 수 없으니까요."

미코시바는 자신의 과거를 떠올렸다. 소노베 집안은 중산층 가정으로 빈곤하다고 할 정도는 아니었고 또 겐조와 이쿠미에게 심한 폭력을 당한 기억도 없다.

"다만 개인적으로는 통계학으로 접근하는 건 별로 효율적이지 않다고 봅니다. 왜냐하면 지금 예시로 든 연구들은 대상을 사이코패스 또는 범죄 경향이 강한 그룹에 한정하고 있기 때문이죠. 통계는 조사 대상의 분모가 크면 클수록, 그리고 각각의 속성이 다양할수록 정확해지는 법이니 한정된 집단, 특수한 성향을 지닌 집단을 분모로 하면 오류가 생길 수밖에 없습니다."

"하지만 우지이에 소장님. 현실적으로 아무리 범죄자라 해도 살아 있는 인간의 두뇌를 검사하기는 어렵지 않겠습니까?"

"지금은 CT(컴퓨터 단층 촬영)나 MRI(핵자기 공명 장치) 같은 진단법이 있어서 어느 정도 분석은 가능합니다. 어떤 신경과학 연구자에 따르면 사이코패스, 연쇄 살인범이라고 불리는 죄수들의 뇌를 분석한 결과 그들의 뇌 측두엽 내부에 손상이 보이는 공통점이 나타났다고 합니다. 이 손상은 폭력 유전자라고 불리는 MAO-A 유전자에서 유래된 것이 아닐까 하는 게 그 연구자의 가설입니다. 여기까지는 이해하시겠죠?"

"네."

"이 MAO-A 유전자라는 건 X 염색체에 있어서 모계 쪽으로만 유전됩니다. 이 가설의 특출한 점이 바로 이 부분이죠. 여성은 X 염색체를 아버지와 어머니 양쪽에게서 하나씩 물려받지만, 남성은 어머니에게서만 물려받죠. 이것이 사이코패스나 흉악한 성격을 지닌 이들이 대체로 남성이라는 방증도 되는 셈입니다."

우지이에의 설명은 알기 쉽지만 가차 없이 가슴을 파고들었다. 그가 입에 담은 가설이라면 '시체 배달부'의 어머니 이쿠미 또한 살인자의 기질을 속에 품고 있다는 뜻이 되기 때문이다.

"그러나 저는 이 가설에도 의문을 제기합니다. 왜냐면 MAO-A 유전자의 성질이 생물학적으로 실증된 게 아니고, 또 이 가설을 채택하면 사이코패스로 범죄 역사상 이름을 남긴 이들의 어머니에게도 의혹의 눈길을 돌려야 하는데 그 어머니들 역시 사이코패스나 폭력적인 인간이었다는 사실은 지금껏 확인되지 않았으니까요. 뇌 피질과 손상에 대한 고찰이니 꼭 정당한 가설 같지만 애초에 측두엽 안쪽 손상이 선천적이라는 것 또한 증명되지 않았습니다."

"증명할 수 없는 게 많군요."

"그리고 그전에 이런 유전에서 유래하는 가설들은 현대 사회를 살아가는 사람들의 사고방식에 적합하지 않습니다. 만약 이런 가설을 범죄 예방에 채택하려고 한다면 우생학 편향이라는 비판을 피할 수 없을 테니까요. 이건 사견입니다만 역사상 예로부터 유전과 범죄를 연관 짓는 가설이나 학설이 유행하는 시기가 일정 주기로 나타납니다. 게다가 꼭 사회 정치적인 면에서 불안정한 상황이 증폭될 때에 한정해서 발생하죠. 왜인지 아십니까?"

"글쎄요."

"일종의 악의적인 선동 같은 것이기 때문이라고 저는 이해하고 있습니다. 인간의 기질이나 행동 양식을 유전과 외부 요인만으로 규정하는 건 매우 간단한 일입니다. 그러나 때에 따라 단순명쾌한 이야기는 조심스럽게 들을 필요가 있죠. 음모론을 펼칠 마음은 털끝만큼도 없지만 모든 인간이 손쉽게 이해할 만한 단순명쾌한 이야기일수록 어떤 목적을 지닌 단체나 세력이 이용하는 경우가 많기도 하고요. 그리고 저도 늘 경계하는 건데 인간은 원래 자신의 지식수준 안에서만 모든 것을 판단합니다."

"그건 그렇지만……."

"어떤 자연조건이 겹쳐져 진공 상태가 만들어지고 그 안에 손을 집어넣으면 피도 나지 않고 손가락이 잘려 버리는 현상. 과학 지식이 없던 시절에는 그것을 '가마이타치'라고 부르는 요괴의 소행으로 인식했습니다. 범죄 성향과 유전의 인과 관계도 비슷하다고 생각하지 않으십니까?"

우지이에의 목소리는 조용하면서도 흔들림 없는 신념과 이성이 느껴졌다. 그래서 미코시바는 문득 묻고 싶어졌다.

"그럼 우지이에 소장님은 범죄 기질의 유전을 어떻게 생각하시는 겁니까?"

"그저 편견일 뿐이죠." 우지이에는 망설임 없이 대답했다. "부전자전이라는 사자성어가 있는 반면 개천에서 용 난다는 속담도 있습니다. 어떤 유전자를 지니고 어떤 환경에서 어떤 교육을 받으면 이런 인간으로 자란다. 그런 법칙이 있고 사람들이 그걸 안다면 전 세계와 나라, 집안에서는 쓸데없는 불화가 생기지 않겠죠. 경찰과 법원도 필요 없어질 겁니다. 그러나 현실에서는 가난한 집안에서 천재가 태어나고 부유한 집안에서 인간쓰레기가 대량 생산되고 있습니다. 여성 죄수의 아이 중에는 품행이 올바른 아이도 많고 뇌에 손상이 있어도 범죄 성향이 강한 사람은 일부입니다. 그러니까 말이죠, 미코시바 선생님." 우지이에의 눈빛이 순간 온화해졌다. "선생님이 두려워하실 이유는 전혀 없습니다."

미코시바는 감정 결과 보고서를 받아 들고 연구실을 나갔다. 이미 해가 저문 유시마에는 고요한 술렁거림이 떠돌고 있다.

그저 감정 결과서를 받으려고 우지이에의 연구소를 찾았지만 생각지도 못하게 자신의 출신을 깊이 생각하는 계기가 됐다.

우지이에는 미코시바의 출신을 알면서 자신의 지론을 펼친 게 분명해 보였다. 그 지론이 우지이에의 진심인지 그저 생각나는 대로 지껄인 말인지는 알 수 없지만 미코시바에게 전하려는 의도만은 명백했다.

변호사회의 다니자키든 우지이에든 내 주변에 있는 괴짜들은 왜 나를 편들어 주는 걸까.

고맙기도 하지만 난처하기도 했다.

3

11월 12일 세 번째 공판.

미코시바는 802호 법정에 들어가자마자 기이한 분위기를 느꼈다. 아직 이쿠미도 나타나지 않았는데 방청석이 벌써 웅성거리고 있다. 그들의 표정을 언뜻 보니 대다수가 보도 관계자임을 알 수 있다. 매번 그래 왔듯 아르바이트를 고용해 방청권을 얻어서 몰려왔을 것이다. 다만 그 비율이 지난 공판보다 늘었다.

이유는 쉽게 가늠해 볼 수 있다. 지난 공판에서 마키노가 29년 전 사건을 언급했기 때문이다. 자살인지 타살인지가 쟁점인 재판에서 보험금을 노리는 상습 살인범이라는 새 연료가 투하되자 급격히 관심이 높아졌다. 최근 2주간의 언론 대응을 봐도 명백했다.

사법 기자들의 논조가 대체로 신중한 데 반해 잡지나 TV 보도는 지나치게 선정적이었다. 스포츠 신문, 주간지, TV 시사 프로그램은 이쿠미가 희대의 악녀인 것처럼 묘사하며 판매 부수와 시청률을 차근차근 올려 왔다.

다행히 이쿠미의 예전 성과 출신을 검찰이 공개하지 않은 덕에 29년 전 사건을 '시체 배달부'와 연관 짓는 기사는 하나도 없었다. 그러나 인터넷상에는 아직도 소노베 신이치로의 프로필이 실린 사이트, 사건 이후 가해자 가족의 삶을 추적하는 저속한 사이트가 버젓이 운영되고 있으니 눈치 빠른 한량들이 미코시바와 이쿠미의 관계를 의심하는 것은 시간문제다.

검찰이 피고인과 변호인의 관계에 대해 함구령을 내린 것은 눈물샘을 자극하는 이야기가 세간의 평가를 뒤집는 상황을 경계하기 때문이다. 어머니에게 씌워진 혐의를 지워 무죄를 얻어 내려는 예전 범죄 소년. 대중의 감정을 자극할 만한 이야기고 여론에 좌우되기 쉬운 배심원들의 심증에 영향을 끼칠 수 있다고 판단했을 것이다.

그러나 전혀 다르게 해석하는 사람도 있었다. 살인자의 기질은 유전된다는 편견이 현실과 인터넷 양쪽 세계에 떠돌고 있는 것이다. 며칠 전 우지이에가 설명했듯이 현대 사회에 걸맞지 않은 가설이지만 여전히 연구도 진행 중이다. 아직 검증이 필요해 학설로 성립되지 않은 수상쩍은 가설이어도 우생학적 사고를 견지하는 인간은 늘 어느 정도 존재하고 또 인간들은 대부분 편견을 아주 좋아한다. 만약 집안 계보로 사이코패스나 연쇄 살인범을 특정할 수 있다고 하면 군침을 흘리며 조사를 찬성할 것이 분명하다.

선정된 여섯 명의 배심원은 사전에 사회적 편견을 버리고 심리에 임하라는 충고를 듣는다. 그러나 그들도 평범한 인간이다. 자신들과 살인범 사이를 규정지을 알기 쉬운 근거가 있으면 대번에 호기심을 드러낼 것이다. 자신에게 살인자 기질이 있을 가능성을 절대 인정하고 싶지 않기 때문이다.

살인자의 기질이 유전된다는 선입견을 지니면 '시체 배달부'를 아들로 둔 이쿠미 역시 살인자 기질을 지녔다고 결론 내릴 가능성이 있다. 그러면 변호 측에 매우 불리해진다.

어쨌든 지금 단계에서 미코시바와 이쿠미의 관계가 아직 밝혀지지 않은 건 다행이다. 그 사실만큼은 검찰과 법원의 배려에 감사해야 할 것이다. 이제는 이 요란한 화젯거리를 어느 쪽이 어떤 타이밍에 먼저 꺼내는지에 달렸다.

방청석에는 아즈사의 얼굴도 보였다. 여전히 무뚝뚝한 얼굴로 이쪽을 노려보고 있다. 표정이 어두운 건 이쿠미의 운명을 하필 미코시바에게 맡길 수밖에 없는 현실에 대한 초조함 때문일 것이다. 잠자코 지켜보기만을 바랄 뿐이다.

얼마 후 마키노가 나타났다. 얼굴에 아직 앳된 기운이 있지만 법정 안에서의 행동은 냉정하고 침착한 데다 가끔은 교활하기까지 하다. 첫 공판 이후 조사해 보니 '배지를 단

법리학자' 누카다 준지 검사 밑에서 배웠다고 한다. 빈틈없는 변론을 누카다에게 배웠다고 생각하면 이해가 됐다.

마키노는 미코시바를 힐끗 한번 보기만 하고 곧장 자리에 앉았다. 얼굴에서 감정이 읽히지 않고 소노베 겐조 사건 조사에 진전이 있었는지도 알 수 없다.

후쿠오카 현경의 도모하라가 수사 진척 상황을 일일이 마키노에게 보고했을 것은 상상하기 어렵지 않다. 끈질겨 보이는 남자였으니 늙은 몸을 채찍질하며 약삭빠르게 29년 전 사건을 파헤치고 있을 것이다.

그러나 미코시바가 전에 레이조지를 찾아갔을 때도 이렇다 할 정보는 나오지 않았다. 29년이라는 세월은 형태가 있는 것들은 물론 인간의 기억까지 앗아가 버렸다. 어지간한 행운이 찾아오지 않는 이상 그 늙은 개가 새로운 재료를 물고 올 가능성은 낮다.

이번 공판에서 가장 성가신 것은 바로 미코시바가 잊고 있던 과거 사건이다. 소노베 겐조의 죽음의 진실은 무엇인가. 만약 이쿠미가 보험금을 노리고 계획 살인을 저질렀다면 판사와 배심원의 이쿠미에 대한 심증은 최악으로 떨어진다. 현재 남아 있는 물증이 없고 범행 자체를 증명할 수 없어도 검찰 측 인상 조작에 활용되면 효과는 마찬가지다.

어떻게 되든 변호인이 불리해질 수밖에 없다.

그때 교도관과 함께 이쿠미가 법정에 들어왔다. 방청인의
시선을 한 몸에 받는 그녀의 표정이 굳어 있다. 면회실에서
본 것과는 다른 얼굴인데 청중이 있는지 없는지에 따라 표
정이 바뀌는 건 미코시바와 조금도 닮지 않았다.

흥, 뭐가 어머니 유래의 MAO-A 유전자란 말인가.

옆을 지나칠 때 이쿠미는 미코시바에게 눈길을 보냈다.
겐조를 비겁한 인간이라고 한 것을 아직도 마음에 두고 있
는지 불안한 표정에 비난의 기운이 서려 있다. 미코시바는
피고인석에 앉을 거면 어머니로서의 감정은 얼굴에 드러내
지 말라고 충고해 주고 싶었지만 곧장 마음을 고쳤다.

변호해야 할 사람이 정말로 범인인지 아닌지는 중요하지
않다. 변호인의 역할은 오로지 의뢰인의 이익을 지키는 것
이다. 이번 안건도 예외는 아니다. 이쿠미가 나루사와 다쿠
마를 정말 살해했는지보다 판사와 배심원들이 이쿠미에게
유죄 판결을 내리지 못하게 하는 게 변론의 목적이다.

사적인 감정은 금물이다. 재판 진행에 지장을 주지 않는
한 이쿠미가 울든 아우성을 치든 알 바 아니다.

마지막으로 난조를 비롯한 판사 세 명과 배심원 여섯 명
이 법정에 들어왔다.

"모두 자리에서 일어나 주십시오."

여섯 명의 배심원은 법정에 들어오자마자 피고인석에 호기심 어린 눈빛을 보냈다. 지난 공판에서 마키노가 폭로한 과거 이야기에 관심을 감추지 못하고 있다. 40대 주부로 보이는 여자는 노골적으로 혐오하는 표정까지 지어 보였다. 아니, 그녀뿐만이 아니다. 20대 회사원풍의 여자는 이쿠미를 계속 흘끔거리고 있고, 남자 네 명은 피해자에게 감정 이입이라도 한 것처럼 두려워하는 모습이다. '시체 배달부'의 어머니라는 사실에 보험금을 노리고 상습적으로 남편을 살해해 온 여자라는 항목이 추가됐으니 이런 반응도 고개를 끄덕일 만하다. 인간의 행위를 재판하는 처지인데도 저속함이 얼굴에 고스란히 드러나 미코시바는 냉소했다. 사법이 무엇인지 알지 못하고 그저 무작위로 선별돼 재판관석에 앉는 것도 문제라면 문제지만, 이토록 감정을 드러내는 배심원들이라면 나의 허세나 연출에도 반응해 줄 것이다. 다루기 쉬운 배심원이 모였다는 건 오히려 감사할 일이다.

방심할 수 없는 상대는 판사들이다. 특히 재판장을 맡은 난조.

재판이 총 아홉 명의 합의제라고 해도 재판장의 발언과 의미심장한 암시가 다른 여덟 명의 발언과 동등하게 취급되지는 않는다. 바꿔 말해 난조의 심증만 뒤집으면 변호 측에도 승산이 있다는 뜻이다.

쟁점이 적은 사안이니 공판이 연장되지는 않을 것이다. 흉기로 쓰인 갑 5호증 밧줄을 변증할 기회도 이번이 마지막이다.

이번 재판이 핵심이다. 미코시바는 스스로를 그렇게 다그쳤다.

난조가 자리에 앉기를 기다렸다가 서기관이 방청인들을 착석시켰다.

"개정. 2015년 (와) 제732호 사건의 심리에 들어가겠습니다. 우선 검사. 지난번 피고인이 과거에도 비슷한 사건을 저질렀을 가능성에 대해 증거를 조사하는 중이라고 했는데요. 결론이 나왔습니까?"

"29년 전 사건인 만큼 조사하는 데 시간이 들어서요."

공판이 시작된 이래 처음으로 마키노의 입에서 어정쩡한 발언이 나왔다. 미코시바가 예상한 대로 도모하라의 재수사가 암초를 맞닥뜨렸다는 뜻이다.

"아직 입증하지 못한 것으로 받아들여도 될까요?"

"조금만 더 시간을 주셨으면 합니다."

지금이다. 최대의 걱정거리, 가장 성가신 재료를 공판에서 제거해 버릴 기회는 지금밖에 없다.

"재판장님."

"네, 변호인. 말씀하세요."

"검찰이 29년 전 사건에 심리 시간을 할당하는 데 이의를 제기합니다."

"이의 말인가요?"

"검찰이 29년 전 사건이라고 부르는 사건은 저도 알고 있습니다. 피고인의 전남편은 1986년 9월 14일 자살, 시신으로 발견됐습니다. 만약 살인죄를 적용하면 2004년 12월 공표된 형사 소송법 개정, 또한 2010년에 공표, 시행 중인 개정 형사 소송법에 비춰도 공소 시효가 성립합니다. 따라서 현재 계쟁 중인 안건에는 아무런 영향을 미치지 못합니다."

"잠깐만요, 재판장님." 마키노가 곧장 손을 들었다. "변호인은 검찰의 주장을 잘못 인식하고 있습니다. 검찰은 과거 사건을 이번 사건에 덧씌우는 게 아니라 어디까지나 피고인의 범죄 경향을 논증할 목적입니다."

"아뇨, 재판장님. 이는 공판 진행상 배제되어야 할 사안입니다."

"변호인. 계속하세요."

"한 명을 살해하면 징역형, 두 명 이상을 살해하면 사형

가능성 있음. 소위 나가야마 기준이 사법 관계자들 사이에 채택되는 현실은 차치하고, 피고인은 30년 전에 이미 가족 중에 범죄자가 생겼고 세상의 비난과 피해자 유족의 손해 배상금 청구 때문에 그야말로 집안이 풍비박산된 상태였습니다."

미코시바의 말을 듣고 재판관들과 마키노가 동시에 반응했다. 설마. 예전 '시체 배달부' 본인이 직접 사건을 언급할 줄은 예상도 못 했을 것이다.

물론 고유 명사를 피하고 이야기해서 방청인에게 모든 내용이 전달된 것은 아니다. 재판관들과 마키노 정도만 이해할 수 있도록 아슬아슬하게 설명하고 있다.

"가해자 가족에게 냉혹하고 무자비한 세상의 비난과 배척이 쏟아지는 건 비단 어제오늘 일이 아닙니다. 1986년 당시, 아니 그전에도 엄연히 존재했죠. 게다가 평생에 걸쳐도 다 낼 수 없는 손해 배상금을 청구받은 부부의 심정이 어땠을지는 상상하기 어렵지 않을 겁니다. 29년 전 사건은 그런 상황에서 일어났습니다. 백번 양보해 피고인의 범행이 입증된다고 해도 피고인의 범죄 경향을 뒷받침할 논거는 되지 않습니다."

미코시바는 난조를 지그시 바라봤다. 난조가 지금껏 쓴

판결문을 모두 읽어서 그가 지금도 나가야마 기준을 따를 것으로 추측하고 있다. 따라서 미코시바의 변론은 직접 난조를 향한 것이기도 했다.

"조금 전 검사는 이번 사안에 과거 사건을 덧씌울 의도는 없다고 천명했습니다. 그 말이 맞습니다. 말씀드렸다시피 죄를 따지기 전에 이번 공판에 그 사안을 끌고 오는 것 자체가 불합리한 겁니다. 한 말씀 더 드리자면 일단은 자살로 종결된 사건을 굳이 끄집어내어 몇 가지 공통점이 인정된다는 것만으로 심리를 진행하는 건 불필요하게 피고인의 심증을 좋지 않게 할 목적이라고밖에 생각되지 않습니다."

"재판장님." 마키노가 또다시 손을 들었다. "변호인의 주장은 상상에 기반한 것이고……."

"그럼 검찰은 지금 29년 전 사건이 완전히 해명될 때까지 이 공판을 끝마칠 수 없다고 하는 건가요?"

허가받지 않은 반론이지만 법원과 재판관들의 이익으로도 이어질 이야기라 난조가 넘어가 줄 거라고 예상했다.

그리고 미코시바의 예상대로 난조는 제지하지 않았다.

"졸속 일 처리는 엄히 금해야 하지만 불필요하게 재판을 오래 끌고 가는 건 관계자들의 노력과 예산, 그리고 피고인의 몸과 마음을 의미 없이 소모시킬 뿐입니다. 두 가지 사건은 별개 사안입니다."

미코시바의 변론을 들은 난조는 우배심 히라누마, 좌배심 미타조노와 대화를 주고받았다. 두 사람의 의견을 묻는다기보다 자신의 판단을 확인할 심산일 것이다.

잠시 후 난조는 마키노를 보고 말했다.

"검사. 29년 전 사건에 관해서는 기록에서 삭제하도록 하겠습니다."

"재판장님!"

"그리고 변호인. 변호인은 재판이 장기화될 것을 예상하는 듯하지만 그럼 마찬가지로 아직 해결되지 않은 갑 5호증에 대해 이 자리에서 반론할 수 있습니까?"

교환 조건이라고 해야 할까. 과연 중립과 공정을 내세우는 판사다운 발상이다.

"물론입니다."

난조가 눈을 살짝 크게 떴다.

"반증은 사전에 신청한 증인과 함께할 생각입니다."

그러자 난조는 미심쩍어하는 표정으로 앞에 놓인 서류를 확인했다.

"첫 번째 증인으로 신청한 우지이에라는 분 말인가요?"

"지금부터 시작해도 될까요?"

"그러시죠."

"그럼 부탁합니다."

미코시바의 말을 듣고 서기관이 법정 문을 열었다. 우지이에가 들어오자 그 뒤로 직원 다섯 명이 정체를 알 수 없는 기자재를 들고 따라왔다. 그 모습을 보고 방청인은 물론 재판관들과 마키노도 눈을 휘둥그레 떴다.

"변호인. 이게 대체 뭐죠?"

"지금부터 갑 5호증을 반증할 생각입니다. 우선 증인 인정부터 부탁드리겠습니다. 아, 그사이에도 작업을 계속할 수 있게 해 주십시오."

"……증인은 증언대로."

우지이에가 법정에서 증언하는 건 이번이 처음은 아니다. 그는 겁먹은 기색도 없이 서명 날인한 선서를 낭독했다. 이제 미코시바와 미리 준비한 질문과 답변을 이어 갈 것이다.

"증인. 이름과 직업을 말하세요."

"우지이에 교타로. 32세. 유시마에서 '우지이에 감정 센터'라는 민간 연구소를 운영하고 있습니다."

"그곳에서는 주로 어떤 일을 하죠?"

"경찰의 과학 수사 연구소에서 하는 일과 거의 비슷합니다. 도쿄 지검에는 과거에 몇 번인가 감정 결과를 제출하기도 했으니 확인해 보셔도 됩니다."

"이번 안건에서 무엇을 감정했습니까?"

"갑 5호증이라고 불리는 밧줄을 써서 검찰이 예상한 위장 살인이 가능한지에 대한 것입니다."

두 사람이 대화를 주고받는 동안에도 직원들이 설명서와 눈싸움을 하며 기자재를 조립하고 있다. 미코시바와 우지이에를 제외한 이들은 어안이 벙벙한 얼굴로 그 모습을 지켜봤다.

"재판장님, 이건 법정을 모독하는 행위입니다."

마키노가 항의하며 손을 들었다. 표정에 아직 여유가 묻어나고 있다.

"법정 안에서 공작 시간이라뇨. 지금 당장 중지시켜 주시기를 바랍니다."

"변호인. 설명해 줄 수 있습니까?"

"증인에게 직접 듣기로 하죠. 증인. 지금 저걸 만드는 건 어떤 이유에서입니까?"

"실제로 증명해 보이기 위해서입니다." 우지이에가 태연하게 대답했다.

그들이 조립 중인 것은 시간이 갈수록 두 개의 들보와 두 개의 기둥을 지닌 문 형태가 되었다. 기둥 두 개가 토대에 고정되어 꿈쩍도 하지 않는다.

"이건 시신 발견 현장 일부를 재현한 것으로, 피해자가 매달려 있었다는 상인방을 거의 동일한 조건으로 만든 것입니다. 원래라면 현장에 있는 것을 그대로 가져와야 더 정확하겠지만 구조상 문제의 들보를 제거하기는 어려울 테니 현장에 있는 것과 비슷한 연수의 노송나무를 써서 만들었습니다. 물론 지붕의 무게, 벽의 압력도 현장의 상인방과 똑같이 했고요. 지금부터 사양서를 나눠 드리겠습니다."

서기관이 우지이에가 가방에서 꺼낸 사양서를 재판관과 마키노에게 나눠줬다.

"단 하나, 고리 도르래 장착 부분만은 현장의 들보를 제거해 일부를 빌렸습니다. 그것만은 현물을 쓰지 않으면 신뢰도가 떨어져서요."

미코시바는 잊지 않고 설명을 덧붙였다.

"물론 현장에서의 물건 반출은 건물 상속인인 피고인에게 허가를 받았습니다."

사양서를 훑어보던 난조가 담담히 고개를 끄덕였다. 그럴 만도 하다. 재질과 강도 전부 우지이에가 건축업자와 산업폐기물 업자에게서 조달해 온 재료로 갖춘 것이라 지적할 부분이 없다. 재현 실험으로 이 이상을 원한다면 우지이에가 말한 대로 나루사와 저택 그 자체를 활용할 수밖에 없다.

항의 의견을 낸 마키노도 사양서를 읽고 일단 입을 다물었다. 실험의 재현도가 높을까 봐 걱정하는 게 표정에서 보인다. 그래도 주도권을 빼앗기고 싶지 않은지 그는 한 번 더 저항을 시도했다.

"재판장님. 역시 이건 법정을 모독하는 행위입니다. 법정 안에서 목매다는 실험을 한다고요? 말도 안 됩니다."

"재판장님."

"변호인. 말씀하세요."

"검찰이 기소한 내용은 단 하나의 물증과 수많은 상황 증거로 구성돼 있습니다. 바꿔 말해 대다수가 상상의 산물이라는 뜻이죠. 물론 실제 범행 순간을 목격하는 건 불가능하지만 재현성을 극한까지 끌어 올린 실험은 가능합니다. 그리고 그 검증 결과는 제출된 물증과 동등하거나 또는 그 이상의 설득력이 있다고 할 수 있을 것입니다. 만약 검찰의 주장이 올바르다면 검증 결과도 자연히 검찰의 주장대로 나오지 않을까요?"

반론을 들은 마키노가 또다시 입을 다물었다. 여기서 미코시바의 주장을 반박하면 검찰 측 주장에 스스로 의구심을 품는 거나 마찬가지라는 생각에 이르렀을 것이다.

"검사. 이의를 계속하겠습니까?"

"아뇨. 괜찮습니다." 마키노는 대답하고 입가를 일그러뜨렸다.

마키노는 눈치챘을까. 법정에 대형 기자재를 가져와 실증하는 것은 전에 누카다 검사와 맞선 재판에서도 쓴 수법이다. 아마 누카다에게 이런저런 조언을 들었을 텐데 설마 똑같은 수법으로 당할 줄은 꿈에도 상상 못 했을 것이다.

난조와 마키노 모두 입을 다물었다. 방청석에 앉은 구경꾼들의 얼굴은 대부분 호기심으로 가득 차 있다. 이렇게까지 바람을 잡았으니 이제는 우지이에에게 맡길 차례다.

"증인. 가능하면 설명을 해 가면서 부탁드리겠습니다."

"그러죠." 우지이에는 가방에서 밧줄을 꺼내더니 법정 안에 있는 모두가 볼 수 있도록 높이 들었다. "검찰이 제출한 갑 5호증 밧줄은 '주식회사 일본 로프'가 제조, 판매하는 지름 16밀리미터의 마 밧줄입니다. 지금 제가 같은 제품을 들고 있는데 정확성을 높이기 위해 약품을 침윤시켜 갑 5호증과 동일한 강도를 재현했습니다. 그리고."

우지이에는 설명하면서 조립된 들보를 가리켰다.

"검찰은 위쪽 들보에 고리 도르래를 장착했다고 주장하고 있으니 장착 부분은 현장에서 가져온 것을 사이에 끼워 고정했습니다. 그리고 위장에 쓰였다는 고리 도르래는 '야스다 전공'에서 제조한 형번 M-223 제품으로 이 역시 같은 제조사의 동일 제품을 준비했습니다."

말이 끝나기가 무섭게 우지이에는 준비해 온 사다리 위에 올라가 들보에 고리 도르래를 달았다.

"고리 도르래는 글자 그대로 원하는 곳에 걸기만 하면 쓸 수 있는 간편한 도르래입니다. 장착법도 간단해 걸 수 있는 곳만 있으면 어디든 설치할 수 있죠. 현장 들보에 남아 있던 흔적이라는 건 다시 말해 도르래를 지탱한 지점에 불과합니다."

우지이에가 또다시 위로 치켜든 손가락 사이에는 머리 부분이 원 모양인 나사가 빛나고 있었다.

"이건 철물점에서 흔히 볼 수 있는 아이볼트라는 나사입니다. 실제 범행에 아이볼트가 정말 쓰였는지는 알 수 없지만 핵심은 고리 도르래를 걸 때 쓰는 용도이니 머리 모양이 꼭 원형일 필요는 없다는 겁니다. 중요한 건 나사 부분의 두께와 길이죠. 현장 들보에 남아 있던 흔적은 깊이 32밀리미터, 지름 4밀리미터. 그 치수와 일치하는 게 바로 이 아이볼트입니다."

우지이에는 들보 거의 중앙에 아이볼트를 끝까지 집어넣

고 원형 머리 부분에 도르래를 달았다.

"자, 이로써 무대 장치가 갖춰졌습니다."

우지이에의 말투가 꼭 마술사 같았다. 평범한 법정 안에 서라면 비판을 피할 수 없겠지만 재판장 난조가 흥미진진하게 그 모습을 지켜보고 있으니 허용 범위 안에 든다고 해석해도 될 것이다.

"다음은 실제 이 도르래에 밧줄을 걸어서 사람을 매달면 되는데…… 음, 실례지만 이 안에 몸무게가 59킬로그램 정도 되는 분 계십니까?"

우지이에는 법정 안에 모인 이들을 향해 외쳤다. 저마다 남들을 힐끔거리기만 할 때 잠시 후 누군가가 마지못한 듯이 손을 들었다.

마키노였다.

"제 몸무게가 아마 59킬로그램 정도 될 겁니다."

"그럼 수고스럽겠지만 실험에 참가해 주시겠습니까? 기록을 보니 피해자의 몸무게는 59.4킬로그램. 검사님과 비슷한 수치네요."

"저를 허공에 매다는 겁니까?"

"튼튼한 안전망을 준비해 뒀습니다. 검찰 측 주장을 입증할 수 있는 둘도 없는 기회입니다."

겁먹은 기색이라고는 없는 우지이에의 말솜씨는 그를 연구자로 두기에 아까울 정도다. 검찰의 이익이 될 기회인 만큼 마키노는 반론의 여지도 없이 눈썹을 꿈틀거리며 순순히 고개를 끄덕였다.

"만약을 대비해 정확도를 좀 더 높이도록 하죠."

우지이에의 주도면밀한 모습에 미코시바도 혀를 내둘렀다. 그는 가방에서 디지털 체중계를 꺼내더니 마키노를 올라서게 했다.

"흠, 59.1킬로그램. 300그램 부족하기는 하네요." 우지이에는 이번에는 가방에서 저울추를 꺼냈다. "이걸 주머니 같은 곳에 넣어 주십시오."

그리고 다시 한번 몸무게를 재자 눈금이 정확히 59.4킬로그램을 가리켰다.

"오케이. 자, 그럼 부탁드립니다."

우지이에는 밧줄 끝을 원형으로 만들었다. 여유롭게 머리가 들어갈 정도의 크기로 매듭지어서 그 이상 밧줄이 좁혀들 리는 없다. 우지이에는 원 부분을 마키노에게 들게 하고 다른 쪽 끝을 상인방에 갖다 댔다.

"처음에는 평범하게 상인방에 매달아 보겠습니다. 즉 위장이 아닌 자살을 상정한 실험입니다. 그럼 검사님, 수고스럽겠지만 밧줄에 목을 매달아 주십시오."

지시받은 마키노는 요란하게 탄식을 한번 내쉬더니 사다리를 올라가 허공에 흔들리는 밧줄 고리에 머리를 집어넣었다.

"그럼 부탁합니다."

마키노는 밧줄과 목 사이에 양손을 집어넣더니 사다리를 걷어찼다. 순간 몸이 앞뒤로 흔들렸지만 들보와 기둥은 꿈쩍도 하지 않는다. 움직임이 멈춰도 상인방에는 아무 변화도 없었다.

"자, 됐습니다. 이로써 몸무게 59킬로그램인 인간이 매달려도 상인방이 충분히 무게를 견딜 수 있다는 게 증명됐습니다. 그럼 이 결과를 바탕으로 두 번째 실험으로 옮겨 가겠습니다."

"아직 더 남았습니까? 지금 실험으로 상인방과 밧줄이 무게를 견딘다는 게 증명되지 않았나요?"

"조금만 더 수고를 부탁드립니다."

우지이에는 다음으로 밧줄을 상인방에서 풀더니 밧줄 끝을 도르래에 집어넣고 양손으로 들었다.

"이번에는 도르래를 써서 매달려 보겠습니다. 검사님, 머리를 원 안에 집어넣고 바닥에 누워 기다려 주십시오."

마키노는 조용히 투덜거리면서도 순순히 지시에 따라 원 모양 밧줄 안에 손을 집어넣고 봉처럼 몸을 옆으로 눕혔다. 바닥에는 작은 매트리스가 깔렸는데 아무래도 우지이에가 말하는 안전망인 듯하다.

"그럼 시작하겠습니다."

그렇게 운을 떼고 우지이에가 밧줄을 잡아당겼다. 동시에 마키노의 몸이 끌어 올려져 조금씩 허공에 떴다.

이대로라면 별문제 없이 매달릴 것이다. 그러나 모든 사람이 주시하는 곳에서 갑자기 도르래가 분리되더니 마키노의 몸이 매트리스 위로 떨어졌다.

탁.

도르래가 소리를 내며 바닥 위에 떨어졌다. 끝에는 뿌리째 뽑힌 아이볼트가 달려 있었다.

찰나의 침묵 이후 방청석이 웅성거리기 시작했다.

"정숙하세요."

난조의 지시로 법정 안이 다시 조용해졌지만 마키노는 진정하지 못하는 듯했다. 그는 자신의 목에 걸린 밧줄과 바닥 위 도르래를 번갈아보더니 우지이에에게 항의하기 시작했다.

"이게 뭐죠? 어떻게 된 겁니까?"

"보시다시피 상인방이 검사님의 몸무게를 견디지 못했습니다."

"조금 전에는 확실히 매달리지 않았습니까? 그런데 이번에는 아이볼트째로 떨어진다고요?"

"네. 그렇습니다. 조금 전 무사히 매달릴 수 있었던 건 검사님의 몸무게가 상인방 전체에 확산됐기 때문이죠."

우지이에는 아이볼트에 걸린 도르래를 들어 올렸다.

"그러나 아시다시피 지은 지 20년이 된 목조 주택은 모든 부분이 노후화돼 있기 마련입니다. 조금 전처럼 한 곳에만 부하가 걸리면 그야말로 손쉽게 나사가 떨어져 버리죠. 뭐 예상된 결과입니다."

멍하니 있는 마키노를 곁눈질하면서 미코시바가 말을 받았다.

"재판장님, 지금 보신 대로입니다. 검찰이 예상한 방법으로 사람의 몸을 매다는 건 불가능합니다. 또 피고인과 같은 고령의 여성이 60킬로그램에 가까운, 그것도 정신을 잃은 남성의 몸을 다른 도움 없이 혼자 힘으로 끌어 올리는 것도 무리입니다."

"이의 있습니다."

"검사, 말씀하세요."

"이 실험은 기만에 불과합니다. 분명 해당 저택의 상인방은 노후화돼 있지만 범행 당시 피해자의 몸무게를 어떻게든 지탱했을 가능성을 완전히 버릴 수 없습니다. 실제 현장 상인방에는 고리 도르래를 매단 흔적도 남아 있었습니다. 또 변호인은 일부러 언급하지 않은 듯하지만 갑 5호증에는 피고인의 피부 조각이, 그것도 매듭 안쪽 부분에서 채취됐습니다. 이는 틀림없이 피고인이 밧줄을 손에 쥐고 피해자를 끌어 올렸다는 증거입니다."

"반증합니다."

"변호인, 말씀하세요."

"피고인의 피부 조각은 사건 발생 당시에 붙은 것이 아닙니다."

그러자 마키노가 입을 반쯤 벌렸다. 법정에서 처음 보이는 무방비한 모습이었다.

"갑 5호증에 대해서는 검찰과 마찬가지로 법원을 통해 경시청 과학 수사 연구소에 감정을 의뢰했습니다. 그 감정 결과가 바로 사전에 제출한 변 8호증입니다."

난조는 앞에 놓인 자료로 시선을 떨궜다.

"갑 5호증의 분석 결과군요."

"밧줄을 구성하는 건 대부분 마섬유지만 미량의 목재 파편이 검출됐습니다."

"상인방에 밧줄을 묶을 때 쓸려 나온 것 아닐까요?"

"아뇨, 재판장님. 현장에 있는 상인방은 노송나무인데 밧줄에서 검출된 건 너도밤나무입니다."

그러자 난조는 굳은 표정으로 다시 자료를 살폈다.

"……정말이군요."

"그리고 그 목재 성분을 한 번 더 분석한 표가 다음 페이지에 기재돼 있습니다. 목재에는 크레오소트 성분이 스며들어 있었습니다."

"크레오소트?"

"목재 방부제입니다. 그리고 나루사와 저택의 부지에는 크레오소트를 듬뿍 바른 너도밤나무 목재가 대량 쌓여 있었습니다."

"그런 게 대체 어디에?"

"침목입니다. 피해자의 취미인 정원 손질에 썼던 침목이 바로 밧줄에 붙은 목재 파편의 정체였던 것입니다. 재판장님, 갑작스럽게 요청해서 송구하지만 피고인을 잠깐 증언대로 불러도 되겠습니까?"

난조는 순간 망설이는 모습을 보였지만 심리에 방해가 되지 않을 거라 판단했는지 수락했다.

"피고인은 증언대로."

이쿠미는 일이 어떻게 돼 가는 건지 몰라 혼란스러운 듯이 증언대에 섰다.

"피고인은 최초 조사 때 밧줄에 손가락 하나 대지 않았다고 진술했죠?"

"네."

"하지만 피고인은 나루사와 씨의 시신을 발견하기 전에도 밧줄을 본 적이 있을 겁니다. 가령 사건이 일어나기 전전날, 피고인은 나루사와 씨와 함께 작업을 하지 않았나요?"

"아……." 이쿠미의 표정이 점차 밝아졌다. "그러고 보니 둘이 함께 쓸모없어진 정원 침목을 쓰레기 집하장으로 가져갔어요."

"그 침목을 어떻게 옮겼습니까?"

"밧줄로 몇 그루씩 한데 모아 옮겼죠."

"그 밧줄과 비슷한 게 지금 이 법정 안에 있습니까? 있으면 손가락으로 가리켜 주십시오."

그러자 이쿠미는 손가락으로 실험에 쓰인 마 밧줄을 가리켰다.

"침목을 밧줄로 묶은 분은 나루사와 씨였습니까? 아니면 피고인이었나요?"

"저였어요. 내가 침목을 붙잡고 있을 테니 당신이 묶어 달라고 해서……."

"그때 힘을 많이 쓰셨습니까? 이를테면 손바닥 피부가 쓸릴 정도로."

"남편이 여러 번 꽉 묶으라고 했거든요. 작업이 끝났을 때 손바닥이 욱신거렸던 게 기억나요."

"재판장님, 유도 신문입니다!"

마키노가 비명처럼 목소리를 높였지만 괜한 트집 잡기나 마찬가지다. 난조도 고개를 살짝 기울이기만 하고 검사의 이의를 흘려들었다.

"유도 신문이라고 생각하지 않습니다. 이의를 각하합니다. 변호인은 계속하세요."

난조의 말로 법정 안 분위기가 달라졌음을 알 수 있었다. 희대의 악녀에게 쏠려 있던 방청인들의 시선이 어느새 무고한 원죄 피해자를 보는 눈빛으로 바뀌어 있다.

"갑 5호증의 의문점에 대해서는 지금 언급한 대로입니다. 덧붙이자면 상인방에 남아 있었다는 도르래 장착 흔적은 위장일 가능성이 큽니다. 감식 보고서에는 나사의 나선 모양이 그대로였다고 하니 실험 결과를 바탕으로 생각해 보면 실제 나사를 달기는 했지만 쓰지는 않았겠죠. 그러면 나루사와 다쿠마 씨가 목을 매단 것도 위장된 자살이 아닌 실제 자살로 해석하는 게 타당합니다. 밧줄에 붙은 피고인의 피부 조각과 상인방에 남은 도르래 장착 흔적에서는 모두 작위가 느껴집니다. 그리고 당시 집에 거주한 사람은 피고인 이외에 나루사와 다쿠마 씨밖에 없었으니 당연히 위장 자살을 연출한 사람도 나루사와 다쿠마 씨라는 뜻이 되어 사건은 단숨에 복잡한 양상을 띠게 됩니다. 그러나 마지막으로 도출되는 결론은 극히 단순합니다. 나루사와 다쿠마 씨는 자신이 피고인의 손에 살해된 것처럼 사건을 연출하고 싶었던 겁니다. 그녀를 살인범으로 만들어 법정에서 원죄를 덮어씌우고 싶었던 겁니다."

"그렇군요. 변호인의 주장은 논리적으로 수긍할 부분이 적지 않아 보입니다. 하지만 피해자가 그런 위장 자살을 떠올린 동기가 뭐죠?"

"그에 대해서는 또 다른 증인에게 이야기를 듣고 싶습니다. 재판장님, 두 번째 증인 신문을 진행해도 되겠습니까?"

"그러시죠."

법정 안에 두 번째 증인으로 고소네 요지가 들어왔다.

"증인은 이름과 직업을 말하세요."

증인 인정과 선서 낭독을 마친 고소네는 자신이 나루사

와 다쿠마와 함께 예전 '산겐자야 묻지 마 살인 사건'의 피해자 유족이라는 사실을 알렸다. 나루사와 다쿠마의 알려지지 않은 과거 이야기를 듣고 난조를 비롯한 재판관들이 하나같이 놀란 표정을 지었다.

"나루사와 다쿠마 씨는 증인과 술잔을 기울일 때 세상을 뜬 아내에 대한 추억과 또 무슨 이야기를 했죠?"

"범인인 마치다를 원망했습니다. 지금도 마치다를 떠올릴 때마다 피눈물이 날 것 같다고……."

"그 밖에 또 어떤 말을?"

"어차피 1엔도 받지 못할 거면 차라리 재판 따위 하지 않고 증오를 영원히 가슴에 품는 게 세상을 뜬 아내에 대한 예의인 것 같다고 하셨습니다."

"감사합니다."

고소네의 증언으로 피해자 나루사와 다쿠마에 대한 심증이 뒤집혔다. 조금 전 위장 자살 건을 포함해 순식간에 가해자와 피해자가 뒤바뀐 형국이다.

난조가 "검사, 반대 신문 있습니까?" 하고 물었다. 그의 목소리에서 살짝 동정의 기운이 느껴지는 건 꼭 기분 탓만은 아닐 것이다.

"반대 신문이 아니라 이의가 있습니다."

마키노의 목소리에 패기가 느껴지지 않았다. 실험 결과와 고소네의 증언 때문에 예상보다 더 큰 타격을 받은 듯하다.

"조금 전 변호인은 본 안건과 과거 사건을 분리해야 한다고 주장했습니다. 그러나 이 증언은 주장과 모순됩니다. 본 안건과 산겐자야 묻지 마 살인 사건이야말로 관련성이라고는 전혀 없습니다."

"재판장님."

"말씀하세요, 변호인."

"검사의 말대로 분명 본 안건과 산겐자야 묻지 마 살인 사건은 별개입니다. 그러나 과거 사건이 본 안건과 크게 연관된 것도 사실입니다. 그것을 입증하기 위해 변호인은 다시 한번 우지이에 씨에게 증언을 부탁하고 싶습니다. 괜찮을까요?"

"그러시죠."

"그럼 우지이에 씨. 한 번 더 부탁드립니다."

법정 끝에서 왠지 따분하게 있던 우지이에가 다시 증언대로 소환됐다.

"증언에 들어가기 전, 본 변호인이 새롭게 제출한 변9호증을 참고해 가며 증인의 말에 귀 기울여 주시기를 부탁 드립니다."

미코시바가 말한 변 9호증은 우지이에에게서 받은 사이트 열람 기록이었다. 난조는 기록을 음미하듯 훑어봤다.

"변호인. 이게 인터넷 사이트 열람 기록인 건 알겠습니다만, 누구의 열람 기록이죠?"

"그건 증인에게 직접 듣는 게 좋을 것 같네요. 증인. 이 열람 기록은 제가 증인에게 분석을 의뢰한 게 맞습니까?"

"맞습니다."

"분석한 기록이 누구 것이었죠?"

"나루사와 다쿠마 씨가 소유하고 있던 컴퓨터에서 추출한 것이고, 컴퓨터에는 암호가 걸려 있었습니다."

"증인은 암호를 풀어서 이력을 분석했겠군요. 암호는 쉽게 풀렸습니까?"

"네. 암호는 'SAKIKO'. 즉 사망한 전 부인의 이름이었습니다. 흔한 유형이라 세 번째 시도 만에 풀렸죠. 어지간한 애처가였던 것으로 보입니다."

"재판장님. 지금 증인은 자신의 감상에 기반한 주관적 증언을 하고 있습니다."

"증인은 사실만을 말하세요."

"아뇨, 재판장님. 이건 사적인 감상이 아니라 제가 분석을 의뢰받은 수많은 사례에 공통으로 나타나는 현상입니다. 개인적 견해라기보다 오히려 일반적 경향이라고 해야겠죠."

완곡한 반격에 마키노는 꼼짝도 못 하고 우지이에를 지그시 노려보기만 했다.

"증인, 감사합니다."

여기서부터는 다시 나의 무대다. 미코시바는 심호흡을 한 번 하고 마지막 폭탄 투하를 위해 입을 열었다.

"이것은 과거 1년간의 사이트 열람 기록입니다만, 1년 동안 피해자가 방문한 사이트는 총 열여덟 곳밖에 없었습니다. 노화 방지, 요양 시설 안내, 원예, 노년층 대상 구혼 활동. 전부 피해자 연령대의 사용자가 접속할 만한 사이트들이지만 이중 유독 눈에 띄는 사이트가 두 곳 있습니다. 바로 '소년 범죄 닷컴', 그리고 '가해자 가족을 찾아라!'라는 이름의 사이트입니다. 지금 여기서 사이트에 기재된 내용을 전부 설명할 수는 없을 테니 사이트 안에서 주목해야 할 페이지만 언급하겠습니다. 우선 '가해자 가족을 찾아라!'. 이곳은 제목 그대로 세상을 떠들썩하게 한 중대 사건의 가해자 가족을 추적한다는 곳입니다. 중대 사건 범인들은 대체로 감옥에 수감 중이니 비난의 화살을 가족에게 돌린 형태입니다. 이 사이트의 8페이지를 보면 이곳에 피고인의 이름과 얼굴이 등장합니다. 그러나 피고인의 이름은 예전 성인 고

372 악덕의 윤무곡

모다로 표기돼 있고, 첫 번째 결혼 당시의 성인 소노베도 병기돼 있습니다."

그때 배심원 중 몇 명이 화들짝 놀란 얼굴로 미코시바를 봤다. 방청석도 조금 술렁거렸다.

"다음으로 '소년 범죄 닷컴'의 9페이지를 보겠습니다. 어느 소년의 얼굴 사진과 간단한 프로필이 소개돼 있는데 이 소년은 오래전 '시체 배달부'로 일본 전국에 악명을 떨친 소노베 신이치로, 즉 피고인의 아들입니다."

난조를 비롯한 재판관들과 마키노가 믿지 못하겠다는 표정을 지었다. 미코시바와 이쿠미의 관계를 사전에 알았다고 해도 설마 당사자가 이런 형태로 폭로할 줄은 예상도 못 했을 것이다.

재판관들조차 허를 찔린 마당이니 사정을 전혀 알지 못하는 방청인들이 경악하는 건 말할 것도 없다. 마음이 급한 기자 가운데 한 명은 곧장 메모지를 손에 들고 법정을 뛰쳐나갔다.

"저는 무작위로 말씀드렸습니다만, 나루사와 다쿠마 씨의 사이트 열람 기록에는 당연히 순서가 있었습니다. 시간 순으로 언급하면 우선 '가해자 가족을 찾아라!'의 소노베 이쿠미, 다음으로 '소년 범죄 닷컴'의 소노베 신이치로, 이후 트래저 출판사의 구혼 파티 소개 페이지. 그리고 다시 처음 인 '가해자 가족을 찾아라!'로 돌아갔죠. 조금 전 고소네 씨 의 증언과 재혼 이후 전 부인의 사진을 집에 계속 두고 있었 다는 피해자의 성격을 종합해서 고려하면 헛된 집착에 사 로잡힌 인물의 어떤 모습이 자연히 떠오릅니다."

법정 안이 찬물을 끼얹은 것처럼 조용해져서 헛기침 소 리 한 번 들리지 않았다. 완전한 미코시바의 독무대였고 마 키노를 포함한 모두가 미코시바의 입술에서 눈을 떼지 않 았다.

"이미 돌아가신 분의 심정을 정확히 설명하기는 어렵겠 지만 가능은 할 수 있겠죠. 애처가였던 나루사와 다쿠마 씨 는 형법 제39조가 적용돼 불기소 처분이 된 마치다를 증오 했습니다. 그러나 정작 마치다는 의료 기관에 수감돼 현 소 재지조차 불명확하고, 손해 배상금을 청구한 그의 부모는 종적을 감춘 상태죠. 나루사와 씨는 평소 원한과 증오를 가 슴에 묻어 두고 있었을 겁니다. 그는 자신의 원한을 풀지 못 한 나머지 그것을 대신할 행위로 과거 묻지 마 살인 사건이 기록된 곳과 가해자 가족을 비난하는 사이트를 돌아다녔습 니다. 그리고 트래저 출판사가 주최하는 노년층 구혼 파티 에 참가했죠. 그때만 해도 나루사와 씨는 진심으로 새 부인을 맞을 생각이었을지도 모릅니다. 그러나 그곳에서 그는 피고인을 만나게 됩니다. 이 여자의 얼굴을 어디선가 본 기억이 있다. 그렇다, 그 가해자 가족의 삶을 추적한 사이트다. 집에 돌아가 확인해 보니 그녀의 얼굴과 이름이 정확히 일치하는 상황. 이 여자는 틀림없이 예전 '시체 배달부'로 세간을 뒤흔든 범죄 소년의 어머니다. 그렇게 깨달은 순간 오랜 세월에 걸쳐 원한을 가슴에 담아 두고 있던 나루사와 씨가 과연 어떤 행동에 나섰는가. 피고인에게 접근했고 뒤이어 프러포즈도 했지만 이번 위장 자살을 고려하면 그가 진심으로 애정이 있어서 결혼했을 가능성은 희박해집니다. 오히려 그 반대, 즉 보상 행위로서의 복수 같은 동기를 떠올려 볼 수 있겠죠."

미코시바가 이쿠미와의 관계를 지금껏 숨기고 있었던 것은 오로지 이 변론을 위해서였다.

먼저 세상을 뜬 사랑하는 아내를 향한 애정의 형태가 뒤틀려 처벌을 면한 범죄자와 그 가족들에게 칼날을 향했다. 분노의 열량이 지나친 나머지 납득하기 어려운 추론이지만 보상 행위의 대상으로 악명 높은 '시체 배달부'를 집어넣으면 이해할 수 있다.

"나루사와 다쿠마 씨는 당시 75세. 앞으로 얼마 남지 않은 여생을 처벌받지 않은 범죄자 가족을 매장하는 데 쓰겠다. 그것이 사적 분노인지 의분이었는지는 판별하기 어렵지만 적어도 나루사와 씨가 어떤 계획을 떠올렸는지는 추측할 수 있습니다. 그는 자살을 결행하기 이틀 전, 폐목재를 버려야 한다는 구실로 피고인을 꾀어 피고인이 밧줄을 만진 흔적을 남겼습니다. 이후 밧줄을 회수해 자살 결행 당일까지 숨겼죠. 자살 장소로 고른 거실 상인방에는 일단 도르래를 한 번 장착해 역시 흔적을 남겨 뒀을 겁니다. 그리고 자살을 한 당일 그는 자신의 컴퓨터로 유서를 작성하고 서명 부분에만 카본지를 썼습니다. 자, 이로써 유서에 대한 의혹이 높아질 것이다. 이제 무대 장치를 갖추고 취할 때까지 알코올을 섭취한 후 평범하게 상인방에서 밧줄로 목을 맨다. 이후 자신이 뿌린 미끼에 경찰이 달려들면 모든 게 끝이다. 나루사와 다쿠마 씨는 사후에 경찰이 피고인을 오인 체포해 가는 모습을 보며 웃음 지었을지도 모릅니다."

미코시바의 긴 변론이 끝나도 누구 하나 몸을 움직이지 않았다. 가까운 곳에서 이야기를 듣고 있던 이쿠미의 얼굴에는 핏기가 가셔 있었다.

"이의 있습니다." 마키노의 입에서 건조한 목소리가 새어 나왔다. "지금 변호인의 설명은 모든 것이 상상의 산물일 뿐입니다. 기록에서 삭제를 요청합니다."

"재판장님."

"변호인, 말씀하세요."

난조의 목소리도 잔뜩 메말라 있었다.

"검사의 말처럼 제 설명이 상상이라는 건 부정하지 않겠습니다. 그건 처음에도 말씀드렸습니다. 그러나 열에 아홉에 해당된다면 그것은 상상이 아닌 상식이라 해야 하지 않을까요?"

"변호인이 무슨 말을 하는지 이해가 잘 안됩니다만……."

"간단히 말해서 검사님, 검사님은 공적으로도 사적으로도 처벌받지 않은 악독한 인간을 한 번이라도 미워해 본 적이 있습니까? 지금 여기 있는 예전 '시체 배달부'를 세상에서 말살시켜야 한다고 단 한 순간이라도 생각한 적이 있다면 검사님도 나루사와 다쿠마 씨와 같은 부류의 사람이라고 할 수 있다는 겁니다."

마키노는 앉은 자세 그대로 조각상처럼 굳었다.

미코시바가 마지막까지 숨기고 있었던 폭탄. 모두가 나루사와 다쿠마의 동기에 고개를 끄덕일 수밖에 없는 최악의 논거.

짧은 침묵이 흐른 뒤 난조가 헛기침을 한 번 했다.

"검사. 다른 이의나 반대 신문 있습니까?"

"······없습니다."

"이걸로 심리는 충분하겠죠. 다음으로 11월 26일에 마지막 변론을 진행하겠습니다. 폐정."

난조가 자리에서 일어서자 넋이 나간 듯한 히라누마와 미타조노 판사, 그리고 역시 어안이 벙벙해 보이는 배심원 여섯 명이 하나둘 그 뒤를 따랐다.

순식간에 방청석이 벌집을 쑤신 것처럼 시끄러워졌다. 많은 기자가 얼굴이 붉게 상기된 채 앞다투어 출구로 향했다. 지금이라면 석간이나 오후 뉴스 방송에 맞춰 소식을 전할 수 있을 것이다.

마키노는 느린 몸짓으로 책상 위에 있는 자료를 가방에 집어넣고 미코시바를 딱 한 번 보기만 하고 힘없이 법정을 나갔다.

그 뒤에는 미코시바, 교도관과 함께 있는 이쿠미 그리고 방청석의 아즈사만 남았다.

승리는 확신할 수 있다. 최종 변론은 그저 형식적인 세리머니에 그칠 것이다. 변론에 나올 이야기는 단순한 설명서에 불과하다. 핵심은 갑5호증을 무효화했다는 것이고, 그것만 달성하면 무죄추정의 원칙에 따라 이쿠미의 실형 판결은 피할 수 있다.

그러나 미코시바는 승리의 여운을 전혀 느끼지 못했다.

실형을 면한 이쿠미도, 어머니를 되찾은 아즈사도 마치 패잔병처럼 미코시바를 바라보고 있다.

아니.

애초에 이것을 승리라고 부를 수 있을까.

4

11월 26일.

최종 변론은 미코시바의 예상대로 세리머니에 그쳤다. 미코시바는 피고인의 무죄를 주장했고, 마키노는 기존 입장을 되풀이했다. 그러나 검찰 측 칼날이 무뎌진 것은 누가 봐도 명백했고 시곗바늘을 거꾸로 돌릴 수만 있다면 불기소로 하고 싶다는 분위기가 그대로 묻어났다.

검찰은 당혹했고 난조 재판장이 이쿠미를 보는 눈빛은 동정으로 바뀌었다. 공판의 추세는 이미 기울었다고 봐도 좋을 것이다.

"피고인. 최종 진술입니다. 하고 싶은 말 있습니까?"

난조의 질문을 듣고 이쿠미가 조심스레 몸을 일으켰다.

짧은 공판이었지만 본인은 반드시 느낀 게 있을 것이고 지금도 원죄 피해자처럼 취급받는 이쿠미의 입에서 무슨 말이 튀어나올지 모든 재판관과 방청인이 숨죽인 채 그녀를 지켜봤다.

그러나 이쿠미는 모든 이의 기대를 배신하고 오로지 한마디만을 내뱉었다.

"특별히 없습니다."

난조는 순간 허탈해하는 표정을 지었지만 곧 마음을 가다듬은 것처럼 다음 일정을 알렸다.

"선고일은 12월 10일로 하겠습니다. 폐정."

추세가 이미 기운 것은 방청인들도 아는 듯했다. 마음 같아서는 당장 미코시바나 이쿠미에게 카메라와 마이크를 들이밀고 싶겠지만 법정 안에서는 카메라 촬영과 녹음이 금지된다. 유일하게 법정 화가만이 스케치를 통해 법정 안 분위기를 전할 수 있는데 이날의 이완된 분위기를 잘 묘사할 수 있을 만큼의 숙련도나 솜씨는 없어 보였다.

모자 2대에 걸친 살인 계보라는 자극적 타이틀은 허상이 되었고, 대신 예전 범죄 소년이 최선을 다해 어머니를 변호했다는 스토리가 만들어졌다. 이것은 또 이것대로 여성 주간지 독자들이 호기심을 보일 이야기지만 살인귀 모자에

비하면 그야말로 충격도가 부족하다. 용두사미까지는 아니지만 기대했던 것보다 빈약한 성과에 모든 언론사 관계자가 낙담하는 모습은 애처로워 보이기도 했다.

얼마 후 법정에는 한때 모자 관계였던 세 사람과 교도관 한 명만이 남았다.

"엄마." 먼저 입을 연 사람은 방청석에 있는 아즈사였다. "이제 집에 갈 수 있을 거야. 엄마만 괜찮으면 다시 함께 살면 좋을 텐데."

"너무 성급해. 아직 판결도 나오지 않았는데."

"이 이상 해 봐야 수치스럽기만 할 테니 검찰도 항소 같은 멍청한 짓은 안 할 거야. 변호사 선생, 내 말이 맞지?"

"멍청이는 어디에나 있는 법. 검찰도 예외는 아니지."

"비아냥거리는 건 여전하네."

아즈사의 독설이야말로 여전하지만 오늘은 기분이 좋아 보이고 말투도 가볍다.

"뭐, 됐어. 이쪽이 기대한 만큼 잘해 주기도 했으니. 무죄 판결을 받으면 성공 보수가 천만 엔이었지? 그건 엄마의 상속 절차가 끝난 다음에 처리할게."

"기한은 올해까지. 늦으면 이자가 붙어."

"……어휴, 정말." 아즈사는 마지막으로 그렇게 내뱉고 법정을 나갔다.

갑자기 이쿠미가 주변을 두리번거리기 시작했다. 그리고 법정 안에 자신을 포함해 세 명밖에 없는 것을 확인하고 미코시바 쪽으로 고개를 돌렸다.

"신이치로."

"미코시바입니다."

"할 말이 있어."

그리고 교도관을 돌아봤다.

"음, 교도관님."

"네."

"성함을 알려 주시겠어요?"

"무로이입니다."

"죄송합니다, 무로이 교도관님. 변호사 선생님과 잠깐 할 이야기가 있어서요. 5분만 자리를 비워 주시겠어요?"

"안 됩니다. 미안하지만 판결이 나올 때까지 당신은 피고인입니다."

"그럼 뒤로 돌아서서 귀를 막아 주세요."

"하지만……."

"교도관님도 누군가의 자식이자 아버지겠죠. 그럼 이해 좀 해 주셔요."

"······그럼 5분만."

무로이가 뒤로 돌아 귀를 막자 이쿠미는 미코시바를 마주 보고 섰다.

"보수에 대한 거라면 의뢰인과 협의하겠습니다."

"네 아버지에 대한 이야기란다. 그동안 많이 궁금했지?"

"왜 하필 지금."

"이대로 나에게 무죄 판결이 떨어지면 그 뒤로는 두 번 다시 만나 주지 않을 것 같아서."

같은 생각을 하고 있었으니 미코시바는 입을 다물었다.

"이제 와서 함께 살고 싶다든가 예전 같은 관계로 돌아가고 싶다고 하지는 않을게. 나도 너도 각자의 삶을 살아왔으니. 분명 공통점이 얼마 없는 삶이었겠지."

그 역시 미코시바의 생각과 같았다. 이쿠미는 과거로부터 줄곧 도망쳐 왔다. 그러나 미코시바는 항상 과거를 마주하며 살아왔다.

"이제 이야기할 기회가 없을 테니 알려 줄게. 네 아빠는 말이지, 내가 죽인 게 맞아."

순간 몸속의 피가 역류하는 듯했다.

"뭐라고요?"

"들어 주렴. 네가 체포되고 나서 우리 집안은 엉망진창이 됐어. 이웃들의 시선이 따가워서 점점 밖에 못 나가게 됐고 아빠는 직장에서 해고됐지. 수입이 끊겨 힘들어하던 찰나에 사하라 씨 유족에게서는 8천만 엔이라는 거액의 손해 배상 금까지 청구됐단다. 그때는 모아 둔 돈을 전부 긁어모아도 도저히 낼 수 없는 금액이었지. 아빠는 날이 갈수록 신경이 날카로워졌고, 그러다가 결국 돈을 내려면 자신의 사망 보험금밖에 없다는 말을 꺼내더구나."

미코시바는 눈을 돌리려고 했지만 이쿠미의 눈빛이 허락하지 않았다.

"사망 보험금은 3천만 엔이라 손해 배상금 액수에 전혀 미치지 못했지. 그래도 일부라도 내지 않으면 너에게 모든 책임을 묻게 되는 상황. 결국 아빠는 신이치로의 부담을 조금이라도 덜어 주는 게 자기가 할 수 있는 유일한 일이라고 결심한 거야. 그때는 나도 정신이 몹시 불안정했던 탓에 결국 아빠의 의견에 찬성했단다. 난 보험을 들지 않았고 아즈사도 돌봐야 하니 동반 자살 같은 건 택할 수 없었지."

"거짓말하지 마십시오."

"거짓말이 아니야. 그날 일은 단 하루도 잊은 적이 없어. 아빠는 직접 쓴 유서를 준비하고 내가 전날 사 온 위스키를 스트레이트로 마셨다. 막상 자살하는 순간에는 결심이 흐트

러질 수 있다면서. 그리고 말이지. 아빠는 나와 서로 의논하기도 했어. 난 어차피 자살할 거면 취기 때문에 필름이 끊기고서 목을 매다는 편이 낫지 않겠냐고 했지. 그리고 아빠가 완전히 정신을 잃은 후 난 속옷만 남기고 옷을 전부 벗었어. 사람이 죽으면 몸에서 대소변이 흘러나온다는 걸 아빠에게 배웠으니. 그 뒤로 아빠의 목에 걸린 밧줄 끝을 상인방에 장착한 도르래에 넣었지. 여자 혼자의 힘으로는 힘이 빠진 남자 몸을 절대 들어 올릴 수 없어. 하지만 도르래의 힘을 빌리면 할 수 있다며 아빠가 직접 도르래를 달아 줬지."

이게 대체 무슨 말인가.

나루사와 다쿠마가 떠올린 것과 완전히 똑같은 계획을 그가 떠올렸다는 말인가.

"하지만 그래도 남자의 몸은 아주 무겁더구나. 엄마는 아빠 뒤에서 겨드랑이에 손을 넣어 상인방 바로 아래로 끌고 갔어. 그다음은 설명 안 해도 알겠지. 아빠의 몸을 끌어 올린 후 밧줄의 다른 쪽 끝을 간신히 상인방에 묶었다. 정말 두렵더구나. 목이 점차 조여 오자 아빠가 순간 날 걷어찼고 갑자기 발버둥을 치기도 했지. 하지만 그게 끝나니 아빠는 조용해졌어. 내가 그 아래에서 얼마나 사죄했는지 아니? 난 네 아빠에게 몹쓸 짓을 했어. 네 아빠는 온화한 성품에 말씨

가 정중했고 내 앞에서 심하게 화를 내거나 손찌검을 한 적
도 없었지. 늘 자상하게 웃고 질책할 때는 부드럽게 질책했
단다. 그런 사람과 함께 있는 것만으로 안심하고 살 수 있었
지. 신이치로, 넌 이미 잊었을지 모르지만 네 아빠는 정말로
선량한 사람이었단다. 자살을 택한 것도 네가 말한 것처럼
세상 사람들의 비난이 두려워서 도망친 게 결코 아니야."

"거짓말하지 마세요!"

"아니, 거짓말이 아니야. 네가 살인을 저질렀든 세상 사람
들에게 괴물이라는 소리를 듣든 아빠와 엄마는 널 위해 필
사적이었어. 단돈 3천만 엔. 그 돈으로도 어떻게든 네 부담
을 덜어 주고 싶다는 일념으로 아버지는 스스로 목숨을 끊
은 거야."

"적당히 하십쇼."

"내가 의료 소년원에 면회를 가지 않은 건, 솔직히 말해
그때만 해도 네가 아직 두려웠고 너를 맡는다는 이나미 씨
라는 분을 신뢰할 수 있는 분이라고 생각했기 때문이란다.
이나미 씨는 내게 이렇게 말했지. 당신 아들은 이곳에서 갓
난아기로 다시 태어난 거라고. 그 말을 들으니 내가 방해되
겠다는 생각이 들더구나. 그래서 면회를 가지 않기로 했지.
네가 다른 사람으로 다시 태어나기를 바라면서."

"그 이상 말하지 마십시오. 지금 당신이 자랑스러운 듯이 지껄이는 이야기는 어엿한 자살 방조입니다. 모처럼 무죄 판결을 기대할 수 있게 됐는데 이제 와서 그런 거짓말을 한다? 다른 사람 앞에서는 절대로 그런 말 하지 마세요."

"난 한 번도 네 앞에서 거짓말을 한 적이 없어."

"지금 당장 변호인을 그만두겠습니다."

이 이상 이쿠미의 이야기를 들으면 착란이 일어날 것 같았다.

"이제는 판결을 기다리기만 하면 되니 변호인 같은 건 없어도 무방할 겁니다. 무죄가 나오면 여생을 소중히 하십시오. 그럼 이만."

"신이치로."

"마지막으로 한 번만 더 말하겠습니다."

미코시바는 빠른 걸음으로 출구로 향했다. 뒤돌아볼 마음은 털끝만큼도 없었다.

"내 이름은 미코시바 레이지입니다."

예상대로 정문 현관에는 기자들이 기다리고 있었다. 미코시바는 사람들의 눈을 피해 변호사 회관으로 향했다. 이후 가스미몬에서 히비야 공원의 쓰루노 분수 쪽으로 향하는 것이 미코시바가 재판을 마치고 늘 가는 코스였다.

걷는 속도를 늦추고 간신히 마음이 가라앉았을 때 분수 옆에 낯익은 여자아이가 앉아 있는 모습이 보였다. 여자아이는 미코시바를 알아보자마자 그를 향해 뛰어왔다.

"선생님!"

쓰다 린코가 한달음에 달려와 미코시바의 다리에 엉겨 붙었다.

"네가 왜 이런 곳에."

"사무소에 전화하니까 요코 언니가 분명 이곳에 계실 거라고 알려 주셨어요. 요코 언니, 정말 대단해요. 정확히 맞혔어요!"

린코가 천진난만하게 웃었다. 이렇게 혼자 다니면 위험하다고 한마디 해 주려는 순간 린코가 미코시바의 눈앞에 꽃다발을 불쑥 내밀었다. 분홍빛 난 한 송이를 셀로판지로 감싼 귀여운 꽃다발이다.

"이게 뭐지?"

"사무소 이사 축하 선물이에요. 너무 늦었죠?"

"네 돈으로 샀니?"

"꽃집 언니한테 물으니 이럴 때는 나도제비난이라고 했는데, 용돈이 부족해서……."

"바보. 어린애가 신경 쓸 일이 아니다."

"헤헷."

마지막으로 린코와 만난 건 2년쯤 전이다. 만나지 못한 사이에 키가 크고 말투도 어른스러워졌다. 아이들은 단 2년 만에 이렇게 성장하는 걸까.

"지금은 친척 집에 있다고?"

"네. 다들 친절하게 대해 주세요. 늘 내 딸이 돼 달라고 하세요."

엄마와는 만나고 있을까. 그렇게 물으려다가 그만두었다.

"린코."

"네?"

"엄마를 좋아해?"

"선생님, 이상해요." 린코는 갑자기 놀란 것처럼 말했다. "그야 당연하잖아요."

"그런가."

린코는 용건이 끝났을 텐데도 아래에서 미코시바를 빤히 들여다봤다.

"선생님, 무슨 일 있어요?"

"뭐가?"

"얼굴이 평소랑 달라요."

"······왜인지 궁금하냐?"

"네!"

"태어나서 처음으로 다른 사람이 부럽다고 느꼈다."

괴물은 태어나는가, 만들어지는가

『악덕의 윤무곡』은 빠른 집필과 출간 속도, 뛰어나면서도 균일한 작품 완성도로 인지도를 높여 이제는 한·일 양국 모두 명실상부한 인기 미스터리 작가로 거듭난 나카야마 시치리의 「미코시바 레이지 변호사」 시리즈 최신간입니다. 미코시바 레이지 변호사 시리즈는 과거 끔찍한 살인 사건을 저지른 소년 살인범이 최강의 변호사로 다시 태어나 나락으로 떨어진 이들의 손을 잡고 재판을 승리로 끌고 가는 과정을 그린 사회파 미스터리입니다. 주인공 미코시바 레이지는 돈에는 귀천이 없다는 논리로 높은 보수만 보장되면 반사회 세력의 의뢰도 주저 없이 수락하고, 의미만 있다면 승률 0.1퍼센트의 안건도 거리낌 없이 받아들이며, 승소를 위해서라면 수단과 방법을 가리지 않는 최강이자 최악 변호사 캐릭터로 특유의 시니컬한 윤리관과 냉철한 카리스마를 발산하며 독자들의 뇌리에 깊게 새겨졌습니다. 또한 시리즈는 매 권마다 그때 가장 문제시되는 사회 화두를 거침없이 제시하는 동시에 생생하고 박진감 넘치는 법정 다툼 묘사, 결말의 묵직한 메시지까지 놓치지 않으면서 『안녕, 드뷔시』로 유명한 작가의 대표 시리즈 「미사키 요스케 시리즈」와는 또 다른 상반된 매력을 느낄 수 있는 작가의 양대 대표 시리즈로 자리 잡았습니다.

미코시바는 전작 『은수의 레퀴엠』에서 의료 소년원 시절 자신을 다시 태어나게 해 준 은사 이나미의 변호를 맡은 바 있습니다. 이나미는 미코시바와는 전혀 다른 인격과 윤리관의 소유자로 공판 기간 내내 미코시바를 끊임없이 흔들고 고민에 빠지게 한 강적 의뢰인이었는데, 이번 『악덕의 윤무곡』에서는 그를 훨씬 뛰어넘는 의뢰인이 등장합니다. 바로 30년 동안 연락을 끊고 지내며 종적이 묘연했던 그의 가족, 즉 친어머니와 여동생이 미코시바의 의뢰인으로 찾아온 것입니다. 미코시바의 어머니 이쿠미는 재혼한 남편을 살해한 혐의로 체포됐는데 자신은 죄를 저지르지 않았다며 범행을 부인합니다. 또 수십 년 만에 미코시바를 찾아온 여동생 아즈사는 그간의 빚을 갚는 의미로 어머니의 억울한 누명을 벗겨 달라면서 미코시바를 곤혹스럽게 합니다. 미코시바의 친어머니 이쿠미는 정말로 남편을 죽였을까요. 그리고 미코시바는 과연 사건의 숨겨진 진실을 밝히며 재판을 승리로 이끌 수 있을까요.

작가는 이번에도 어김없이 작품 속에서 민감한 사회 화두를 던지며 독자에게 생각할 지점을 제공합니다. 인간의 살인 기질은 과연 유전으로 발현되는가. 즉 '살인의 계보'가 바로 그것입니다. 작품에서는 뇌 측두엽에 손상을 초래하는 것으로 알려진 'MAO-A(모노아민산화효소)' 유전자가 근거로 제시됩니다. 흥미로운 점은 이 MAO-A 유전자가 오로지 어머니에게서만 물려받는다는 것인데, 이는 미코시바의 어머니가 살인 혐의로 체포됐다는 점에서 작품에서 시종일관 긴장을 유발하는 효과적인 장치로 기능하는 동시에 여느 때보다 미코시바가 더욱 혼란에 빠지는 이유가 됩니다. 보통 인간은 자신 안에 그런 살인 유전자가 내재됐을 가능성이 제시되면 '나도 앞으로 살인을 저지르게 되는 건 아닐까?'라며 두려워하기 마련인데, 미코시바는 다릅니다. 자신의 살인 기질의 원인을 수십 년의 세월 동안 떠올리고 앞으로도 영원히 탐구해 가야 할 그에게 모든 것을 부모 탓으로 돌리는 건 너무도 허술하면서도 허무한 일이기 때문입니다. 또한 이러한 살인 기질이 사회의 보편으로 받아들여지면 유전자의 우열로 인간을 가르며 한때 나치의 선전 선동 도구로써도 악용된 우생 정책으로 이어질 염려도 있습니다. 미코시바는 과연 이번 작품을 통해 자신의 살인 기질을 어떻게 받아들이며, 어떤 결론에 이를까요. 민감한 사회 주제를 능숙하게 다루며 독자를 사고의 늪으로 이끄는 작가의 솜씨는 이번 작품에서도 어김없이 탁월하게 발휘됩니다.

시리즈가 거듭될수록 미코시바는 새로운 의뢰인들을 만나면서 자신의 진정한 내면과 인간성에 눈을 뜨게 됩니다. 인간미를 되찾아 가는 과정 속에서 끊임없이 고통스러워하며 거부감을 보이지만 결국 '인간' 속에 찬찬히 녹아들어 가는 '괴물' 미코시바의 모습이 이번 작품에서는 유독 흥미진진하면서도 애달프게 그려집니다. 바로 미코시바가 이번에 마주한 상대가 그의 친어머니이기 때문입니다. 또한 전작까지 미코시바의 과거 가족사 이야기가 거의 언급되지 않은 것에 반해 이번에는 숨겨진 비밀이 하나둘 드러납니다. 나카야마 시치리는 『악덕의 윤무곡』 출간 이후 한 인터뷰에서 작품을 구상한 의도를 다음과 같이 밝혔습니다.

"모든 남성에게 어머니는 아킬레스건이다. 그리고 변호인에게 최초의 적은 의뢰인이다. 의뢰인이 숨기는 사실을 명확히 꿰뚫어 봐야 비로소 제대로 된 변론을 펼칠 수 있다는 점에서 변호인은 가장 먼저 의뢰인과 대결해야 한다. 이중의 의미로 뜻대로 움직일 수 없는 의뢰인은 미코시바에게 최악의 상대다. 악덕 변호사 미코시바 레이지의 다음 의뢰인을 어머니로 삼은 것은 그런 필연 때문이었다."

작가의 말대로 앞으로도 계속될 미코시바의 기나긴 속죄의 과정에서 지난번에 자신을 다시 태어나게 해 준 '기른 부모' 이나미의 변호를 맡았다면, 이번에는 자신을 세상에 태어나게 한 '낳은 부모' 이쿠미의 변호를 맡는 것은 필연이었을지 모릅니다. 그리고 '반전의 제왕'이라는 별칭답게 작가는 이번 작품에서도 미스터리 마니아들이 깜짝 놀랄 만한 반전을 준비했는데, 곱씹어 보면 미코시바가 작품 말미에 던진 한마디가 진정한 반전이 아닐까 하는 생각도 듭니다.

변호사 미코시바 레이지의 속죄의 여정은 앞으로도 이어집니다. 시리즈 차기작은 『복수의 협주곡』이라는 제목으로 현재 일본에서 잡지 연재 중이며 약 2년 단위의 시리즈 출간 속도를 고려하면 내년 무렵 현지에서 출간될 것으로 예상됩니다. 자세한 내용은 아직 공개되지 않았지만 미코시바와 물과 기름 같은 관계이면서도 늘 미코시바의 옆을 지키며 궁금증을 자아내는 변호사 사무소의 사무원 '요코'의 이야기가 그려지는 것으로 알려졌습니다. 이번에는 과연 어떤 속죄가 미코시바를 기다리고 있을까요. 무엇이 어떻게 되든 그 끝에 부디 구원과 희망이 있기를 바라며 독자 여러분과 함께 시리즈 다음 작품을 차분히 기다려 보고자 합니다.

2019년 여름

이연승